Andreas Reinhardt

KRIEG IM SCHATTEN
Chronologie eines Staatsstreichs

Impressum

2024
Deutsche Ausgabe

Bibliografische Information der Deutschen Nationalbibliothek:

Die Deutsche Nationalbibliothek verzeichnet diese Publikation in der Deutschen Nationalbibliografie; detaillierte bibliografische Daten sind im Internet über http://dnb.d-nb.de abrufbar.

Created by Zodiac Verlag

ISBN: 978-3-911085-22-9

Zodiac Verlag
Brandenburgstraße 39
63456 Hanau
www.Zodiac-Verlag.de

Andreas Reinhardt

KRIEG IM SCHATTEN

Chronologie eines Staatsstreichs

Politthriller

Inhalt

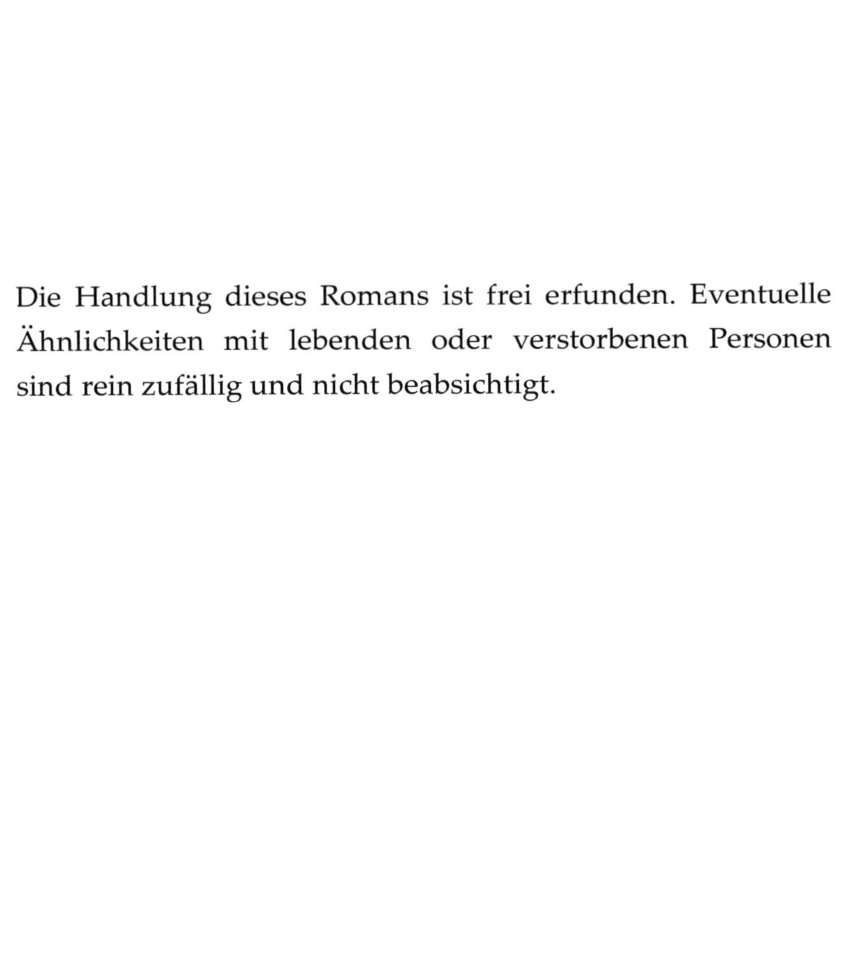

Die Handlung dieses Romans ist frei erfunden. Eventuelle Ähnlichkeiten mit lebenden oder verstorbenen Personen sind rein zufällig und nicht beabsichtigt.

Von Pflichterfüllung und Gewissen

Die abgelegene Lage auf einem Bergplateau nahe der Stadt Ferizaj im Kosovo sorgte für eine trügerische Stille, wenn man mal vom fröhlichen Gesang der Vögel oder dem Wind absah, der an diesem warmen, wolkenlosen Oktobertag behutsam durch die majestätischen Bäume strich. Majestätisch präsentierte sich auch das Grandhotel im Stil eines mittelalterlichen Festungsbaus – traditionsbewusst gediegen. Die helle Steinfassade mit den unzähligen Rundbögen und Zinnen wurde von je einem Rundturm an jeder Ecke überragt. Das Eingangsportal wiederum lag zentral unterhalb eines Erkers im Rundturmdesign, der auf zwei filigranen Säulen ruhte. Melanie Holländer kam zu dem Schluss, dass sich wohl kaum jemand in Deutschland solch einen Luxus ausgerechnet im Kosovo vorstellen konnte. Des Weiteren hatte sie nicht den geringsten Zweifel, dass man vor Ort selbst Staatsgäste bedenkenlos unterbringen konnte. Das betraf neben dem elitären Charme und höchster Bequemlichkeit, insbesondere die Sicherheitsaspekte. Es war praktisch unmöglich, sich dem Gebäude oder auch nur der dazugehörigen Gartenanlage unbeobachtet zu nähern. Und die Spezialagentin des Bundesnachrichtendienstes musste es schließlich wissen. Berufsbedingt betrachtete sie jeden ästhetischen Eindruck zugleich aus taktischer Sicht. Das galt umso mehr, wenn sie wie dieser Tage als weisungsbefugte Sicherheitsbeauftragte das Sagen hatte. Potenzielle Sicherheitslücken mussten permanent identifiziert und geschlossen sowie gegnerische Attentäter und Abhörteams frühzeitig neutralisiert werden.

Gerade hatte sie die gepflegte Gartenanlage mit Steinwegen, hölzernen Sitzgelegenheiten und Wasserspielen im Blick. Als dort ein Agent ihres Teams in Sicht kam – ein Neuling –, trat die Enddreißigerin in dunklem Businessanzug und mit zum Pferdeschwanz gebundenen, naturblonden Haaren aus dem Gebäudeschatten. Dank der Sonnenbrille blieb ihre Sicht trotz gleißender Mittagssonne ungetrübt.

»Kos4, etwas Auffälliges?«, nahm sie über eine dezente Hör-/Sprechausstattung Verbindung zu ihm auf und hielt weiterhin Blickkontakt.

»Negativ«, antwortete der junge Anzugträger knapp.

Seine professionelle Ausstrahlung in Tonalität und Körperhaltung gefiel der Vorgesetzten. - Auf einem breiten Kiesweg näherte sich dem Hotel ein Lieferwagen.

»Kos4, den Blumenlieferanten im Auge behalten.« Beiläufig sah sie zu den Turmzinnen hinauf. »Kos3, beim Management nachfragen, ob eine kurzfristige Blumenlieferung erwartet wird. In der Lobby abfangen und überprüfen.«

»Verstanden.«

Während die BND-Agentin den niedrigen Holzzaun erreichte, der den Beginn der parkähnlichen Außenanlage markierte, gab sie das kosovarische Fahrzeugkennzeichen mit Provinzcode 05 durch. Anschließend galt ihre Aufmerksamkeit erst der gesamten Gebäudefassade, dann dem rechten Turm.

»Kos5, lassen Sie sich mal Richtung Haupteingang sehen.«

Wenige Sekunden später erschien der Kopf einer brünetten Frau zwischen zwei Zinnen. »Alles okay, hier oben.«

»Gut, ich geh jetzt rein.«

Auf ihrem Weg steckte Melanie Holländer die Sonnenbrille in die Brusttasche. Nur wenige Meter entfernt standen zwei Agenten eines US-Auslandsgeheimdienstes, die in ein angeregtes Gespräch vertieft waren. Weder ihr noch dem Lieferfahrer mit Blumenarrangements in einer Stapelbox wurde Beachtung geschenkt. Letzterer verschwand gerade durch die gläsernen Türflügel des Haupteingangs. Die „Plaudertaschen" waren dem Profi ein Dorn im Auge und wären unter ihrem Kommando längst ersetzt worden. Aber es waren ja die Jungs vom „großen kapitalistischen Bruder". Und die wussten, was sie taten – natürlich …

Sie öffnete die Hecktüren des fensterlosen Transporters, um sich vom floristischen Charakter der Ladung zu überzeugen. Über ihren Empfänger im Ohr erfolgte die positive Bestätigung betreffend Lieferung und Fahrer.

»Verstanden. - Kos6, wie sieht es hinter dem Haus aus?«

Erwartungsgemäß gab es keine besonderen Vorkommnisse zu vermelden.

Die herbe Schönheit mit athletischer Figur betrat eine wohltemperierte Empfangshalle, die eigentlich zum Innehalten einlud. Das Zusammenspiel aus steinernem Mauerwerk und antik anmutenden Holzmöbeln verlieh dem Ganzen eine faszinierende Opulenz. Unter anderen Umständen hätte sie sich dem gerne hingegeben. So aber durchquerte sie lässig die Halle bis zum Hotelrestaurant, das vor Holzvertäfelung und eisernen Wandleuchtern strotzte.

Der Aufsteller davor informierte über eine Privatveranstaltung und verwies ersatzweise auf den kleineren Frühstückssaal und die Hotelbar.

Schnell hatte die Deutsche ihre beiden übrigen Teammitglieder ebenso ausgemacht wie weitere US-Agenten. Außerdem saßen zwei Delegationen aus den USA und Deutschland mit insgesamt sieben Männern und drei Frauen am größten Tisch – als einzige Gäste im für gut und gerne 120 Personen ausgelegten Saal. Bei Softdrinks und Kaffee waren die Unterhändler in einen geheimen Gedankenaustausch vertieft. Auch ohne Details der Agenda zu kennen, lag es für Holländer auf der Hand, dass es nur um die nahe US-Militärbasis Camp Bondsteel gehen konnte: das Hauptquartier des US-KFOR-Kontingents im Kosovo, bis vor einigen Jahren mit dem wichtigsten Foltergefängnis der USA in Europa. Es handelte sich vermutlich um eines jener Zusammenkünfte, die offiziell nie stattgefunden hatten und bei Bedarf als Hirngespinst realitätsferner Verschwörungstheoretiker abgetan wurden. Die Resolution 1244 des UN-Sicherheitsrates von 1999 zur Übergangsverwaltung im Kosovo spielte sicherlich keine tragende Rolle bei Tisch, davon konnte man ausgehen. Auch stellte die Bundeswehr derzeit kein starkes KFOR-Kontingent. Wurde vor Ort vielleicht sichergestellt, dass zweifelhafte Aktivitäten der Hegemonialmacht aus Übersee weiterhin Verschlusssache blieben?

Eine Überraschung wäre es nicht, war beim Bundesnachrichtendienst doch allen klar und annähernd jeder darauf geeicht, dass Deutschland vor allem seiner Bestimmung als willfähriger Vasall zu folgen hatte.

Ein Disput, der sich hinter Holländer anbahnte, entging ihrer Aufmerksamkeit nicht. Sie ließ die persönlichen Gedanken fahren.

Gerade versuchte ihr Stellvertreter Kos2 einem Herrn in elegantem Maßanzug klarzumachen, dass das Restaurant auch für diesen bis auf Weiteres tabu war.

»Nein, das ist nicht zu akzeptieren! Als Hotelgast bezahle ich teures Geld! Ich will selbst entscheiden, wo ich etwas zu mir nehme!«, beharrte der unwirsche Gast auf sein Recht.

»Das verstehe ich durchaus. Trotzdem muss ich Sie bitten, dafür andere Räumlichkeiten aufzusuchen«, antwortete der BND-Mann unaufgeregt aber bestimmt, gefolgt von einer nachdrücklichen Geste.

»Holen Sie den Hotelmanager her«, folgte die Erwiderung arrogant und mit verschränkten Armen, »mit Ihnen wechsle ich kein Wort mehr. Sie sind unter meinem Niveau.«

Die zur Schau gestellte Uneinsichtigkeit, der teure Maßanzug und nicht zuletzt der italienische Akzent, welcher trotz hervorragendem Englisch unverkennbar blieb, bestimmten die Strategie der federführenden Spezialagentin. Während sie auf die Zielperson zuging, entfernte sie das Haargummi.

Die entfesselte Haarpracht setzte ihre herbe Attraktivität betont in Szene.

»Falls sich mein Kollege im Ton vergriffen haben sollte, mea culpa«, wandte sie sich mit dem seidig tiefen Timbre ihrer Stimme und einem sinnlichen Lächeln an den Italiener. Ein schneller Seitenblick genügte, und Kos2 entfernte sich.

Verzückt wurde die Blondine mit vollendetem Handkuss begrüßt. »Eine Göttin wie Sie sollte sich niemals entschuldigen. Darf ich Sie einladen, mich in die Hotelbar zu begleiten?«

»Bedaure, mein Dienst lässt das nicht zu.« Wie zum Beweis tippte sie auf den Empfänger im Ohr und fuhr mit gedämpfter Stimme fort: »Sagen Sie es nicht weiter, aber das Hotel wird gerade einer Sicherheitsprüfung unterzogen.«

Ihr Gegenüber horchte auf. »Eine Sicherheitsprüfung, das ganze Hotel?«

»Aber ja. So ist das, wenn die internationale Sicherheitspolitik ins Spiel kommt. Das fängt bei jeder noch so kleinen Schraube an, und reicht bis hin zu den Hotelgästen.«

Während der Gesprächspartner im Edelzwirn gehemmt wirkte, trieb Melanie Holländer das Spiel weiter: »Sie sind italienischer Geschäftsmann, nicht wahr?«

Ihr eigenes Nicken verlieh dem Nachdruck. »Ja, das erkennt man sofort. Ein Mann der Tat. Aber Geschäfte hier im Kosovo?«

Sein verschämter Blick auf die Armbanduhr sprach Bände. »Ach, schon so spät? Ja, ich fürchte, ich muss Sie nun doch schon verlassen. Arrivederci, ich hoffe, wir sehen uns wieder.«

Damit entfernte er sich Richtung Treppe.

Noch während die Spezialagentin ihre Haare wieder zusammenband, erschien Kos2 erneut auf der Szene. »Kompliment, den hast du schnell vergrault. Was hast du dem erzählt?«

»Der verhökert bestimmt keine Espressomaschinen. Frag mal dezent nach, was das für einer ist. Du weißt schon: Personalien, wann angekommen, ob Stammgast und so weiter.«

Daraufhin widmete sie sich wieder dem Hotelrestaurant. Am gewohnten Bild hatte sich nichts geändert. Die zehn Unterhändler saßen noch immer beisammen. Schon kreisten die Gedanken ein weiteres Mal um den Vasallenstatus ihres Landes. Sogar Daten über eigene Bürger, Unternehmen und Institutionen hatte ihr Arbeitgeber verschiedenen US Diensten in den letzten Jahren weitergeleitet und tat es noch immer. Und was musste als Begründung dafür herhalten: Man hätte im Gegenzug hochbrisante Informationen zum islamistischen Terror erhalten. Lächerlich, zum einen waren Informationen von US-Geheimdiensten nur bedingt verlässlich, zum anderen leistete sich der deutsche Auslandsgeheimdienst allein in Berlin einen Neubaukomplex für über 4.000 Mitarbeiter und verfügte über einen Jahresetat von etwa einer Milliarde Euro. Wofür das, wenn man doch auf Dritte angewiesen war? Nein, der wirkliche Grund lag für Holländer in der mangelnden eigenen Souveränität begründet, die Deutschland seit dem letzten Weltkrieg nur teilweise zurückerlangt hatte. In dem Zusammenhang kam ihr ein Thema in den Sinn, welches vor allem ein Dasein in der Welt bundesdeutscher Mythen und Legenden fristete: „Die Kanzlerakte“. Wie auch immer, als BND-Agentin musste sie zwangsläufig darauf vertrauen, dass Grundgesetz und demokratische Rahmenbedingungen bei den deutschen Regierungsvertretern und Verantwortlichen in den zuständigen Behörden zu Entscheidungen führten, die mit dem Gewissen zu vereinbaren waren. Sollten andere sich Gedanken darüber machen, ob eine nur teilweise durchgesetzte nationale Souveränität geeignet war, dem Wohle des deutschen Volkes zu dienen, seinen Nutzen zu mehren und Schaden von ihm abzuwenden. Ihr eigener Gemeinsinn war ohnehin nicht sonderlich stark ausgeprägt, und von jeher wurden die Kleinen von den Großen dominiert.

Allerdings würde sie sich auch weiterhin des eigenen Verstandes bedienen, um nicht doch irgendwann falschen Propheten in den Untergang zu folgen.

Die Lufthansa-Maschine war nicht annähernd ausgebucht. Melanie Holländer wollte das für ein Kraft spendendes Schläfchen nutzen. Es war ohnehin sinnlos darüber nachzudenken, weshalb man sie entgegen neuem Prozedere nach Pullach zitierte, um welchen Auftrag es sich diesmal handeln würde oder warum ihr Instinkt mit Unbehagen auf die Nachricht reagiert hatte …

»Und, Boss, was hältst du von unserem Abstecher in den Kosovo?«, vernahm sie die matte Stimme des BND-Agenten Kos2 neben sich, dem sie aufgrund mehrerer gemeinsamer Auslandseinsätze ein gewisses Maß an Vertrauen entgegenbrachte.

Ihre Augen blieben geschlossen. »Darüber zerbreche ich mir nicht den Kopf. Solltest du auch nicht.«

»Komm schon, wir sind unter uns.«

In der Tat saßen beide ganz hinten und die nächsten Passagiere erst drei Reihen weiter vorne.

»Was hatten wir in Libyen oder dem Irak zu suchen? Willst du dir darüber auch Gedanken machen? Ich sag dir, vergiss es einfach.«

Er hakte mit provokantem Unterton nach: »Was ist damit? Nordafrika und der Nahe Osten sind doch nicht der Balkan.«

»Zwei Seiten derselben Medaille.« Lustlos öffnete seine Vorgesetzte die Augen. »Nordafrika, Naher Osten, Balkan – verschiedene Namen, derselbe Job. Als willfähriger Juniorpartner Scherben auffegen, die wir nicht zu verantworten haben.«

Der Untergebene betrachtete sie zweifelnd. »Wir unterstützen die Amerikaner dabei, die Welt ein wenig sicherer zu machen. Gaddafis, Saddams und bin Ladens wegputzen, das stürzt mich nicht in Gewissenskonflikte.«

Ihr Blick strafte ihn mit Verachtung. »Ist das alles? Und ich dachte schon, du willst ernsthaft reden. Mit diesen Leuten haben US-Regierungen und andere NATO-Staaten zeitweise zusammengearbeitet, von ihnen profitiert, solange die bei Fuß gingen. Was war denn mit Gaddafi? In Italien stützte er die Wirtschaftskraft und sicherte die Energieversorgung, in Frankreich finanzierte er Wahlkämpfe angehender oder amtierender Staatspräsidenten. Im eigenen Land hat er den höchsten Lebensstandard und das beste Gesundheitssystem Afrikas etabliert. Die Landwirtschaft hat er mit Tiefenwasser aus der Sahara zum Erblühen gebracht und bescherte seinem Land damit weitgehende Nahrungsmittelautonomie. Von den Versuchen, diesen Autonomiegedanken zu exportieren und den afrikanischen Kontinent zu einen, ganz abgesehen. Etwas, wogegen nicht nur US-Agrarkonzerne Sturm gelaufen sind. Hinter dem ganzen politischen Blabla und diplomatischen Zuckerguss steckt eine simple Motivation: der Rohstoffreichtum Afrikas und des Nahen Ostens. Es geht um Destabilisierung und Kontrolle. Sieh dir diese Regionen heute an: Bürgerkrieg, Anarchie, Flüchtlingswellen biblischen Ausmaßes. Du kannst ja darüber nachdenken, ob die Absichten im Kosovo ehrenwerter sind, wenn du willst.«

»Bleibt die Frage, was dich bei unserem Haufen hält.«

Die verdiente Spezialagentin wandte sich ab und schloss erneut die Augen. »Ich beherrsche meinen Job. Ende der Durchsage.«

Die umfassendere Erklärung lag tief in ihrem Wesen begründet. Irgendwo dort tobte eine Leidenschaft, die sie in einem normalen bürgerlichen Leben nie würde besänftigen können.

Zu heiraten, Kinder großzuziehen oder Tag für Tag einem geregelten Büroalltag nachzugehen, das hätte sie seelisch wie körperlich verkümmern lassen. Was sie liebte und brauchte war der handfeste Kampf bei vollem Einsatz des Verstandes. Je härter die Bedingungen, desto mehr lief sie zu Höchstform auf.

Liebevoll dachte Melanie Holländer an ihren Bruder Markus. Der war zwei Jahre jünger und hatte das sanfte, verständnisvoll nachsichtige Gemüt des Vaters mitbekommen. Sie hingegen kam nach ihrem rastlosen, kämpferischen Onkel Jacques. Als Geschwister waren beide vielleicht so unterschiedlich, wie man nur sein konnte. Doch an der engen Verbundenheit änderte das nichts. Selbst über weite Entfernungen und bei längerer zeitlicher Trennung blieb diese bestehen. „Amazone“ nannte Markus sie neckisch, für sie war er „Gandhi“. Markus, der viel gereiste Fotojournalist und Melanie, die Auslandsagentin. Wann hatten sie sich das letzte Mal gesehen, vor fünf oder sechs Monaten?

Schlaf überkam sie und brachte eine fast vergessene Kindheitserinnerung zurück:

Über Marseille ist die Sonne bereits untergegangen, abgelöst von einem reich funkelnden Sternenhimmel. Die zwölfjährige Melanie und ihr Bruder sitzen vor einem kleinen Hotel am Hafen, in dem sich ihr Vater und Onkel Jacques aufhalten. Letzterer lebt längst in Frankreich, war Jahre zuvor in die Fremdenlegion eingetreten. Eine laue Abendbrise trägt kulinarische Düfte aus den nahen Fischrestaurants vor sich her, und von der Kaimauer aus lassen sich gut die sanft auf und ab wippenden Boote, Fischkutter und Yachten beobachten, welche nahe beieinander vor Anker liegen. Markus macht seine Schwester auf die hoch über der Stadt thronende Basilika Notre-Dame de la Garde aufmerksam – hell erleuchtet und mit einer Kuppel, einem eckigen Turm und sogar einer goldenen Heiligenfigur beeindruckend. Sie mag nicht sagen, dass der Festungsbau am Hafen sie wesentlich mehr interessiert. Und warum auch? Gemeinsam mit dem Vater würden beide ohnehin noch die ganze Stadt besichtigen.

Es nähern sich fünf halbstarke Jungs, etwa in Melanies Alter, die sich zunächst nur über die deutsche Sprache lustig machen. Ihrem Bruder zuliebe zügelt sie ihr Temperament. Doch schnell wird klar, dass die Störenfriede es auf Markus abgesehen haben und keine Ruhe geben werden. Als einer der einheimischen Jungs ihm sein geliebtes Jo-Jo wegnimmt und ein anderer ihn mit einem Lachen brutal zu Boden stößt, ist es um Melanies Selbstbeherrschung geschehen. Sie tritt dem Aggressor so kräftig zwischen die Beine, dass der laut aufschreiend zusammenbricht. Als Nächstes fällt sie über den perplexen Jo-Jo-Dieb her und prügelt mit geballten Fäusten auf ihn ein. Stark aus der Nase blutend, kann sich der Unterlegene nur noch wegducken und zum Schutz die Hände hochreißen. Ein Dritter erwischt sie von hinten am Haarzopf und zerrt daran, bis sie strauchelt. Wuchtige Tritte gegen seine Knie lassen ihn mit schmerzverzerrtem Gesicht ebenfalls zu Boden gehen. In rasender Wut packt der Gedemütigte das fremde Mädchen, um ihr ins Gesicht zu schlagen. Stattdessen lässt ihn ein erfolgreicher Fingerstoß in Richtung seiner Augen aufheulend davonkriechen. Die zwei verbliebenen Halbstarken starren sich unschlüssig an. Hinter ihnen sind zwischenzeitlich einige Passanten stehengeblieben, die ihrerseits unschlüssig wirken. Ein einzelnes Mädchen, das eine Gruppe von Jungs derart verprügelt, ist denen allem Anschein nach neu. Und dieses Mädchen springt jetzt auch noch auf und stürmt wie eine Furie auf die beiden letzten Gegner zu, die ihr Heil in der Flucht suchen. Melanie bleibt schließlich stehen und schaut zu Markus. Der Atem rast und sie grinst wie von Sinnen. Später einmal wird er ihr rückblickend erzählen, dass sie wie ein wildes Tier ausgesehen hat.

Vater und Onkel kommen aus dem Hotel herangeeilt, bekommen aber nur noch mit, wie ein Junge humpelnd zu gehen versucht und dabei das lädierte Auge zuhält, ein zweiter sich von Erwachsenen gestützt und von Schmerzen gepeinigt zwischen die Beine fasst und ein dritter mithilfe eines Taschentuchs sein Nasenbluten zu stoppen versucht.

»Was ist denn hier passiert, habt ihr euch etwa geprügelt?!«, stellt Vater Holländer seine Kinder vorwurfsvoll zur Rede.

»Unsere Zwei gegen fünf Bengel von hier. Da hinten rennen noch zwei«, stellt der Onkel hingegen stolz fest.

»Markus hat nichts getan! Die haben ihn bestohlen! Und dann haben die ihn noch umgestoßen!«, erwidert Melanie aufgebracht. »Niemand packt meinen Bruder an! Niemand!«

Der Junge mit der stark geschwollenen, vermutlich gebrochenen Nase schleicht wie auf Stichwort vorbei.

»Hau bloß ab, sonst kriegst du noch eine!«, brüllt sie ihn an.

Ihr Vater packt sie. »Hör auf, das reicht doch wohl! Mit Prügeleien löst man keine Probleme. Was soll denn als Nächstes kommen, Knüppel? Es gibt schon genug Mord und Totschlag auf dieser Welt – auch ohne Kinder, die übereinander herfallen.«

»Jetzt lass die Kirche mal im Dorf«, schaltet sich der Onkel ein. »Sie hat ihren Bruder beschützt und sich behauptet. Das sollte dich stolz machen.«

»Aha, dann schau dir die Anderen mal an. Als hätte die jemand durch den Wolf gedreht. Wir reden hier von meiner Tochter. Sieh sie dir an, kein bisschen Bedauern. So sollte sich deiner Meinung nach ein Mädchen von zwölf Jahren verhalten?«

Sein hünenhafter Bruder reagiert mit verständnislosem Kopfschütteln: »Hätte sie zugucken sollen, wie Markus von fünf Raufbolden verprügelt wird, nur weil das in deinen Augen damenhafter ist? Sie hat den Kampf doch nur zu Ende geführt. Weder hat sie ihn begonnen, noch provoziert.«

Eine ältere Frau mischt sich pikiert ein: »Eine Schande, diese Mädchen von heute. Treiben sich herum und haben kein Benehmen.«

Melanies Vater, der der französischen Sprache mächtig ist, hält sofort dagegen: »Halten Sie sich da raus! Sie können sich um die verkommene Jugend aus Ihrer Stadt kümmern. Mit denen hat der Ärger doch erst angefangen.«

Erneut wendet er sich seinem Bruder Jacques zu, der gerade ein Buch auspackt: »Und jetzt zu dir, du Kriegstreiber …«

»Natürlich, das musste ja kommen!«, fällt der ihm wutentbrannt ins Wort. »Wer deinen saudummen Pazifismus nicht teilt, ist natürlich ein Kriegstreiber! Ihr seid die Guten, die aller Welt Frieden und Gewaltlosigkeit predigt, aber andere müssen dafür leiden und Schläge einstecken. Verschone mich endlich mit diesem selbstgerechten Blödsinn!«

Nach diesen Worten kniet er sich zu seiner Nichte hinunter und beruhigt sich augenblicklich. »Hier, meine Kleine, ein Geschenk für dich.«

Melanie umarmt ihn innig, bevor sie das Buch entgegennimmt. »Sunzi – Die Kunst des Krieges«, liest sie den Titel geradezu ehrfurchtsvoll vor. »Was steht in dem Buch drin?«

»Das wirst du ganz alleine herausfinden.«

»Dankeschön. - Darf ich bei dir wohnen, Onkel Jacques?«, fragt sie mit einer spontanen Entschlossenheit, die Onkel wie Vater schlucken lässt …

Stunde der Wahrheit

Der Bundesnachrichtendienst in Pullach – mittlerweile vor allem Standort für die technische Aufklärung. Melanie Holländer fühlte sich mehr als sonst unwohl, als sie zu Fuß ankam und konnte es noch weniger erwarten, das Areal wieder zu verlassen. Wie üblich musste sie das Rolltor passieren, welches zur Hälfte hinter einer hohen Betonmauer mit stilisiertem Bundesadler verborgen lag. Das und die dahinterliegenden Schrankenhäuschen erinnerten sie an die ehemaligen DDR-Grenzübergänge: eine trostlose Betonlandschaft mit ebenso teilnahmslosen Mitarbeitern. Die ganze Atmosphäre war geprägt von Uniformität, Anonymität und der paranoiden Vorstellung, jeder Bürger sei ein potenzieller Landesverräter, Extremist oder Terrorist. Dabei war es doch diese Behörde selbst, der es nur schwerlich gelang, eigene Gesetzesverstöße vor der Öffentlichkeit zu verbergen. Aber das war nicht der Punkt. Vielmehr die Tatsache, dass mittlerweile der Hauptsitz in Berlin mit seinen annähernd 3.300 Büros für die Außenagenten der Bundesbehörde zuständig war. Also warum wurde sie entgegen der gängigen Praxis nach Pullach zitiert? In letzter Zeit schreckte Melanie des Öfteren vor ihren eigenen Gedanken zurück. Was war aus ihrem Prinzip geworden, Anweisungen nicht zu hinterfragen, Operationen und Strategien als per se notwendig zu akzeptieren? Gut, ihr Verstand war immer schon ein kritischer Beobachter gewesen, aber etwas hatte sich hinzugesellt:

Innerer Widerstand aufgrund der Möglichkeit, durch vorenthaltene Fakten zum seelenlosen Werkzeug und dumpfen Vollstrecker zu verkommen, der den Interessen des eigenen Landes mehr schadet, als nutzt. Wie ein Puzzlespieler, der zu spät das komplexe Bildmotiv erkennt. Nur waren ihre Puzzleteile sensible Informationen. Und einzelne Fragmente, die sich über Jahre der Agententätigkeit im Gedächtnis festgesetzt hatten, mutierten in der Gesamtheit zu mahnendem Störfeuer.

Sie hatte die Torkontrolle längst hinter sich gelassen und steuerte auf einen der Eingänge des weitläufigen Gebäudedschungels zu, als hinter ihr laut gepfiffen wurde.

Da sonst kaum jemand zu Fuß unterwegs war, drehte sie sich um. Augenblicklich kam Wiedersehensfreude auf.

Ein Mann ihrer Altersgruppe näherte sich mit schnellen Schritten. »Melanie Holländer, du verdammtes Flintenweib. Immer noch kein Auto angeschafft?«

Der freche Überschwang wirkte ansteckend: »Ich glaub's ja nicht. „Tommy Gun", du krummer Hund. - Kennst mich doch, ich mag keinen Ballast auf Rädern mit mir rumschleppen. Bringt früher oder später bloß Ärger.«

Sie tastete ihn spielerisch ab. »Was ist das denn? Ganz schön abgebaut, in den Innendienst versetzt?«

»Du kannst mich mal, Innendienst. So viel Alka Seltzer könnte ich gar nicht saufen, um die Nebenwirkungen loszuwerden. Hast immer noch dasselbe lose Mundwerk. Du brauchst mal wieder eine Abreibung. Schießstand oder Boxring?«

Die Herausgeforderte setzte eine siegessichere Miene auf. »Natürlich beides, du hohle Nuss.«

Eine vorübergehende Gruppe quittierte das doppelte Gelächter mit abfälligen Blicken.

Thomas Schlüter, dessen Spitzname auf verwegene Einzelaktionen während diverser Auslandseinsätze zurückging, wandte sich den Männern und Frauen provokant zu und sprach betont laut: »Schau dir diese geleckten Vögel an. Die haben doch alle einen Stock im Arsch. Hauptsache, immer schön den Dresscode beachten.«

Wehmütig drehte er sich zu Melanie um: »Agenten unseres Formats sterben aus.«

Die küsste ihn zärtlich auf den Mund. »Bürozombies haben Hochkonjunktur. - Ich werde zum Gespräch erwartet. 19 Uhr im alten Stammcafé?«

Die Büro- und Sitzungsräume auf etlichen Gängen verschiedener Etagen, noch dazu Fachbereichen mit teils kryptischen Bezeichnungen zugeordnet, waren ohne genaue Ortskenntnisse kaum zu überblicken. Darüber verfügte Melanie weitgehend und sie kannte den vorgegebenen Sitzungsraum zudem aus früheren Besprechungen.

Dieser befand sich in einem Gebäudetrakt, der nur mit gesonderter Zugangsberechtigung betreten werden konnte. Es erwarteten sie drei Männer: ihr direkter Vorgesetzter Gernot Pollack und jene beiden zu seiner Linken, die sie noch nie gesehen hatte. Insofern war es eine andere Ausgangssituation als sonst.

Normalerweise hatte Pollack nur einen Beisitzer an seiner Seite, der ihr zudem immer bekannt war. Ansonsten hatten die anwesenden Herren nichts Auffälliges an sich. Man schien in jeder Beziehung über einen Kamm gebürstet zu sein. Interessant wäre höchstens gewesen, welcher Sektion die neuen Gesichter angehörten und in welcher Position. Aber die Spezialagentin erwartete nicht, diese Informationen zu erhalten.

Die beiden Namenlosen öffneten das jeweils vor ihnen liegende Dossier, während Pollack den Gesprächsauftakt übernahm: »Kollegin Holländer, schön, Sie gesund wiederzusehen. Glückwunsch zu einer reibungslosen Kosovo-Operation.«

Die nächsten Ausführungen waren das übliche Einerlei wie vor und nach jeder Mission. Melanies Gedanken schweiften ab und kreisten plötzlich um den Sitzungsraum mit seinen zwölf zweckmäßigen Stühlen um den ebenso zweckmäßigen Tisch.

Selbst die Rollos waren heruntergelassen und auf Sichtschlitz gestellt, sodass die verbleibenden Sonnenstrahlen nicht von der Ernsthaftigkeit des Geheimdienstalltags ablenken konnten. Gleich zwei Flipcharts machten sich Konkurrenz, so als sollte das außerordentlichen Arbeitseifer suggerieren. Und wo waren eigentlich die Zierpflanzen, wie sie selbst in einem drittklassigen Unternehmen längst selbstverständlich waren? Nicht das kleinste bisschen Leben – oh Gott, hier konnte man ja ersticken. - Da war es wieder, dieses Aufbegehren, dieser innere Widerstand, der an ihr nagte.

Eine fremde Stimme holte sie abrupt zurück: »Frau Holländer, Ihr psychologisches Profil zeigt eine latente Gewaltbereitschaft mit Tendenz zur Obsession. Aber wie es scheint, haben Sie die rechtlichen Grenzen des Einsatzes tödlicher Gewalt noch nie überschritten«, stellte der Anzugträger in der Mitte sachlich fest und hielt seine Lesebrille dabei abwartend in der Hand.

Seine zierliche Erscheinung wirkte neben den deutlich kräftigeren Männern verloren. Alles andere an ihm zeigte ihr jedoch, dass er das Heft der Entscheidung in Händen hielt. Körperhaltung und Gesichtszüge des Mittsechzigers geboten Respekt. Und zweifellos war er sich seiner Wirkung bewusst, als er sie fordernd ansah. Doch eines hatte die gestandene Agentin in dem staatlich betriebenen Narrenkäfig zu ihrem Gebot gemacht: Antworte nur auf direkte Fragen. Dem folgend, erwiderte sie den Blick ihres Gegenübers schweigend.

Als die Stille das erträgliche Zeitmaß überschritt, folgte doch noch eine Frage: »Gab es Situationen, in denen Sie weitergegangen wären, wenn Sie freie Hand gehabt hätten – um das gesetzte Ziel zu erreichen, meine ich?«

Die Befragte goss sich Fruchtsaft ein. »Sie haben sich noch nicht vorgestellt.«

Mit Seitenblick zu Pollack behielt der Wortführer seinen sachlichen Ton bei: »Tut nichts zur Sache, Sie kennen Ihren Vorgesetzten.«

Vor ihren nächsten Worten nickte Melanie süffisant und ließ sich beim Trinken Zeit. »Wie weit weitergegangen? Legitimiert durch wen?«

»Sie sind eine gerissene Person, Spezialagentin Holländer, mit einem beachtlichen IQ«, stellte der ranghohe BND-Mann mit flüchtigem Lächeln fest. »Natürlich, denn gerissen zu sein ist in der Regel Ausdruck hoher Intelligenz. Aber genau das kann zum Problem werden, nicht wahr? Plötzlich beginnt man, den Auftrag zu hinterfragen, zweifelt an der

Verhältnismäßigkeit des eigenen Tuns. Kennen Sie das auch? Gibt es Momente, in denen Sie an Ihrer Mission zweifeln?«

Mit einem abschätzigen Blick zu ihrem direkten Vorgesetzten machte die Befragte deutlich, dass ihre Geduld zur Neige ging. Im Grunde lief die Art der Befragung auf etwas hinaus, das eine existenzielle Dimension für sie haben würde. Jedes weitere Hinauszögern empfand sie deshalb als Schikane.

»Meine Herren, ich bin sicher, Sie kennen mein psychologisches Profil besser als ich, und Herr Pollack dürfte Sie auch über alles Sonstige in Kenntnis gesetzt haben. Ich schlage also vor, Sie klären mich über meine nächste Mission auf oder setzen mich nicht ein. Es geht doch um einen Einsatz, oder nicht?«

»Wie viele Menschen haben Sie gezielt im Dienst getötet?«, wollte der Wortführer unbeirrt wissen.

»Sieben«, erwiderte sie ohne zu zögern.

»Sieben – ja, richtig. Das ist weit über Durchschnitt. Hätte es keine andere Lösung gegeben?«

»Nein«, erfolgte die Antwort postwendend. »Können wir jetzt zur Sache kommen?«

Er sah zu seinen Nebenleuten, wie um ein unsichtbares Okay einzuholen. »Es geht darum, Ihre Talente noch nutzbringender einzusetzen. Es geht um einen konkreten Tötungsauftrag.«

Endlich ist es ausgesprochen, hörte Melanie die eigene innere Stimme widerhallen. Ihre kaltblütige Präzision gepaart mit einer überragenden Erfolgsquote sollte also honoriert werden, indem man sie in den elitären Kreis von

Auftragsmördern im Dienste des Staates aufnahm. Für einen Augenblick wurde die Versuchung übermächtig, ihrem Gegenüber die Zähne einzuschlagen. Es siegte die Erkenntnis, dass es weniger ein Problem sein würde abzulehnen, als vielmehr anschließend am Leben zu bleiben.

»Wer ist die Zielperson?«

Pollack betrachtete sie argwöhnisch. »Wenn wir anschließend den Raum verlassen, wird dieses Gespräch niemals stattgefunden haben. Wir verstehen uns?!«

Ihre Aufmerksamkeit galt noch immer dem Mann in der Mitte: »Die Zielperson?«

»Alles zu seiner Zeit. Ist das ein Ja?«

»Ich werde tun, was notwendig ist. Die Verantwortung dafür liegt bei Ihnen und dieser Bundesbehörde.«

Thomas Schlüter verstand es nicht. Warum war die Holländer nicht aufgetaucht? 19 Uhr war vereinbart gewesen, und er hatte eine knappe Stunde vergeblich gewartet.

Es sah ihr gar nicht ähnlich, zu spät zu erscheinen. Ungewollt musste er über ihre liebenswerte Marotte schmunzeln, praktisch immer zu früh aufzukreuzen. Was für eine ungewöhnliche Frau. Sie schloss wahrlich nicht viele Leute ins Herz, aber wer zum engsten Kreis zählte, für den war sie in der Not zur Stelle – jederzeit und bedingungslos. Die sexuelle Beziehung der beiden war kurz aber intensiv gewesen. Mal hier, mal da – irgendwann waren sie übereingekommen, dass ein rein platonisches Miteinander im gemeinsamen Job weit wertvoller war, frei von störenden Zwischentönen und Abnutzungserscheinungen.

Unweit des Stammcafés nestelte Schlüter in seiner Hosentasche nach dem Wagenschlüssel. Der neue 5er BMW war sein ganzer Stolz. Selbst das Einsteigen kostete er genüsslich aus.

Mit Einschalten der Zündung wurde plötzlich die Beifahrertür geöffnet und die überfällige Melanie Holländer stieg ein. »Fahr los – schnell!«

Ohne nach dem Warum zu fragen, fädelte er sich in den Verkehr ein. Eine brauchbare Erklärung würde seine langjährige Mitstreiterin ihm schon noch nachreichen.

Nachdem sie sich eine ganze Weile ausschließlich auf Innen- und Außenspiegel konzentriert hatte, wandte sie sich endlich dem Fahrer zu: »Bist du als Freund hier oder auf Befehl?«

»Was?!«, kam es perplex zurück.

»Soll ich meine Frage wiederholen?«

Schlüter reagierte erbost: »Du spinnst wohl! Erst versetzt du mich, und jetzt unterstellst du mir noch, ich wäre auf dich angesetzt! Das muss ja ein tolles Meeting gewesen sein.«

Nachdenklich atmete sie aus. »Typen, die ich noch nie gesehen habe, wollen mich zur Auftragsmörderin machen. - Für wen halten die sich, verdammt!«

»Die werden dich nicht einfach aussteigen lassen, so viel ist mal sicher. Aber dass du denkst, ich würde dich aushorchen oder schlimmeres … Scheiße, Mann, du solltest mich besser kennen.«

»Ist ein verrücktes Geschäft, in dem wir uns bewegen.«

»Also deshalb die geplatzte Verabredung. Du hast mich observiert, ja?!« Seine Enttäuschung verflog und er schüttelte anerkennend den Kopf. »Nicht schlecht, gar nicht schlecht. - Okay, du musst untertauchen, sofort. Keine alten Kontakte, keine alten Gewohnheiten. So sehr ich dir auch helfen möchte, die werden jeden meiner Schritte überwachen.«

Die Beifahrerin schenkte dem BND-Mann ein kokettes Lächeln. »Keine Sorge, ab sofort gibt es nur noch „den Schatten".«

Wie aus dem Nichts zog sie ihre Pistole hervor und sicherte die schussbereite Waffe. »Halt irgendwo da vorne. Ich steige aus.«

Ungläubig und fasziniert zugleich starrte Thomas Schlüter auf ihre Waffenhand. Sie wäre also jederzeit imstande gewesen, ihn auszuschalten, hätte er ein falsches Spiel gespielt. Null Vertrauen, null Risiko – der Profi konnte es ihr nicht verdenken. Sie war „der Schatten", deshalb lebte die Spezialistin für heikle Operationen noch.

Politischer Aufstieg eines Erlkönigs

Zunehmende Graupelschauer machten den Abend des zweiten Weihnachtsfeiertages zu einem ungemütlichen Konzentrationsmarathon für den Fahrer des Audi A6. Besonders seit sie die Autobahn verlassen hatten und die Monotonie der Bundesstraße vorherrschte, empfand er es so. Ein Blick in den Rückspiegel machte deutlich, dass den Endfünfziger im Fond ganz andere Sorgen plagen mussten. Schon die ganze Fahrt über hatte Winfried Seeger sich in Schweigen gehüllt, was für den Vorsitzenden der Oppositionspartei FWD untypisch war.

Gewöhnlich pflegte dieser seit Jahren einen recht persönlichen Umgangston mit seinem Fahrer. Gerade zu vorgerückter Stunde, wenn das Telefon seltener anschlug und der Stress des Alltagsgeschäftes von ihm abfiel, kam er gerne ins Plaudern. Mal war es das Weltgeschehen, mal die Stimmung in der Bevölkerung zu gesellschaftspolitischen Themen oder banale Dinge wie Sport, Reisen oder gutes Essen. Auch informierte sich Seeger regelmäßig über Befinden und Familiensituation seines Fahrers – doch nicht heute.

Der Mann am Steuer glaubte, den Grund für die Nachdenklichkeit zu kennen. Verschiedenen Andeutungen, Mobiltelefonaten und sonstigen Hinweisen der letzten Zeit nach zu urteilen, bereitete der aktuelle Generalsekretär der Partei, Karsten Fechter, Sorgen. Winfried Seeger hatte Fechter bereits gekannt, als dieser noch Vizepräsident des

Bundesnachrichtendienstes gewesen war. Ein smarter Typ, der Auftritte im Scheinwerferlicht und die Nähe zu einflussreichen Persönlichkeiten schon zu jener Zeit geradezu erzwungen hatte. Aber auch einer, der sein Handwerk beherrschte und den BND überzeugend organisiert hatte. Es wäre wohl nahezu unmöglich gewesen, nicht auf diese charismatische Persönlichkeit aufmerksam zu werden. Als der damalige FWD-Generalsekretär die mitunter konträren Strömungen und Stimmungen innerhalb der Partei nicht mehr abzufedern und überzeugend nach außen zu kommunizieren verstanden hatte, sowie medienwirksame Scharmützel mit dem Bundesgeschäftsführer überhandgenommen hatten, war die Zeit reif gewesen für einen durchsetzungsstarken Macher. Einer, der den Posten des Generalsekretärs ausfüllen konnte und gemeinsam mit dem Bundesgeschäftsführer disziplinarische Fragen souverän im Griff behielt. Und bei der neuen Personalie war es Parteichef Winfried Seeger noch um etwas anderes gegangen, daran bestand für seinen Fahrer nicht der geringste Zweifel: nämlich die drückenden Machtambitionen des Bundesgeschäftsführers einzudämmen. Aber wer Feuer mit Feuer bekämpfen will, der läuft auch immer Gefahr, dass das Gegenfeuer außer Kontrolle gerät. So geschehen mit Karsten Fechter …

Sie hatten ihr Ziel beinahe erreicht. Der kleine Ort unweit von Würzburg wirkte wie in Kälte erstarrt. Neben wenigen Straßenlaternen beschränkten sich die Lichtquellen vornehmlich auf weihnachtliche Festbeleuchtung in Fenstern und Vorgärten. Auf der Straße ließ sich niemand blicken. Es war diese angepasste Monotonie, die traditionsbewusste Geister in Verzücken versetzte, losgelöste Individualisten jedoch innerlich aufschreien ließ. Der Mann am Steuer fühlte sich in Traditionen gut aufgehoben. Dass alle Gartenhecken mehr oder weniger abgestimmt geschnitten waren, die meisten Einfamilienhäuser wie nach einem Strickmuster gebaut wirkten und selbst Weihnachtsschmuck und -beleuchtung in Menge und Anordnung wenig variierten, empfand er als anheimelnd.

Ein letzter Blick in den Rückspiegel zeigte einen Parteivorsitzenden mit geschlossenen Augen. Der Dienstwagen hielt vor einem Bungalow, der zwar durchaus als groß zu bezeichnen war, in seiner insgesamt schlichten Anmutung jedoch nicht unbedingt auf den Bundesgeschäftsführer einer etablierten politischen Partei hindeutete.

»Herr Seeger, wir sind angekommen«, wurde die Information mit gedämpfter Stimme kundgetan.

Der Angesprochene öffnete die Augen und streckte sich mit Blick nach draußen. »Na, dann wollen wir unsere Truppen mal ordnen.«

Die beiden Männer machten es sich vor dem brennenden Kamin bequem. Schnell schien sich der Gast in den tanzenden Flammen zu verlieren, nippte nur beiläufig an seinem Glas Rotwein.

»Welchem Umstand verdanke ich deinen Besuch während der Feiertage?«, fragte der FWD-Bundesgeschäftsführer Erwin Renz-Raute mit höhnischem Unterton.

Seeger, dem das nicht entging, reagierte gereizt: »Du weißt genau, worum es geht. Unser Generalsekretär untergräbt meine Autorität und diskreditiert damit die ganze Partei. Findest du das nicht beunruhigend?«

Mit wissendem Lächeln ging der Gastgeber darauf ein: »Karsten? Der Karsten Fechter, den du in die Partei geholt hast, um mich besser klein halten zu können?« Er wurde abrupt ernst. »Der ist nicht für unser Umfragetief verantwortlich.«

»Sieh an, Herr Bundesgeschäftsführer. Dann kläre mich doch bitte darüber auf, wer oder was deiner professionellen Meinung nach verantwortlich ist?«

Renz-Raute leerte sein Glas und stellte es auf dem Boden ab. »Werde ich dir sagen: Das Attribut Volkspartei wird sich die FWD nie verdienen, wenn es nach dir geht. Wir sind nur Oppositionspartei und werden es auch bleiben, weil wir für keine echte Leitkultur mehr einstehen. Wir krähen nur noch das nach, was eine kleine Clique von abgehobenen Gutmensch-Ideologen und pseudo-intellektuellen Medienmachern vorgibt. Unsere politischen Konkurrenten haben vor dem Volk Angst. Die wollen unseren Bürgern am liebsten jede Form der aktiven Mitbestimmung und eine eigene Meinung absprechen. Wir von der FWD müssen mehr denn je das Sprachrohr und der rettende Strohhalm für unser Volk sein. Aber dafür braucht es einen Parteivorsitzenden mit Eiern …«

»Dann hältst du Wahlkämpfe und Bundestagsdebatten wohl für reine Showveranstaltungen?«, unterbrach Seeger irritiert.

»Hör auf, ja«, echauffierte sich sein Gegenüber, »du sitzt hier nicht im Sommerinterview! Wen sollen die Menschen hierzulande bitte favorisieren in einem Einheitsbrei aus Parteien, die in ihrem Handeln nie austauschbarer waren, wo niemand über die aktuelle Legislaturperiode hinaus denkt, Klientelpolitik und eigene Karriere im Fokus stehen und nationale Interessen auf dem Altar einer Brüsseler Zentralmacht geopfert werden.«

Nun, da sich das Temperament des Bundesgeschäftsführers endgültig Bahn brach, sprang er von seinem Sessel auf: »Deutschland ist zur „DDR-Light" verkommen! Der Souverän hat die Schnauze voll von der lähmenden Gesinnungsdiktatur, verstehst du! Überall wird einem mit moralisch erhobenem Zeigefinger souffliert, was man sagen darf und wie man zu handeln hat, während Deutschland immer weiter vor die Hunde geht. Aber du stehst auf der Bremse und verspielst unsere Chancen als Partei.«

In seinem Stolz verletzt und um den Parteivorsitz bangend, baute sich Winfried Seeger eindringlich vor dem Enddreißiger auf: »Du und Fechter tragt das System genauso mit wie ich. Wir sind gewählte Volksvertreter – und ganz nebenbei, alle politischen Parteien und Spitzenpolitiker leben ziemlich gut damit. Ich werde den Teufel tun und unsere FWD in einen Märtyrertod schicken, indem ich gegen die herrschende Meinung oder die EU Sturm laufe.«

Erwin Renz-Raute nahm das Bekenntnis mit Genugtuung auf: »Was dich zum Verräter am eigenen Volk macht. Quod erat demonstrandum. Mit dir an der Spitze kommen wir auf keinen grünen Zweig.«

Noch gab sich der Gast nicht geschlagen und mäßigte den Ton: »Was gedenkst du also zu tun?«

»Das Entscheidende hast du selbst getan – die parteiinterne Vertrauensfrage gestellt. Hältst du mich und andere für komplett bescheuert? Du willst die für dich wichtigen Leute auf Linie bringen. Jetzt, wo Fechter vom Protegé zum ärgsten Widersacher geworden ist, buhlst du um Verbündete. Sorry, ich setze auf den besseren Mann. Karsten hat Visionen, die das Land dringend braucht. Ohne dich können wir Volkspartei werden.«

Das saß. Resignierend ließ sich der Noch-Parteichef in den Sessel zurücksinken. Er war lange genug im Geschäft, um eine sich anbahnende Niederlage zu erkennen. Der Prozess seiner Demontage hatte schleichend Einzug gehalten. In einer Mischung aus Sachverstand, Eloquenz und Charme hatte es Karsten Fechter verstanden, bereits unmittelbar nach Amtsantritt sowohl Parteifreunde als auch die Öffentlichkeit für sich einzunehmen.

Die FWD war schon untrennbar mit dem Namen Fechter verknüpft und der Abwärtstrend in den Umfragewerten gestoppt.

Gründe genug, die für Mitte Januar angesetzte Veranstaltung um die Vertrauensfrage zum persönlichen Waterloo des Vorsitzenden werden zu lassen.

»Ihr macht also gemeinsame Sache«, stellte er verbittert fest. »Was ist mit deinen eigenen Karriereambitionen, plötzlich verflogen?«

»Soll ich dein Schicksal vielleicht teilen?«

Seeger nickte gefasst. »Okay, wie habt ihr euch das Weitere vorgestellt?«

Der Bundesgeschäftsführer sah den Parteivorsitzenden gönnerhaft an, nahm sich mit der Antwort Zeit: »Ein Rücktritt von deinem Amt als Vorsitzender mit sofortiger Wirkung wäre der Sache am dienlichsten – aus familiären oder gesundheitlichen Gründen, da fällt uns schon was ein.

Anstelle der Vertrauensfrage stünde dann die Wahl des neuen Parteivorsitzenden auf der Agenda.«

»Und alles Notwendige ist schon vorbereitet, nehme ich an.«

»Selbstverständlich. Deine Verdienste um die Partei werden natürlich ausgiebig gewürdigt. Das hast du dir redlich verdient, Winfried.«

Handschrift eines politischen Schwergewichts

In der Parteizentrale der FWD liefen letzte Vorbereitungen für die erste Sitzung unter dem Vorsitz Karsten Fechters. Der Tagungsraum befand sich in der ersten Etage des gediegenen Altbaus. Durch die geöffneten Türflügel eilten unentwegt Funktionsträger und Techniker in beide Richtungen. Das Erdgeschoss war derweil die Domäne der Hauptstadtmedien, deren ausharrende Vertreter emsig bemüht waren, erste morgendliche Stimmen einzufangen. Auch wurden Kamerapositionen für die Interviews unmittelbar nach der Sitzung festgelegt und die erforderliche Beleuchtung platziert.

Inmitten dieses organisierten Chaos aus Menschen und Material bewegte sich unbefangen Karsten Fechter, der das Gebäude unter dem Schutz seiner Leibwächter gerade betreten hatte und sich interessiert umsah. Die Schar von Journalisten schien ihn zu beflügeln, dennoch verweigerte der stattliche Endfünfziger mit weltmännischer Ausstrahlung den ersten beiden das Kurzinterview. Stattdessen steuerte er gezielt auf einen Mann mit hohem medialen Bekanntheitsgrad zu, welcher für einen öffentlich-rechtlichen Fernsehsender tätig war.

Der nahm die Chance dankbar wahr und bat den willigen Fechter vor die Kamera. »Bei mir steht der frisch gekürte Parteivorsitzende der FWD, Karsten Fechter. - Danke, dass Sie sich die Zeit nehmen. Die erste Parteisitzung in Ihrer neuen Verantwortung beginnt in wenigen Minuten. Sind gänzlich neue Töne zu erwarten, wird sich die FWD neu ausrichten?«

»Guten Morgen«, begann der Gesprächsgast mit gewinnendem Lächeln. »Von meiner Partei und mir wird vor allem deutliche Kritik kommen. Im Zuge der Rückbesinnung auf das Selbstverständnis der FWD werden wir hart in der Sache argumentieren. Wir werden das für Deutschland Notwendige einfordern, nur darum darf es gehen.«

»Können Sie das weiter ausführen? Was betrachten Sie als notwendig?«

Fechter blickte direkt in die Kamera. »FWD – Freiheit, Werte, Deutschland. Diese Begriffe werden wir wieder so mit Leben und Inhalt füllen, wie es die Menschen in diesem Land verdienen.«

»Manche sehen in Ihnen einen Vorsitzenden, der wieder mehr rechtspopulistisches Gedankengut in die Partei tragen will. Wie wollen Sie denen entgegentreten?«

»Gar nicht, weil es nichts weiter als ein Propaganda-Placebo ist. Sehen Sie, Populismus betreibt jede politische Partei, das gehört dazu wie das Amen in der Kirche. Und „rechts“: definieren Sie das. Meinen Sie mit „rechts“ das Eintreten für Recht und Ordnung, die traditionelle Familie, Individualität und kreative Freiheit auf Grundlage des Bewährten, gewachsene Werte im Sinne der „Aufklärung“? Wenn es darum gehen soll, bin ich schuldig im Sinne der Anklage.«

Der Journalist griff das zögerlich auf: »Na ja, ich denke, gemeint ist etwas anderes.«

»Die Fakten sprechen für sich: Meine guten Umfragewerte und das überwundene Umfragetief meiner Partei sind nicht darauf zurückzuführen, dass wir einer Minderheit von Gesinnungsmoralisten nach dem Mund reden, sondern weil wir für etwas eintreten, was eine schweigende Mehrheit im Land genauso sieht. Wir werden im Übrigen der Frage auf den Grund gehen, weshalb als politisch unkorrekt diskreditierte Meinungen ungestraft öffentliche Anfeindung bis hin zu gesellschaftlicher Ächtung zur Folge haben dürfen. Für ein demokratisches Deutschland ist das aus unserer Sicht beschämend, denn es widerspricht unserem Grundgesetz.«

Der öffentlich-rechtliche Journalist – endgültig aus dem Konzept geraten – nestelte nervös an seiner Verkabelung, wollte unbedingt Boden gutmachen: »Ja, gut, das mögen Sie so sehen, Herr Fechter, aber es besteht nun mal die große Befürchtung, dass Sie zur gesellschaftlichen Spaltung beitragen. Und zur Wahrheit gehört ja auch, dass der amtierende Bundeskanzler und seine Regierungspartei nach wie vor fest im Sattel sitzen. Sind Sie zuversichtlich, das bis zur nächsten Bundestagswahl ändern zu können?«

Ein hintergründiges Lächeln huschte über das Gesicht des Befragten. »Wie gesagt, das für Deutschland Notwendige werden wir tun. Und eine Gesellschaft spalten vor allem diejenigen, die anderen eine eigene Meinung verbieten wollen.«

»Betrachten Sie auch den Rücktritt Ihres Vorgängers als für Deutschland notwendig?«, legte der Interviewer provokant nach.

»Aber Sie wissen doch aus eigener Berichterstattung, dass sich Winfried Seeger intensiver seiner Familie widmen will«, retournierte der Hausherr souverän. »Aber jetzt müssen Sie mich leider entschuldigen, man erwartet mich zur Sitzungseröffnung.«

Vom Kopfende des Tisches aus betrachtete Karsten Fechter die übrigen Anwesenden. Für ihn war ein entscheidendes Etappenziel erreicht. Er stand an der Spitze einer Partei, die das Potenzial besaß, erstmalig die Regierungsmacht zu erringen. Als Nächstes musste es darum gehen, jeden im Raum dauerhaft auf ihn einzuschwören. Während der Jahre beim Bundesnachrichtendienst hatte er entsprechende Methoden perfektioniert. Seine Position als Generalsekretär der FWD hatte ihm außerdem tiefe Einblicke in Psyche und Lebensumstände der Männer und Frauen am Tisch verschafft, was sich zweifelsohne als wertvoll erweisen würden.

»… Womit ich das Wort unserem neuen Vorsitzenden erteilen möchte«, erklärte gerade der auf Betreiben Fechters in das Amt des Generalsekretärs aufgestiegene Hans-Uwe Kolle.

»Ich danke dir«, übernahm der Angesprochene und breitete demonstrativ mehrere Zeitungsartikel vor sich auf dem Tisch aus. »Diese Presseartikel verdeutlichen, warum wir wem was schulden. Das Wem ist bereits gesetzt: dem deutschen Volk – siehe Grundgesetz und die gleichlautende Inschrift über dem Westportal des Reichstagsgebäudes. Das Was betrifft auch unser Selbstverständnis als FWD.« Eindringlich ließ Fechter den Blick kreisen. »Ich darf in Erinnerung rufen: weitestgehende individuelle und wirtschaftliche Freiheit, Gesetz und Ordnung, das Bewahren von Altbewährtem gegen kurzweilige Trends aber gleichwohl Offenheit für sinnvolle Neuerungen sowie die nationale Souveränität. Anders gesagt: Was uns zur Volkspartei machen kann, ist das Zusammenführen von liberalen und konservativen Werten nach dem Vernunftprinzip. Ich sage euch, wir werden den nächsten Kanzler der Bundesrepublik Deutschland stellen – pragmatisch und konsequent wie ein Helmut Schmidt, vorausschauend und leidenschaftlich wie ein Franz-Josef Strauß.«

Erwin Renz-Raute betrachtete seinen Chef mit Faszination und einer Spur Unbehagen. Jedem anderen hätte er eine pathologische Selbstüberschätzung unterstellt, wie sie Diktatoren zu eigen war. Auf Karsten Fechter traf das offenkundig nicht zu. Der hatte schließlich den Erfolg in die Partei zurückgebracht. Jedes seiner Worte und Schachzüge atmete einen tiefen Sinn, so unbequem diese für den einen oder anderen auch sein mochten. Und der Vorsitzende verstand es zu überzeugen.

Immer wieder setzte er auch verbindliche Töne virtuos ein, um aufkommende Zweifel oder Ablehnung zu zerstreuen. Ihm zu folgen, empfand der Bundesgeschäftsführer der FWD als Privileg.

Andererseits fuhr der Besagte einen Konfrontationskurs gegen eine etablierte politische Klasse und weitgehend gleichgeschaltete Leitmedien, die sich allesamt häuslich eingerichtet hatten. Ein abgestimmtes Meinungskartell, welches jeden gnadenlos anging, der dieses vermeintliche Idyll bedrohte. In einem solchen Kampf konnte man sich längerfristig nur äußerst schwer behaupten. War sich Fechter darüber im Klaren?

Hatte der noch ein Ass im Ärmel, von dem niemand sonst etwas wusste?

»Das hier sind einige Artikelbeispiele von weniger angepassten Blättern.« Karsten Fechter nahm die Auswahl zur Hand und strich sich beiläufig über den weißhaarigen Bürstenschnitt. »„Das Aus für nationale Souveränität?", fragt eine Überschrift. Dazu der Satz: „Die nationale Selbstentfremdung hat System, Vaterland und Identität werden schrittweise aufgelöst in multikultureller Beliebigkeit unter Vorsitz einer zentralistischen EU." Oder wie wäre es damit: „Die Angst der politischen Parteien vor dem Wahlvolk scheint grenzenlos." Im weiteren Verlauf wird darauf eingegangen, dass ein hiesiger Bundesminister es vor dem Hintergrund der deutschen Geschichte für geboten hält, Volksentscheide von nationaler Tragweite auch weiterhin zu unterbinden. Weil nur gewählte Volksvertreter richtige Entscheidungen mit dem dafür notwendigen Augenmaß herbeiführen können, sagt der gute Mann.« Der Parteichef sah höhnisch auf. »Also ich behaupte ja, der deutsche Souverän verfügt über weitaus mehr gesunden Menschenverstand und Weitsicht, als so mancher Volksvertreter. - So, hier noch etwas aus der Kategorie Gesetz und Ordnung. In dem Bereich ist es mittlerweile ja gang und gäbe, Ross und Reiter nicht mehr in einem Atemzug zu nennen. Ich zitiere: „Die Bevormundung durch den Deutschen Presserat hat längst auch Einzug in die Pressestellen von Ministerien und Behörden gehalten. Zum Beispiel wird bei der Polizei ein Zusammenhang zwischen Tätern und Zugehörigkeit zu einer religiösen oder ethnischen Minderheit auffallend häufig nicht mehr offengelegt. Kritiker sprechen von einem

Formulierungsverbot, das die Informationspflicht gegenüber den Bürgern konterkariert.“«

Eine von drei Frauen hatte sich durchweg Notizen gemacht. Nun grätschte die Mittdreißigerin entschieden dazwischen: »Wenn wir das so geballt in die Öffentlichkeit tragen, laufen wir Gefahr, unsere Umfragezuwächse teilweise wieder einzubüßen. Dann wird uns jede regierungshörige Redaktion im Land an den Pranger stellen wollen und eine mediale Hexenjagd betreiben – zur Freude unserer politischen Konkurrenz.«

Eine bedrohliche Spannung erfüllte den Tagungsraum, als Fechter sich anschickte, mit unumstößlicher Selbstgewissheit darauf einzugehen, wobei seine grauen Augen die PR-Expertin frostig fixierten: »Die sogenannten Leitmedien stehen selber unter Druck. Die Auflagen von Zeitungen und Magazinen dieser Couleur verlieren massiv Abonnenten und das nicht erst seit Kurzem. Qualität und Einschaltquoten des öffentlich-rechtlichen Rundfunks haben sich derart desaströs entwickelt, dass die eingetriebenen Zwangsgebühren jeder realistischen Grundlage entbehren. Und komm mir jetzt bloß nicht mit irgendeinem neuen Konsumverhalten, dem Ausweichen ins Internet. Damit alleine lässt sich diese Entwicklung nicht erklären. Ich sage euch, was wir da erleben: zivilen Ungehorsam der schweigenden Bevölkerungsmehrheit. Das nenne ich einen Boykott.«

Urplötzlich sprang er auf und begann, den Sitzungstisch zu umrunden. »Wir wollen eine Volkspartei werden, wollen den Wählerwillen umsetzen, das ist unser Job! Die Journaille soll gefälligst faktenbasierte Informationen liefern –

vollständig, unvoreingenommen, leidenschaftslos – und damit der freien Willensbildung dienen! Unter meinem Vorsitz duckt sich die FWD nicht vor einem dümmlich moralisierenden Propagandaapparat weg.«

Gekränkt hielt die Beauftragte für Öffentlichkeitsarbeit umso erbitterter dagegen: »Das Volk will mit Brot und Spielen bei Laune gehalten werden. Diese uralte Formel funktioniert seit dem antiken Rom. So traurig es ist: Die Bürger wollen nicht mit Problemen belästigt werden. Nicht mal, wenn es um das eigene Land geht. Und wir sind nun mal Teil der Show. Als Oppositionspartei müssen wir wenigstens die Illusion von konstruktivem Miteinander, Kompromissen und tragfähigen Lösungen vermitteln. Das heißt: Kritik und Lösungskonzepte möglichst ohne Säbelrasseln.«

Verunsicherung machte sich bei den übrigen Anwesenden breit, während der entscheidende Mann vor Ort unbeeindruckt Zweifel anmeldete: »Ach wirklich, ist das so? Und du meinst, diese Gleichgültigkeit beweisen Wähler auch in Bezug auf ihre eigenen Kinder?«

Das allgemeine Aufhorchen nahm er mit Genugtuung zur Kenntnis.

»Ihr erinnert euch noch an das letzte Mal, als im Deutschen Bundestag um das schärfere Vorgehen gegen Kinderpornografie im Internet beziehungsweise um das angemessene Instrumentarium dafür gerungen wurde? Unsere Forderungen gehörten zu den konsequentesten. Es war eine andere Partei im Plenarsaal vertreten, die jahrelang für Toleranz gegenüber Pädophilen und für die Legalisierung von Sex mit Minderjährigen eingetreten ist. Deren gutbürgerliche Stammklientel zählt pikanterweise zu der kinderreichsten.«

Das energische Kopfschütteln seiner Opponentin wertete Karsten Fechter als offene Kriegserklärung, die er nicht auf sich beruhen lassen würde. An seiner Seite hatte diese Person keine Zukunft mehr. Doch vorerst ließ er sie gewähren.

»Karsten, die Sau ist doch längst durchs Dorf getrieben. Die betreffende Partei hat Aufarbeitung betrieben. Medienwirksam zur Schau gestellte Buße – das ist, was den Menschen hierzulande genügt.«

Seine Antwort darauf lieferte ein weiterer Artikel: »„Die Grundschule im Visier der Pornografie"«, las er die Überschrift betont langsam vor. »Die, welche du da so bereitwillig vom Haken lassen willst, stricken in verschiedenen Bundesländern maßgeblich an Bildungsplänen mit, die schon Zehn- bis Vierzehnjährigen die Toleranz und Neugier gegenüber ausgefallenen Sexpraktiken einimpfen wollen. Aktfotos, Handschellen, Latexmasken und Vaginalkugeln halten neben Ausführungen zu Gruppensex und homoerotischen Varianten nach und nach Einzug in die Grundschulen. Selbstverständlich werden auch Bordelle und gekaufte Liebe thematisiert.« Kurzerhand zerriss der Parteivorsitzende den Zeitungsartikel.

»Will jemand in diesem Raum ernsthaft, dass das Schule macht? Denn dann wären Bundestagsdebatten zum Thema Kinderpornografie im Internet nachweislich nichts weiter als Scheindebatten, und die „Kinderficker"-Fraktion der ersten Stunde könnte sich zufrieden die Hände reiben. Für sie würde sich der Kreis endlich schließen.«

Unter den Anwesenden herrschte betretenes Schweigen. Selbst die Verantwortliche für Öffentlichkeitsarbeit schien zur Räson gebracht.

Nichtsdestotrotz setzte Fechter sofort den nächsten Stich: »Wann immer Demonstrationen besorgter Eltern und Interessengruppen stattfinden, treten linke Gegendemonstranten in Erscheinung – ein typischer Reflex, wenn das Plakatierte nicht auf Gegenliebe stößt. Auf linke Stör- und Schlägertrupps in Schwarz braucht man erfahrungsgemäß auch nicht lange zu warten. Eigentlich sollten deren Beleidigungen und tätliche Angriffe auf Polizeibeamte und nicht genehme Bürger sowie die einhergehende Zerstörung von privatem und öffentlichem Eigentum ein Fall für die Staatsanwaltschaft sein. Aber irgendwie drängt sich einem immer wieder der Verdacht auf, die Strafverfolgung macht einen weiten Bogen um Linksextremisten. Rot lackierte „Braunhemden" können die Bevölkerung nahezu ungestraft terrorisieren. Und wenn man dann noch sieht, was für linke Organisationen und Initiativen in Deutschland wohlwollend mit Steuergeldern bedacht werden … Gleichzeitig schwadronieren Bundesregierung und Pseudo-Opposition von Rechtsextremismus an jeder Straßenecke, hinter jeder nicht zeitgeistkonformen Meinung. Das alles ist für ein Land, das dem Prädikat Demokratischer Rechtsstaat gerecht werden will, beschämend und unhaltbar. Damit zurück zur „Vierten Gewalt", was tut die mit ihrer Verantwortung: erschreckend oft ignorieren, relativieren oder Realitäten ins Gegenteil verkehren.«

Diesmal ließ der Redner seine Worte in der kämpferischen Aufbruchstimmung wirken, die sie spürbar entfalteten, bevor er zu den konkreten Sachthemen überleitete: »Um die Errungenschaften unserer Demokratie zu schützen, dürfen Toleranz und persönliche Freiheit weder einseitig noch grenzenlos sein. Die Samthandschuhe müssen von Zeit zu Zeit in der Schublade bleiben. Es gibt unzählige innen- wie außenpolitische Themen, die wir als Partei anpacken können und müssen, weil sie für die Menschen in diesem Land von größter Wichtigkeit sind. Themen, die kein anderer in dieser schonungslosen Offenheit und Vehemenz anzusprechen wagt. Das ist unsere Chance und unsere Verantwortung. - Gut, kommen wir also zum nächsten Punkt auf der Agenda …«

Melanie Holländer – Geburt einer Antiheldin

Im Außenbereich des weitläufigen Biergartens in Berlin-Dahlem herrschte wie immer, wenn der Frühsommer lockte, reges Treiben. Ameisengleich, eilte das Personal auf festgelegten Routen zu den Tischen und zurück, um den Wünschen von Stamm- und Ausflugsgästen aus nah und fern nachzukommen.

Auf Anonymität konnte man sich genauso verlassen wie auf die Nähe der grünen Stadtlunge Grunewald oder des Botanischen Gartens.

Das war auch der untergetauchten Melanie Holländer bewusst, die ungerührt von dem verliebten Paar an ihrem Tisch eine der mitgebrachten Zeitungen auswählte. Noch einmal sah sie auf und sondierte die Umgebung. Doch die Wahrscheinlichkeit, ausgerechnet hier von Häschern des BND aufgespürt zu werden, ging gegen null. Schließlich war ihre gelegentliche Anwesenheit vor Ort eine neue Angewohnheit, keine alte. Alte Gewohnheiten hatte sie aus ihrem Leben verbannt. - Das unbefangene Gelächter zweier spielender Kinder, die dicht hinter ihr herumtollten, veranlasste sie zu einem Lächeln. Das erstarb jäh, als sie den Aufmacher auf der ersten Zeitungsseite las: „Fotojournalist wird Opfer des Kreuzberger Snipers. - Im Toilettenbereich der Marheineke-Markthalle erlag der 36-jährige Markus H. dem Schuss aus einer Pumpgun." Wie die Ex-Eliteagentin dem Artikel weiter entnehmen konnte, war der Mord am

Abend zuvor geschehen, kurz vor Schließung der Traditionsmarkthalle.

Kraftlos entglitt Melanie die Zeitung. Gedankenfragmente schossen ihr wirr durch den Kopf, bis ihre Ratio die Oberhoheit zurückgewann und Sinn in das schmerzliche Durcheinander brachte. Es konnte sich nur um ihren Bruder handeln. Name und Beruf stimmten, er wohnte in der dortigen Bergmannstraße, seine Einkäufe erledigte er bevorzugt am frühen Abend in eben jener Markthalle. Selbst das Alter passte. Konnte es Zufall sein, dass Markus ein gutes halbes Jahr nach ihrem fluchtartigen Abtauchen erschossen wurde? Noch öffentlicher hätte der Mord kaum stattfinden können. Die Gefahr möglicher Zeugen hätte auch dem Dümmsten klar sein müssen. Aus Sicht des Geheimdienstes machte eine solche Aktion nur Sinn, wenn man bewusst auf breite Medienresonanz setzte. Unbequeme Augenzeugen mundtot zu machen, stellte kein unlösbares Problem dar. Aber wozu? Das alles entsprach keinem logischen Vorgehen, um eine abtrünnige Agentin aus der Reserve zu locken, zumal erst nach dieser Zeitspanne. Es passte einfach nichts zusammen. Am Ende war es vielleicht wirklich der Serienmörder mit den wechselnden Gewehren gewesen, der seit einiger Zeit sein Unwesen im Stadtbezirk Kreuzberg trieb.

Wie auch immer, Melanie würde den oder die Täter zur Strecke bringen – Blut gegen Blut. Sie wusste auch schon, wo sie anfangen musste.

Kurz nach Sonnenaufgang offenbarte die Krumme Lanke ihre ganze Schönheit. Der feuchte Duft von Wald rund um den See regte die Sinne fast ebenso an, wie das Joggen selbst. BND-Agent Thomas Schlüter absolvierte seine Runden an diesem Morgen besonders früh. Keine anderen Jogger, keine Spaziergänger, keine Hunde – herrlich.

Er war ganz allein mit der Natur und den bohrenden Gedanken, die ihn kaum zum Schlafen hatten kommen lassen. Wie ein Vorschlaghammer hatten ihn die Schlagzeilen vom Mord an Markus Holländer getroffen. Das lag nicht in erster Linie am Mitgefühl für seine langjährige Berufskollegin Melanie Holländer. Vielmehr war es die Gewissheit, dass sie ihr geheimes Exil – wo immer das auch war – todsicher aufgeben würde, um Antworten zu erhalten.

Gnade Gott dem Schuldigen, dachte der Profi noch, als er durch die vom See aus aufsteigenden Nebelschleier hindurch einen weiteren Jogger ausmachte. Die andere Uferseite befand sich nahe genug, um auf eine Frau schließen zu können. Zwar umfasste die schwarze Trainingskombination auch eine über den Kopf gezogene Kapuze, doch der Bewegungsablauf verschaffte dem geübten Auge Gewissheit. Warum sollte er auch der Einzige sein, der dem Reiz der frühen Stunde erlag? Der BND-Mann schüttelte sämtliche Gedanken ab und gab sich ganz seinem Körper und der Natur hin, frei von Lärm und Hektik. Die Joggerin fiel ihm erst wieder ein, als sich das bohrende Gefühl einstellte, beobachtet zu werden. Ein flüchtiger Blick über die Schulter brachte Gewissheit: Die schwarz gekleidete Gestalt schloss zügig zu ihm auf. Er staunte noch über das beeindruckende Tempo, als sie auch schon neben ihm lief aber nicht überholte. Das veranlasste Schlüter zu einem Seitenblick.

Beide sahen sich nun direkt an und er erschrak: »Scheiße nochmal!«

»Guten Morgen, du hast mich nicht erwartet?«, reagierte Melanie gelassen und zeigte dabei kaum Anzeichen einer körperlichen Anstrengung.

»Na du bist gut – nicht hier, nicht jetzt.« Der ehemalige Partner musste sich noch immer sammeln. »Das mit Markus tut mir leid. Aber du solltest wieder dahin zurück, wo du hergekommen bist. Das ist Monate gutgegangen.«

»Früh dran, heute. Hat dich sein Tod beschäftigt?«

Schlüter lachte unsicher auf. »Jetzt kenne ich dich schon so lange, aber du überraschst mich immer noch. Woher weißt du solche Sachen?«

»Im Gegensatz zu mir musstest du deine Gewohnheiten nicht ändern, nehme ich an. Ich habe vor deinem Haus gewartet und bin dir gefolgt.«

»Mit wessen Auto?«

Anstelle einer Antwort legte sie den Zeigefinger auf die Lippen. »Ich war nie weg. Hier in Berlin haben die mich doch zuletzt vermutet. Habe mitverfolgt, wie die Markus drangsaliert haben, wie sie dich überwacht haben. Deine Beschattung lief ziemlich genau vier Monate. Telefone und Computer dürften immer noch heiß sein.«

»War uns doch klar, dass das passieren würde. Und, was willst du jetzt von mir?«

»Ich muss wissen, was in der Markthallentoilette vor sich gegangen ist. Waffe, Zeugen, sonstige Beweismittel – alles, was du kriegen kannst. Und das Allerwichtigste: Waren Leute von uns involviert?«

Thomas Schlüter hielt abrupt an und beugte sich vornüber,

Hände an die Knie. Mehrfach atmete er tief ein und aus. Schließlich kam er wieder hoch, vergewisserte sich, dass niemand in der Nähe war.

»Holländer, bist du jetzt komplett wahnsinnig geworden?!«, ließ er seiner Wut freien Lauf. »Mal abgesehen davon, dass ich dank dir wie ein Aussätziger behandelt werde, arbeite ich noch für den Geheimdienst, nicht für die Kripo oder das Landeskriminalamt! Außerdem ist es vollkommen hirnrissig, anzunehmen, unser „Verein" könnte deinen Bruder auf dem Gewissen haben. Was soll das bringen, außer dich in einen Rachefeldzug zu treiben?«

Ihre dunklen Augen wirkten noch dunkler, als sie den Zauderer bedrohlich anfunkelten. »Du kannst an die Informationen rankommen, also tu es! Finde einen Weg, die internen Stolperfallen zu umgehen. - Zweimal habe ich dir deinen Arsch gerettet. Zwei Leben, du Schisser. Meinst du nicht, du bist mir was schuldig?«

Er kannte sie lange und gut genug, um ihr die Unterstützung nicht zu verweigern. Natürlich würde er an die geforderten Informationen herankommen. Sein Dienstherr hatte praktisch unbeschränkten Zugriff. Es kam nur darauf an, die richtigen Hebel der Bürokratie zu bedienen. Dass er Melanie sein Leben verdankte, hatte sie bis eben nie erwähnt, geschweige denn es als Joker gezogen. Einmal war es ihre Warnung vor einer Sprengfalle gewesen – sprichwörtlich in letzter Sekunde. Das andere Mal hatte ein Scharfschütze ihn bereits im Visier gehabt, als ihr gezielter Kopfschuss den Mann tötete – ohne Vorwarnung, weil das ihren Partner höchstwahrscheinlich das Leben gekostet hätte. So war „der Schatten" eben: gnadenlos und tödlich, wenn es die Situation erforderte. Für ihn, Thomas Schlüter, hatte sie sich ohne zu zögern den Tod eines Menschen aufgebürdet.

»Okay, gut, bin dabei. Lass mir ein paar Tage Zeit. Und solltest du sonst noch was brauchen …«

»Eine Woche«, antwortete sie knapp. »In dir steckt ja doch noch ein richtiger Kerl.«

Bevor ihr BND-Insider darauf die passenden Worte finden konnte, nahm die Ex-Spezialagentin den Lauf wieder auf. Er blieb zurück und genoss den Blick auf die Krumme Lanke. Sicher war sicher, außerdem hatte er nachzudenken.

Falsches Spiel beim Landeskriminalamt

Gerd Tanner stand an einem der zahllosen Fenster im zentralen Neubau des Landeskriminalamtes Berlin. Trotz des frühsommerlichen Sonnenscheins, der saftig grünen Bäume und farbenfroh sprießenden Blumen auf dem Mittelstreifen des Tempelhofer Damms, erfasste den Kriminalhauptkommissar Wehmut. Grund war der Gebäudekomplex des ehemaligen Flughafens Tempelhof gegenüber.

Zu viele Dinge in dieser Stadt waren mit dem Etikett „ehemalig" belegt. Gefühlt alles, was sein Leben lang vertraut und gut gewesen war, wurde in Frage gestellt – aus einem ignoranten Zeitgeist heraus, der sich in seinen Augen allzu häufig aus naiver Dummheit speiste.

Für den 55-jährigen Ermittler waren die Schließung des Flughafens und das anschließende Missmanagement durch das Land Berlin noch immer ein weithin sichtbarer Ausdruck der geistlosen Demontage alter Werte. Immer schneller und schneller liefen die Menschen in ihrem Hamsterrad, das sich Alltag nannte. Der Sinn für Anstand und Moral ging dabei genauso verloren, wie der Blick für Details und Widersprüche. In seinem Alter – davon 32 Jahre in der Kriminalitätsbekämpfung – erlaubte sich Gerd Tanner dieses Fazit. Sollten andere die gesellschaftlichen Entwicklungen als fortschrittlich und zeitgemäß bezeichnen und in ihm ruhig einen wandelnden Anachronismus sehen, wenn sie wollten.

Er jedenfalls hatte seine eigene, nicht zu manipulierende Sicht auf die Dinge.

An die vertrauten Kollegen denkend, die seine Haltung noch offen geteilt hatten und mittlerweile nicht mehr an Bord waren, ging er zielstrebig Richtung Kantine. Paul würde vermutlich schon auf ihn warten.

Der Erste Kriminalhauptkommissar Paul Ehrenberg hatte bereits einen Fensterplatz eingenommen und für sich und Gerd Tanner das Tagesmenü bereitgestellt. Als er den Kollegen ankommen sah, war eine schnippische Bemerkung obligatorisch: »Mensch, Alter, ich wollte dein Tablett gerade wieder aufs Feuer schieben lassen.«

»Entschuldige, musste an alte Zeiten und Kollegen denken. Darüber habe ich die Uhrzeit vergessen.«

»Wem sagst du das. In meiner SoKo sitzen nur Jungdynamiker – politisch äußerst korrekt, versteht sich. Denen ist die nachhaltige Entstehungsgeschichte ihrer Hemden wichtiger, als akribische Ermittlungsarbeit, ich schwör's dir«, unterstrich der langjährige Weggefährte gleichen Alters gut gelaunt und machte sich über die Mahlzeit her. »Gibt es was Neues vom „Schlachtfeld" Organisierte Kriminalität zu berichten?«, schob er beiläufig nach.

Eine regelmäßige Floskel, die im Grunde keiner Antwort bedurfte. »Dieselben impertinenten Araber-Clans verüben die gleichen ehrlosen Straftaten«, antwortete Tanner emotionslos und begann ebenfalls zu essen.

Sein Gegenüber hielt inne und sah ihn vorwurfsvoll an. »Du benennst geschützte Minderheiten?! Das ist unerwünscht und schreit nach einer Disziplinarmaßnahme.«

»Ja, und außerdem nasche ich Negerküsse, und Zigeunerschnitzel ist mein Leibgericht.«

Beide starrten sich bitterernst an, um dann gleichzeitig zu grinsen. Eine Frage beendete die Heiterkeit: »Sag mal, Paul, dieser Sniper-Fall, den Ihr da am Wickel habt …«

»Ja, was ist damit?«

»Das Opfer letzte Woche, dieser Markus Holländer, der passt doch so gar nicht zu den anderen Opfern – na ja, weder Türke, noch Nordafrikaner oder Schwarzer.«

Ehrenberg vergewisserte sich, dass niemand sonst zuhören konnte und rückte näher. »Politik, Gerd, alles Politik. Es gab noch weitere Opfer, Deutsche ohne Migrationshintergrund. Zwei, um genau zu sein, aber die mussten wir außen vor lassen. Befehl von oben. Bei dem Fotojournalisten Holländer ist das jetzt plötzlich anders. Weiß der Himmel, warum.«

»Ich habe mich schon gefragt, weshalb wir vom LKA die Sniper-Mordserie bearbeiten, wo sich doch offiziell alle Taten in Kreuzberg ereignet haben«, fühlte Tanner sich bestätigt. »Eigentlich ja ein Fall für die reguläre Mordkommission.«

Der leitende Ermittler der Sonderkommission „Kreuzberg-Sniper“ nickte beipflichtend. »Korrekt, mein Alter. So war es anfangs ja auch. Und tatsächlich wurden auch alle Opfer in Kreuzberg erschossen. Aber dann wurde die Sache in einer Nacht- und Nebelaktion an uns weitergereicht. Die beiläufige Begründung dafür lautete: akuter Personalmangel bei den Kollegen der zuständigen Mordkommission.«

»Möchte wissen, was …«

»Moment«, unterbrach Ehrenberg im Ansatz und begann zu flüstern, »der Hammer kommt ja erst. Neuerdings ist der

Sohn des Kanzlerkandidaten Karsten Fechter unser Hauptverdächtiger, was die Angelegenheit zu einem Politikum macht. Plötzlich tun unsere Vorturner so, als wäre das der Grund für die Zuständigkeit, obwohl wir schon davor mit dem Fall betraut waren.«

»Ich habe läuten hören, BKA-Leute schleichen heute verstärkt bei uns herum. Deswegen?«

»Wir waren damit beauftragt, bei einer Journalistin Beweismittel abzuholen, die der zuständige Staatsanwalt gegebenenfalls im Prozess verwenden will. Das BKA will Einblick nehmen.«

»Ihr wart bei diesem Bluthund, dieser Carmen Gerland, die die Ermittlungen gegen den Fechter-Sohn losgetreten hat?«, mutmaßte KHK Tanner aufgeregt.

»Die investigative Journalistin Gerland, genau. Sie hat kundgetan, jetzt noch mehr Material beibringen zu können. Die Staatsanwaltschaft scheint geneigt zu sein, den Sohn des Kanzlerkandidaten in Untersuchungshaft zu nehmen. Natürlich nur, wenn die Unterlagen das hergeben.«

Ein Punkt ließ Gerd Tanner laut grübeln: »Wieso hat sie den Kram nicht persönlich zum Staatsanwalt gebracht? Ich an ihrer Stelle hätte es getan.«

Der Freund reagierte argwöhnisch: »Ich wiederhole, das BKA will vorher Einblick nehmen. - Hör zu, ich kenne diesen Ausdruck auf deinem Gesicht. Du denkst, das widerspricht der gängigen Praxis. Du denkst, was haben die wohl vor? Will irgendwer womöglich Munition sammeln, um dem Kanzlerkandidaten Karsten Fechter politisch zu schaden?«

»Vielleicht auch das Gegenteil«, erwiderte der Kriminalhauptkommissar nachdenklich.

»Und wenn schon, ist nicht unser Bier. Du kennst doch das geflügelte Wort von den „Göttern in Weiß“. Die Typen vom BKA, das sind unsere „Götter in Weiß“, geschnallt? Ihr Wort ist uns Gesetz.«

»Euch vielleicht«, zeigte sich Tanner widerspenstig. »Was ist mit der Verpflichtung, dem Anfangsverdacht einer Straftat nachzugehen? Vielleicht begünstigst du mit deiner obrigkeitshörigen Ignoranz die Manipulation von Beweismitteln.«

Der Angegangene fühlte sich außer Stande, seinem Freund auf dieses verminte Terrain zu folgen. »Weißt du, weshalb ich Erster Kriminalhauptkommissar bin und du noch nicht? Denk mal darüber nach.«

Wütend stieß Gerd Tanner sein Tablett von sich. »Leck mich am Arsch, Paul!« Er stand auf und wandte sich schon zum Gehen, als er doch innehielt, um sich in gefasstem Ton zu erklären: »Ich bin meinem Beruf was schuldig, ob nun als KHK oder EKHK. Tut mir leid, gegen mein Berufsethos und meinen Instinkt komme ich nicht an.«

»Versteh' mich doch! Mensch, bleib doch hier!«, rief Paul Ehrenberg dem Kollegen hinterher, der enttäuscht die Kantine verließ.

Aus einiger Entfernung beobachtete Gerd Tanner einen wesentlich jüngeren LKA-Kollegen, der sitzend neben einer geschlossenen Tür Dienst tat. Schließlich steuerte der Routinier mit aufgesetztem Lächeln auf ihn zu. In den Händen hielt er je einen Becher Kaffee.

»Hallo Kollege, ich dachte mir, Sie können einen vertragen. Ich weiß aus eigener Erfahrung, wie ermüdend so eine Warterei sein kann.«

Der Angesprochene nahm das Heißgetränk mit dankbarem Nicken entgegen und probierte vorsichtig. »Sogar mit Milch und Zucker. Woher wussten Sie das?«

»Beobachtungsgabe. - Habe gehört, die Jungs vom BKA sind drin. Schon lange?«

Der junge Beamte sah auf einer Liste nach. Doch dann blickte er zögernd auf. »Gehören Sie nicht zum LKA 4, Organisierte Kriminalität? Warum interessiert Sie das?«

»Na hör mal«, setzte Tanner weiterhin auf einen kumpelhaften Ton, »diese Snipermord-Affäre interessiert doch wohl alle hier im Haus. Außerdem tauchen nicht jeden Tag Spürhunde des großen Bruders bei uns auf.«

»Da ist was dran«, folgte die unsichere Antwort. »Knapp zweieinhalb Stunden.«

»Ist nicht wahr.«

»Ist 'ne dicke Mappe.«

»Und Ihr habt das Material vorher protokolliert?«, fasste der erfahrene Ermittler wie beiläufig nach und nippte am Kaffee.

»Die wollten nicht warten. Wird nachgeholt, sobald das beendet ist.«

»Ist jemand von uns dabei?«

»Nein«, antwortete der Diensthabende nun deutlich misstrauisch. »Also, nochmal danke für den Kaffee.«

»Schon in Ordnung. Wie gesagt, ich war nur neugierig. Lass dir die Zeit nicht zu lang werden.«

Der Ausgefragte wartete, bis sein interner Besucher außer Sicht war und griff zum Haustelefon.

Von beiden Männern unbemerkt hatte Paul Ehrenberg das

Gespräch mitverfolgt. Jetzt trat er aus einem nahen Nebengang und ging mit schnellen Schritten auf den jungen Beamten zu.

»Auflegen! Auflegen, habe ich gesagt!«

»Entschuldigung mal, …«, folgte auf den Befehlston der Versuch einer empörten Antwort.

Dieser wurde schroff unterbunden: »Ich entschuldige nicht! Schon gar nicht, wenn ein Kollege denunziert werden soll!«

»Ich tue nur meine Pflicht«, stammelte der Mann am Tisch verlegen.

Der Angehörige der SoKo „Kreuzberg-Sniper“ beugte sich zu ihm hinunter. »Ich bin mit dem Sniper-Fall direkt befasst, wenn's recht ist. Der Kollege ist ein guter Freund, der mir mit seinen Fragen nur einen Weg abnehmen wollte. Ich schwöre dir, wenn du daraus eine Staatsaffäre machst, komme ich wieder und stopfe deine pickelige Fresse ins Klo! Kameradenschweine nehmen immer ein böses Ende.«

»Der hat mir nichts gesagt, woher sollte ich das wissen?«, entgegnete der Andere kleinlaut.

»Schon gut«, kam der altgediente LKA-Beamte zu einem verbindlichen Schluss. »Denk einfach nur an meine Worte.«

Paul Ehrenberg konnte sich gut vorstellen, dass es seinen Freund ins Büro des Kriminalrats Doktor Kollendorff ziehen würde. Ferner befürchtete er, dass ein solcher Gang nichts als Ärger einbringen konnte. Neue Zeiten hatten neue Vorgesetzte nach oben gespült – stromlinienförmig angepasst und mit den Scheuklappen der Karrieresucht ausgestattet. Aber vielleicht war es ja noch nicht zu spät, und er konnte diesen unverbesserlichen Tor noch abfangen. Für gewöhnlich war ohne Termin sowieso nichts zu machen. Im Vorzimmer des besagten Vorgesetzten angekommen, war die polternde Stimme Kollendorffs dumpf bis durch die Tür zu hören.

Der Erste Kriminalhauptkommissar lächelte die hinter dem Bildschirm hervorlugende Sekretärin gewinnend an. »Ich hatte gehofft, den Kollegen Gerd Tanner anzutreffen. Er war nicht zufällig hier?«

Mit mitleidsvoller Miene wies sie auf die Bürotür ihres Chefs.

Ehrenberg konnte einen derben Fluch nur knapp unterdrücken. »Tja, das wird dann wohl einen Moment dauern. Danke.«

Zerknirscht zog er sich zurück.

Kriminalrat Doktor Kollendorff stand am Fenster, als wollte er seine Gedanken ordnen. Der entnervte Blick zu seinem Untergebenen ließ nichts Gutes erahnen, auch wenn er jetzt einen ruhigeren Ton anschlug: »Worauf soll dieses Gespräch Ihrer Meinung nach hinauslaufen? Soll ich einer ausdrücklichen Bitte des BKA nicht nachkommen, weil einer meiner Beamten vom Ressort „Organisiertes Verbrechen" Amtsmissbrauch wittert? Spielen wir also neuerdings Ethikkommission und erklären dem Bundeskriminalamt seine Kompetenzen?«

Es war nicht das erste Mal, dass Gerd Tanner mit einem Vorgesetzten aneinandergeriet.

Und er gab sich nicht der Illusion hin, dass es das letzte Mal sein könnte.

Für manche Dinge lohnte sich der Widerstand, wenn man hocherhobenen Hauptes weitermachen wollte.

»Wenn die Umstände uns dazu zwingen, sollten wir das vielleicht tun«, merkte er selbstbewusst an.

Kollendorff machte einen einladenden Schritt auf ihn zu. »Also bitte, wie würden Sie an meiner Stelle vorgehen?«

»Prüfen Sie die Legitimation des eingegangenen BKA-Schreibens. Klären Sie, weshalb es Sinn machen soll, dass keiner unserer zuständigen LKA-Beamten bei der Durchsicht der Beweismittel zugegen ist. Lassen Sie sich erklären, warum die BKA-Leute nicht das Aufnehmen eines Empfangsprotokolls abwarten wollten. Und wieso braucht es überhaupt das Bundeskriminalamt in dieser Angelegenheit.«

Mittlerweile hatte sich der Vorgesetzte an den Schreibtisch gesetzt und betrachtete sein Gegenüber auf dem Bürostuhl seltsam kraftlos. »Herr Tanner, Sie scheinen eines nicht zu verstehen. Im Landes- wie im Bundeskriminalamt wird in erster Linie Politik gemacht. Jeder Beamte in einer Leitungsposition dient sich an, ist irgendwem verpflichtet, schuldet einen Gefallen oder fordert einen ein. Von außen stellen mächtige Instanzen Forderungen, denen sich kein Leitungsorgan beim Kriminalamt ohne ernste Konsequenzen verweigern kann. Schauen Sie, was Sie da gerade beschäftigt, das ist nur ein kleiner sichtbarer Teil des Eisbergs. Es steht Ihnen frei selber zu entscheiden, wie klein. Aber tun Sie es im Stillen, nur für sich.«

Jeder weitere Protest blieb dem Kriminalhauptkommissar sprichwörtlich im Hals stecken. War er gerade Zeuge einer angedeuteten Konspiration geworden oder wurde er nach all den Dienstjahren paranoid?

»Sie verrichten eine ausgezeichnete Arbeit. Konzentrieren Sie sich auf Ihre Aufgaben im LKA 4, und beherzigen Sie meine Empfehlung. Tun Sie das, und ich unterstütze die baldige Ernennung zum Ersten Kriminalhauptkommissar mit Freuden.«

Nach seiner dienstlichen Unterredung war Gerd Tanner noch weitaus aufgewühlter, als zuvor. Zu allem Überfluss stieß er mit einem ihm unbekannten Schnurrbartträger zusammen, dessen dunkler Anzug, getönte Designerbrille und wortlose Arroganz auf eine BKA-Charge schließen ließen. Dann verschwand der Fremde auch noch im Vorzimmer des Kriminalrats Kollendorff. Noch immer abgelenkt, übersah er Paul Ehrenberg, der vor einem Getränkeautomaten auf ihn wartete und zum Zeitvertreib das flüssige Angebot studierte.

»Hey, Gerd, so schlimm war unser Palaver nun auch wieder nicht.«

»Vergiss das von vorhin, heute ist einfach nicht mein Tag. Was machst du denn hier?«

Ehrenberg legte ihm die Hand auf die Schulter. »Auf einen Freund warten. - Du hattest vollkommen recht. Etwas stinkt ganz gewaltig. Der Typ da eben, BKA oder?«

»Worauf du einen lassen kannst.«

»Lass uns heute zeitig Schluss machen, irgendwo einkehren und den schlechten Geschmack runterspülen. Was meinst du?«

»Ich müsste bis zur Besinnungslosigkeit saufen, um den heutigen Tag abzuschütteln«, resümierte Gerd Tanner matt.

»Trotzdem eine gute Idee. Aber zuerst muss ich entscheiden, was mit meinem Gewissen passieren soll.«

Dafür erhielt er einen vorwurfsvollen Stoß in die Seite. »Du allein? Davon träumst du aber nur. Immerhin bin ich leitender Ermittler in der zuständigen SoKo, mein Bester. Falls irgendwer an den Beweismitteln herummanipuliert haben sollte, geht mich das wohl auch was an. - Komm, wir werfen einen Blick in diese verdammten Unterlagen.«

»Wie bitte?«

»Nu' guck nicht so entgeistert. Ein Kollege schuldet mir noch einen Gefallen. Der verschafft mir ein paar Minuten.«

Der entschlossene Ehrenberg steuerte das nächste Telefon in einem unbesetzten Besprechungsraum an und tippte eine interne Nummer.

Auf das ungläubige Kopfschütteln Tanners hin, zwinkerte er diesem zu.

»Ja, Charly. Ich bin es, Paul. Wie sieht's aus?«, sprach er hinter vorgehaltener Hand in den Hörer. Kurz darauf grinste er schelmisch. »Alles klar, in fünf Minuten.«

Damit war das Telefonat beendet.

»Und?«

»Die gute Nachricht ist, die BKA-Vögel haben gerade das Feld geräumt. Die schlechte, ich mache das allein. Wenn ich erwischt werde, gehöre ich wenigstens zur zuständigen Sonderkommission. Und jetzt Beeilung, mir bleibt nicht viel Zeit. - Ach ja, erinnere mich später daran, dass ich dir noch was zum Tod des Fotojournalisten erzähle.«

Mit einer Akte, die er sich aus seinem Arbeitszimmer geholt hatte, stand KHK Tanner im Treppenhaus und ging sie zum

Schein durch. Dabei kaute er nervös auf den Fingernägeln herum, sah immer wieder auf die Armbanduhr. Nie würde er es sich verzeihen, sollte Paul in ernste Schwierigkeiten geraten. Hoch aufgehängte Fälle wie diese Sniper-Mordserie machten alle Verantwortlichen erfahrungsgemäß ziemlich nervös. Dann öffnete sich endlich die Durchgangstür, und sein Freund betrat das Treppenhaus. Zufriedenheit sieht anders aus, diagnostizierte der Wartende.

Schon wurde die Beobachtung bestätigt: »Nicht mal fünf Minuten. Um ein Haar hätten die Protokollanten mich erwischt. Mann, wenn die sich draußen nicht festgequatscht hätten … Ich glaube, in diesem Leben tut mir Charly keinen Gefallen mehr.«

Während beide die Treppe hinaufgingen, drängte sich eine Frage besonders auf: »Der Aufpasser vorhin meinte, die Beweismittelmappe sei dick. War sie noch dick?«

»Ich würde sie eher als schlank bezeichnen.«

»Wusste ich's doch, verdammte Scheiße, die Mistkerle haben Material mitgehen lassen!«

Paul Ehrenberg sah sich nervös im Treppenhaus um. »Was ist los mit dir, gibst du den Lautsprecher, oder was?! Komm wieder runter. Dick, weniger dick – was soll das beweisen? Wir reden nach Feierabend weiter. Ich muss zurück, meinen „Kindergarten" betreuen.«

»Was ist mit dem Fotojournalisten?«

Der Freund verdrehte die Augen. »Nachher, okay? Ich muss zurück.«

»Nein, jetzt!«

Ehrenberg entfernte sich einige Stufen, blieb dann aber doch stehen. »Also schön, du nervtötender …«

Mehrere von oben kommende Personen ließen ihn innehalten, bis die Gruppe sich weit genug entfernt hatte. Zur Sicherheit lehnte er sich über das Geländer, suchte mit prüfendem Blick das obere und untere Treppenhaus ab. Der ungeduldig wartende Gerd Tanner verkniff sich seinen bissigen Kommentar dazu.

»Zu deinem getöteten Fotojournalisten: Ich war in der Marheineke-Markthalle, da wo Markus Holländer erschossen wurde – Tatortbeschau. Dass er durch eine Mehrladerflinte ums Leben gekommen ist, steht fest. Neben der Waffe fanden wir noch eine ausgeworfene Patronenhülse. Ich habe nach Zeugen suchen lassen, die Holländer kurz vor seinem Tod noch gesehen haben – an den Verkaufsständen, in den Gängen. Sogar in der näheren Umgebung haben wir unser Glück versucht.«

»Lass mich raten. Niemand konnte brauchbare Hinweise liefern«, orakelte Tanner enttäuscht.

»Im Gegenteil, sieben Leute haben ihn auf dem Tatortfoto einwandfrei identifiziert. Vier von denen haben angegeben, ihn im betreffenden Zeitraum gesehen zu haben – alleine.«

»Wo bleibt der Clou? Für mich klingt das Ganze eindeutig nach dem Sniper-Mörder. Sicher wieder ein anderes Gewehr und mitten im Kreuzberger Kiez. Sogar die Hülse habt Ihr gefunden.«

»Nur, dass er diesmal die Tatwaffe zurückgelassen hat«, ergänzte der leitende SoKo-Mann. »Das muss natürlich nichts heißen. Nicht für dich oder mich, jedenfalls, aber offensichtlich für die höheren Etagen.«

»Was?!«

»Mein Bericht ging zur weiteren Bewertung an meinen

Vorgesetzten. Ich warte immer noch auf eine Reaktion.«

Tanner verspürte Magenschmerzen und packte das Treppengeländer.

»Alles klar?«

»Nichts ist klar, gar nichts!«, entfuhr es dem verärgerten Ermittler des LKA 4. »Da soll was vertuscht werden!«

»Ich habe striktes Rede- und Handlungsverbot, was den Fall angeht. Bis auf Weiteres ist der Fall sozusagen nicht existent.«

»Und, willst du dich daran halten?«, fragte der Skeptiker seinen Vertrauten.

Der lächelte fein. »Jemand vom BND hat sich bei mir gemeldet. Kaum zu glauben, was? Der Mann wollte Genaueres zu Tathergang und Begleitumständen wissen.«

Die Magenschmerzen schienen schlagartig kuriert zu sein: »Jetzt spitzt der Geheimdienst auch schon die Ohren. Das wird ja immer verrückter. Fehlt nur noch der Verfassungsschutz. - Und, was hat der Typ von dir erfahren?«

»Was schon, es war schließlich einer vom allmächtigen Bundesnachrichtendienst.«

Beide grinsten vor sich hin.

»Auf die eine oder andere Art kommt die Wahrheit eben immer ans Licht. Vielleicht fällt uns dazu noch mehr ein.« Tanner bemühte seine Armbanduhr und war verblüfft. »Wow, jetzt aber schnell zurück zu deiner Sonderkommission. Ich bin auch längst überfällig.«

Im Gespräch mit einem Janusgesicht

Das Interview fand im Innenhof eines türkischen Restaurants in Berlin-Kreuzberg statt. Ein zentraler Springbrunnen inmitten üppiger Bepflanzung und kunstvoller Mosaiken vermittelte beste orientalische Lebensart und bot exakt den Rahmen, welchen Kanzlerkandidat Karsten Fechter für seine Wahlkampagne gerade jetzt gut gebrauchen konnte.

Er hatte diesen Ort aus mehreren Alternativen ausgewählt, genauso, wie den jungen freiberuflichen Journalisten, der sich zuvor mit Fechter-kritischen Beiträgen hervorgetan hatte. Es war Vormittag und eine überschaubare Anzahl handverlesener Gäste bevölkerte die Tische rings um den Interviewer Knut Pelziger und seinen Gesprächspartner. Mehrere Leibwächter hielten sich dezent im Hintergrund. Die einzige Kamera auf Stativ wurde von einer jungen Frau geführt. Leger ohne Jackett und Krawatte nippte der Spitzenpolitiker an seinem Mokka und tat sich süße Köstlichkeiten von einer Etagere auf, während das Interview bereits im Gange war.

»Das Land ist bereits mit Werbebotschaften der Parteien plakatiert. Was die FWD in Hinblick auf die anstehende Bundestagswahl kommuniziert, beschränkt sich weitestgehend auf den Slogan „Für Sie in vorderster Linie“, wobei Ihr Konterfei omnipräsent ist. Herr Fechter. Sehen Sie sich als alleinigen Heilsbringer für Deutschland und Ihre Partei?«

Karsten Fechter lächelte milde. »In der Ihnen eigenen Art überspitzen Sie die Realitäten. Schauen Sie sich einfach mal an, was die politischen Konkurrenten tun. Deren Wahlplakate geben allgemeine Konzeptlosigkeit wieder. Viele Köpfe stehen für immer wiederkehrende hohle Phrasen, die sich nach der Wahl als heiße Luft erweisen. Wir hingegen fassen in wenigen Worten und in Person eines Leitwolfes zusammen, was wesentlich ist und jeder nachvollziehen kann: Da ist jemand, der sich für die Menschen in diesem Land zerreißt.«

»Und dieser jemand sind doch Sie, oder?«

»In erster Linie die FWD. Und die hat mich aus Überzeugung zum Parteivorsitzenden und Kanzlerkandidaten gewählt. Wir haben nicht mit internen Personaldebatten und Kompetenzstreitigkeiten zu kämpfen, die den Wähler anderswo abschrecken, wie Sie uns sicher zugestehen werden.«

Das löste bei Knut Pelziger ein zartes Schmunzeln aus. »Das kann sich schnell ändern, wie man weiß. - Sie haben dieses Restaurant mitten im Kreuzberger Kiez selbst vorgeschlagen. Gehen Sie regelmäßig türkisch essen, oder ist das dem überraschenden Schmusekurs mit dem „Kampf gegen Rechts“-Bündnis geschuldet?«

»Definieren Sie überraschend.«

»Nun, Sie haben immer wieder betont, dass Ihre Partei den Linksextremismus offener benennen und ihm mittels Polizei und Justiz konsequenter zu Leibe rücken will. Bei Antritt Ihres Parteivorsitzes sprachen Sie sogar davon, Linksextremismus werde von Politik und Medien bewusst verharmlost, und linke Gewaltverbrecher würden Unterschlupf und Unterstützung im vom Staat alimentierten Antifa-Spektrum finden. Solche Aussagen haben Ihnen und Ihrer FWD ja auch den rechtspopulistischen Beigeschmack eingebracht.«

Fechter zeigte sich erst amüsiert, wurde jedoch ernst, als er antwortete: »Ich hoffe, wir stimmen darin überein, dass jede Form des Extremismus Intoleranz und Hass mit sich bringt, folglich also auch die Gefahr von Gesetzesübertretungen bis hin zu schwersten Kapitalverbrechen. Besonders alarmierend ist aus meiner Sicht, was so alles als rechtes „Nazitum" angegeifert, klassifiziert und statistisch erfasst wird, während linke und islamistische Auswüchse arglos durchgewunken werden.«

»Könnten Sie da konkreter werden?«, hakte der Journalist nach.

»Zusammenfassend gesagt: Ich persönlich möchte nicht in einem Land leben, in dem Menschen ihre ehrliche Meinung zurückhalten müssen, weil sie ansonsten Gefahr laufen, sich vor den Trümmern ihrer beruflichen und privaten Existenz wiederzufinden. Kein demokratisch gesinnter Mensch kann das ernsthaft wollen. Dialogkultur, die muss in diesem Deutschland erst wieder erlernt werden – leider eine traurige Realität. Dafür treten wir ein. Wenn das jemand mit dem platten Begriff „Rechtspopulismus" abtun will, kann ich das nicht ändern. Auch das gehört zur Meinungsfreiheit.«

Pelziger musste sich eingestehen, von den Worten und der Überzeugungskraft eines Karsten Fechter fasziniert zu sein. Doch bei aller zugestandenen Plausibilität und verspürten Sympathie, es schwang trotzdem auch etwas unbestimmt

Beunruhigendes mit. Außerdem war eine Frage noch immer unbeantwortet geblieben.

»Das alles wäre sicherlich ein beeindruckendes Statement, würde sich die FWD zur Zeit nicht so zwanghaft mit dem „Kampf gegen Rechts" hervortun. Ich habe das für mich mal nachvollzogen. Diese Schiene fahren Sie erst, seit Ihr Sohn in der Kreuzberger Sniper-Mordserie als möglicher Tatverdächtiger in Erscheinung getreten ist.«

»Schade, Sie sind gerade dabei, den Pfad des seriösen Journalismus zu verlassen«, kommentierte der Betreffende kühl distanziert. »Welchen Zusammenhang wollen Sie denn ableiten? Mein Sohn sitzt in Untersuchungshaft, die Gerichtsverhandlung gegen ihn läuft bereits. Geholfen hat ihm unser politisches Tagesgeschäft also nicht, würde ich sagen.«

Er trank seinen letzten Schluck Mokka und warf einen forschenden Blick auf den ausmanövrierten Interviewer. »Keine plausible Erklärung dafür? Weil es keine gibt. Fakt ist, wir unterstützen genauso auch den Kampf gegen rechten Extremismus, wo er zurecht und in Einklang mit dem Grundgesetz geführt wird.«

Der ebenso beliebte wie gewitzte Pelziger erkannte mehr Potenzial beim Stichwort Familie als beim Thema Extremismus, um sein Gegenüber aus der Reserve zu locken. »Wie bewerten Sie die Chancen für einen Freispruch? Denken Sie, eine drohende Verurteilung Ihres Sohnes wegen mehrfachen Mordes könnte Ihre Kanzlerschaft zunichtemachen?«

»Das wäre durchaus möglich. Aber noch vertraue ich auf den deutschen Rechtsstaat und die Urteilskraft mündiger

Bürger.«

»Sollte es dennoch dazu kommen, wäre eine Berufskollegin von mir vermutlich der entscheidende Stolperstein gewesen. Möchten Sie sich zu ihrem Engagement äußern?«

»Ich würde Carmen Gerland nicht unbedingt zum Abendessen einladen wollen, falls es um diese Dame geht«, frotzelte der Kanzlerkandidat. »Aber im Ernst, Frau Gerland tut nur, was sie für richtig und wichtig erachtet. Ich respektiere das, zumal dieser Beruf auch Gefahren mit sich bringt.«

Knut Pelziger nahm den letzten Halbsatz kaum zur Kenntnis, schenkte diesem keine weitere Beachtung. Welche tiefere Bedeutung hätte daraus auch abgeleitet werden können? Somit folgte nur noch die obligatorische Danksagung des jungen Journalisten, verbunden mit dem Gefühl, eine authentische Persönlichkeit vor sich zu haben, die ihren Laden im Griff hatte und eine ernstzunehmende Alternative für die Kanzlerschaft darstellte.

Eine Journalistin wird zu Grabe getragen

Da sind wir nun also schlussendlich, auf dem Waldfriedhof Zehlendorf. Du, eine Vollblutjournalistin mit Herz und Verstand, bereit die verkommenen Dreckecken unserer Demokratie ohne Angst vor Machtgehabe und Drohkulissen mit Flutlicht auszuleuchten. Ich, ein Dünnbrettjournalist nur mit Verstand, angepasst und ausschließlich auf seine Egozentrik ausgerichtet. Weit entfernt davon, dem Gemeinwohl dienen zu wollen. Du bist tot, ich lebe. Was sagt das über uns aus? Was sagt das über diese Gesellschaft aus? Du hast all die Jahre an mir festgehalten, warum? Was war Gutes in mir zu sehen, das wert gewesen wäre, darum zu kämpfen, Carmen? - Na, wenigstens liegst du im Grünen unter Bäumen. Ein idyllischer Ort, macht seinem Namen alle Ehre. - Scheiße, nicht einmal in Gedanken bringe ich es fertig, dir mit einfachen Worten zu sagen, wie sehr ich dich geliebt habe. Verdammt, wie konnte dich ein ordinärer Verkehrsunfall umbringen? Nachts, auf einer verlassenen Straße. Ohne Fremdeinwirkung auf einem geraden Stück Straße. Einfach in den Fluss gestürzt. Wie konnte das geschehen? Sag mir das. Rede mit mir.

Verzweifelt kämpfte Jonathan Ehrlicher gegen seine Tränen an, während er inmitten einer Trauergemeinde ausharrte. Der Endvierziger war an sich eine stattliche Erscheinung, wirkte über seine Trauer hinaus jedoch ausgezehrt und verlebt. Er fühlte sich fehl am Platze unter all diesen geheuchelten Carmen-Bewunderern und -kennern mit ihren aufgesetzten Trauermienen. Sicher würden die meisten sehr viel lieber Häppchen genießen auf irgendeinem Empfang oder sonst irgendwo den Selbstdarsteller geben. Niemand von denen hatte einen Finger für diese Frau gerührt, sie in ihren Ängsten ernst genommen. Zwar musste er das für sich ebenfalls verneinen, aber wenigstens hatte er sie wirklich gekannt.

Der Journalist versuchte sich gedanklich zu lösen, sich von der Natur ringsum ablenken zu lassen. Oh, wahrhaftig. Er liebte Berlin mit den weitläufigen Wäldern, Parkanlagen und unzähligen Bäumen. Aber was sollte all das Grün eigentlich hier, hier an diesem Ort, wo Grabsteine die Endlichkeit der menschlichen Existenz markierten, die Stille lediglich die Trauer befeuerte, die Sonne nur wie zum Hohn strahlte? - Und wer zum Teufel waren diese beiden Kerle, die so auffällig unauffällig wirkten?

Was sucht ihr Typen mit euren Anzügen im Grau-Spektrum und dem einheitlich kurzen Haarschnitt hier? Weshalb steht ihr abseits der anderen und wirkt in keinster Weise ergriffen? Weil die Verstorbene euch nichts bedeutet hat, das wird es sein. Wer hier erschienen ist, um Carmen die letzte Ehre zu erweisen, das findet ihr Kerle spannend. Ist der Mordprozess um den Kreuzberg-Sniper politisch so brisant, dass selbst hier auf dem Friedhof jeder Anstand zu viel verlangt wäre? Nein, Privatpersonen oder Kollegen seid ihr nicht. Nie und nimmer.

Seine Beklommenheit war schlagartig verflogen. Er hatte etwas Brauchbares gefunden, um sich wenigstens für einige Minuten von seinem Schmerz abzulenken. Etwas, das er endlich gegen die Stimme in seinem Kopf eintauschen konnte, die beharrlich stichelnd auf einen absichtlich herbeigeführten Autounfall pochte.

Ihr taxiert die Trauergemeinde regelrecht, so als würdet ihr jeden einzelnen mit einer Fahndungsliste abgleichen. - Und, wo schaust du jetzt hin, wen suchst du? Ach so, da steht ja noch ein dritter Mann im Abseits. Gleicher Anzug, gleiche Frisur, genauso ungerührt. Was hatte der kurze Blickkontakt zu bedeuten?

»Verdammt, was rückst du da unter deiner Achsel zurecht? Das ist doch wohl keine …«, begann Journalist Ehrlicher seine beunruhigende Beobachtung für andere kaum hörbar aber deshalb nicht minder aufgeregt auszusprechen.

Er erfasste noch nicht weshalb, aber plötzlich jagte das Auftreten dieses Dreierteams die Gedanken um einen möglicherweise fingierten Unfalltod nur umso heftiger durch seinen Kopf. Sein Blick traf auf den eines der offiziell wirkenden Männer. Unfähig, sich zu rühren, hielt er eine gefühlte Ewigkeit stand. Erst die Stimme des Geistlichen half ihm, seine Aufmerksamkeit wieder auf das Geschehen am Grab zu konzentrieren.

Aber da gab es noch eine weitere Person, abseits im Schutz von Bäumen und Grabsteinen. Erpicht darauf, sich ein Bild von den Trauergästen zu machen. Wie ein Phantom umkreiste Melanie Holländer diese Gruppe von Menschen, die sich rund um das offene Grab eingefunden hatte – lautlos, unbemerkt, nahezu unsichtbar. Neben den drei nicht ins Bild passenden Außenseitern waren es insbesondere zwei Trauergäste, die genaueste Aufmerksamkeit erfuhren.

Zum einen die Schwester der Toten, Fanny Gerland, die stützend neben ihrer Mutter stand und die freie Hand zur Faust geballt hielt – begleitet von einem Mienenspiel verhärteter Gesichtsmuskeln. Es war nicht zu übersehen, dass jenseits von Schmerz und Trauer noch die brennende Wut eines ungläubigen Verstandes wirkte, der das Offensichtliche nicht anerkennen wollte. Zum anderen war da Jonathan Ehrlicher, dessen Körperhaltung und Gesichtsausdruck verrieten, wie sehr er sich von diesem Ort weg sehnte. Doch nicht passive Trauer oder unterschwellige Wut schienen die ihn beherrschenden Emotionen zu sein. Vielmehr waren es Scham und Selbstverachtung, die sich einem geübten Auge offenbarten. So, wie er diese drei Männer entdeckt hatte, bewies Ehrlicher der Ex-BND-Agentin zudem einen wachen Verstand. Selbstverständlich konnte er zu diesem Zeitpunkt noch nicht wissen, was für Männer ihm da gegenüberstanden. Aber das würde sich sehr bald ändern. Genauso, wie er „den Schatten" in Kürze kennenlernen würde.

Doch alles zu seiner Zeit.

Andächtig begann der Pfarrer mit seiner Grabrede: »Wie immer, wenn ein Mensch scheinbar viel zu früh aus dem Leben scheidet, fällt es besonders schwer, die angemessenen Worte zu finden. Unsere Schwester Carmen Gerland, unglücklich von der Fahrbahn abgekommen und ertrunken in der Havel. Carmen Gerland, die mit ihrer journalistischen Arbeit bis zum Schluss für Wahrheit und Klarheit einstand. Welche Worte hätte ihr Lieblingsdichter Joseph von Eichendorff wohl gewählt?

Ich habe mich für folgende Zeilen entschieden:

‚Glaube stehet still erhoben
über'm nächt'gen Wellenklang,
lieset in den Sternen droben
fromm des Schiffleins sichern Gang.

Liebe schwellet sanft die Segel,
dämmernd zwischen Tag und Nacht
schweifen Paradiesesvögel,
ob der Morgen bald erwacht?

Morgen will sich kühn entzünden,
nun wird's mir auf einmal kund:
Hoffnung wird die Heimat finden
und den stillen Ankergrund.'«

Du hast gut gewählt, das hätte Carmen ganz sicher gefallen. Aber dieser Schmu von wegen Wahrheit und Klarheit – was soll das? Das wird ihrer Arbeit doch gar nicht gerecht. Sie war alleingelassen in einem Vernichtungskrieg, kapiert. - Ach, vergiss es. Woher sollst gerade du Pfaffe das wissen?

Während der Pfarrer seine Grabrede weiter zelebrierte, sah Ehrlicher zu Schwester und Mutter Gerland hinüber.

Den offenen Blickkontakt scheuend, verließ er kurz darauf überstürzt die Szene, im unbemerkten Schlepptau einen aus dem Dreierteam, wiederum gefolgt von Melanie Holländer.

An einen weitab stehenden altehrwürdigen Baum gelehnt, schlug der Verzweifelte mit den Handflächen dagegen.

Tränen liefen ihm die Wangen hinunter, als er seine Gefühle zornig gen Himmel schrie: »Ich bin nicht wie du! Und selbst, wenn ich es könnte, wen interessiert schon die Wahrheit! Die Lebenden jedenfalls nicht! Du hast es doch am eigenen Leib zu spüren bekommen, Carmen. Wer den Mut zur Wahrheit aufbringt, wird belächelt, missachtet, gedemütigt – oder stirbt. Lügner und Verführer sind die Gewinner in diesem ach so zivilisierten Spiel.«

Ein altes Ehepaar ging gerade an ihm vorüber und blieb stehen, als er zu Boden sank.

»Ja, bewahrt euch eure Unwissenheit und Ignoranz, Ihr Simpel!«, polterte er auf beide ein. »Ihr zwei habt es wenigstens bald überstanden!«

Das Paar quittierte es mit erhabenem Kopfschütteln. »Das Leben belohnt die Mutigen, die an etwas glauben und dafür einstehen. Egal, wer am Anfang folgt, es ist der rechte Weg«, wies ihn die alte Dame mit sanfter Stimme zurecht.

Ihr Begleiter nickte dazu. »Sie sind doch noch jung, jedenfalls viel jünger als wir. Also stehen Sie auf. Sagen Sie den Menschen außerhalb des Friedhofs, was Sie zu sagen haben, und nicht diesem Baum.«

Sich bei den Händen haltend, entfernten sich die beiden Fremden. - Sollte es tatsächlich Engel auf Erden geben, so war er jetzt welchen begegnet, so viel stand für den Journalisten am Scheideweg fest. Ihn überkam Scham.

»Es tut mir leid, ich weiß einfach nicht …«, stammelte er kraftlos.

Dem Wegwischen der Tränen folgte ein verstohlener Blick in die Runde. Jonathan Ehrlicher griff in die Innentasche seines Anzugs, umfasste den halbvollen Flachmann.

Der erste Schluck erfolgte hastig, der zweite schon maßvoller.

»Was bist du nur für ein armseliger Feigling«, wisperte er und vergrub das Gesicht zwischen den Armen.

Es fiel Mutter Gerland sichtlich schwer, den Worten der Kondolierenden gefasst zu begegnen. Immer kleiner schien sie unter der Last der Beileidsbekundungen zu werden, dieser schier endlos monotonen Floskeln. Einzig ihre Tochter Fanny bewahrte sie vor einem Zusammenbruch, hauchte ihr mit zärtlichen Berührungen letzte Kraft ein.

Ehrlicher zog sich der Magen zusammen, und sein Kopf drohte unter wildem Hämmern zu platzen. Ob vom Alkohol oder von einer seit geraumer Zeit immer wiederkehrenden Kreislaufschwäche hervorgerufen, jedenfalls ging er leicht schwankend auf die Mutter von Carmen zu.

»Frau Gerland, es tut mir so schrecklich leid. Ich vermisse Carmen so sehr und … Also, wenn …, wenn ich irgend etwas tun …« Von Emotionen überwältigt ergriff er ihre Hand.

Mit von Abscheu weit aufgerissenen Augen wich sie vor ihm zurück.

Fanny Gerland drängte sich aufgebracht zwischen die beiden und bedachte den Bloßgestellten obendrein mit einer schallenden Ohrfeige. »Als Carmen noch lebte, da hätte sie deine Hilfe gebraucht, deinen Schutz«, eröffnete sie ihre Verbalattacke und geriet zunehmend in Rage. »Du kanntest die Gefahr, in der sie schwebte, weil sie dir als ihrem engsten Vertrauten davon erzählt hatte! Aber du wolltest nichts davon wissen! Carmen sollte dich damit nicht belästigen! Warum eigentlich nicht? Bist du nun Sensationsjournalist oder Privatier?!«

Sie schlug erneut zu, und der Beschuldigte ließ es regungslos geschehen. »Ja, du bleibst, was du immer warst: ein zweitklassiger Möchtegern-Reporter ohne Courage, Erfüllungsgehilfe für Lüge und Stumpfsinn!«

Ein Trauergast legte ihr beschwichtigend den Arm um die Schulter. Ohne das Opfer ihres Zorns aus den Augen zu lassen, schüttelte sie die Berührung ab und drängte ihr Gegenüber zurück.

Was kann ich denn noch tun? Soll ich vielleicht auf die Knie fallen? Soll ich mich von einer Brücke stürzen? Wenn du eine Pistole dabei hast, dann bring es zu Ende, Fanny, erschieß mich.

Er blieb abrupt stehen. »Fanny, bitte! Wenn ich mit ihr tauschen könnte, ich würde es tun.«

Sie kam ihm so nah, dass er ihren Atem spüren konnte. Die durch die Zähne gepressten Worte steigerten sein Unbehagen ins Unerträgliche: »Meine Schwester war viel zu gut für dich. Du bist mitverantwortlich für ihren Tod. Wäre es wirklich Liebe gewesen, dann würdest du weiterführen, woran sie gearbeitet hat. Aber nicht du. Du bist bloß ein Totengräber der Wahrheit und des freien Wortes. Am liebsten willst du feiger Hund dich mit den Händen im Schoß zu ihr legen. Verschwinde.«

Er schickte sich an, darauf einzugehen.

Sie winkte nur ab, schrie: »Verschwinde! Hau ab!«

Das tat Jonathan Ehrlicher, kraftlos und leer.

Mordprozess der Offenbarungen

Im Gebäude des Landgerichts I in Berlin-Moabit ging am Morgen dieses entscheidenden Prozesstages ein unübersichtliches mediales Treiben vor sich. Insbesondere vor einem Saal des zuständigen Schwurgerichts hielten sich Pressevertreter und Kamerateams gegenseitig in Atem, und mehr oder weniger spontan arrangierte Interviews hallten durch den Etagengang.

Es erinnerte irgendwie an einen Bienenstock in Aufruhr, allerdings mit der den Menschen vorbehaltenen Tendenz zur kommerziellen Maßlosigkeit inklusive narzisstischer Note. Abseits davon stand Jonathan Ehrlicher an einem offenen Fenster, wo er gedankenverloren an einer Zigarette zog.

Eine herausgeputzte Frau näherte sich ihm. Diese fiel vor allem durch überreichliches Make-up, einen knallroten Lippenstift und aufdringlich klappernde High Heels auf. Das spöttische Grinsen schickte ihre Absichten voraus. »Na, was hält denn der große Joe Ehrlicher von der Sache? Gibt es einen 1a Freispruch für das Politikersöhnchen Fechter?«

Der Angesprochene musterte sie ohne erkennbare Gefühlsregung, blies ihr stattdessen den Qualm der Zigarette ins Gesicht, gefolgt vom fortgesetzten Blick aus dem Fenster.

»Ach, komm schon, „Hotshot“«, stichelte sie umso boshafter weiter. »Jeder weiß ja, dass du die kleine Carmen gefickt hast. Aber sie musste sich ja unbedingt mit der

Hochpolitik anlegen und dazu noch schlampig recherchieren.«

»Vielleicht hat sie zu gut recherchiert«, konterte Jonathan knapp, ohne die pietätlose Kollegin eines weiteren Blickes zu würdigen.

Die starrte ihn entgeistert an.

»Ich glaube, jemand muss dich mal in die Realität zurückholen. Hallo?! Da zerrt die den Sohn eines aussichtsreichen Kanzlerkandidaten vor den Kadi. Was hat sie denn erwartet, den Pulitzer-Preis? Aber was soll's, Carmen hat uns Schlagzeilen gebracht, immerhin.«

Jetzt wandte er sich der Provokateurin eingehend zu: »Du willst Realität? Hier bekommst du Realität: Wie aus heiterem Himmel soll nicht mehr Paul-Theodor Fechter der Kreuzberger Serienmörder sein, sondern irgendein Ausländer mordendes, braunes Schreckgespenst. Und wie ausgehungerte Köter stürzen sich alle darauf. So, als wäre gerade diese Wahrheit alternativlos.«

»Ist doch egal, ob wir die Story glauben. Sie passt zum Zeitgeist, also verkaufen wir es so«, kommentierte die Berufskollegin abgeklärt. »Was bedeutet, wir verbrennen uns definitiv nicht die Pfoten, weil wir in jedem Fall zu den Guten gehören. Die Bank gewinnt immer.«

»Ja, so sind wir. Und brauner Terror verkauft sich ja auch so gut«, resümierte Jonathan bitter.

Urplötzlich änderte sich seine Stimmungslage. Sanft aber bestimmt umfasste er ihre Taille und dirigierte sie vom Trubel noch weiter fort. »Es gibt da etwas, das ich dir unbedingt zeigen will.«

Unsicher sah sie zurück und auf die Armbanduhr.

»Aber doch nicht gerade jetzt.« Ein wollüstiges Grinsen huschte über ihr Gesicht. »Wie wäre es heute Abend?«

Denkst du wirklich, Arsch, Titten und eine zugekleisterte Fresse machen eine vollwertige Frau und Journalistin aus? Wenn ausgerechnet du Gehirnakrobatin es auch nur annähernd zu was bringen willst, wirst du dich noch oft über die Schreibtische von Vorgesetzten und Gönnern beugen müssen.

Die nächste unverschlossene Tür gehörte zu einem ausreichend großen Abstellraum, wie er prüfend feststellte. Mit einladender Geste wurde die Begleiterin hineingelotst.

»Was, jetzt? Hier?«, zeigte sie sich in amüsierter Weise erregt. »Die anderen haben wirklich recht. Du bist verrückt.«

Der ansatzlose Fausthieb traf die Fitness-gestählte Frau mitten ins Gesicht. Von der Wucht nach hinten geschleudert, stürzte sie inmitten aufgetürmter Stühle lautstark zu Boden.

»Jetzt kannst du dich zu deinem Rudel Hyänen verpissen.« Die Genugtuung in seiner Stimme korrespondierte mit der ruhigen Körpersprache.

»Du gehörst auch zu uns, schon vergessen?«, erwiderte die Pressevertreterin trotzig, während sie ihr geschundenes Gesicht befühlte. »Aber ich war schon immer der Meinung, Männer ab Ende vierzig haben nicht mehr die Eier für den Job.« Das tropfende Blut aus ihrer Nase ließ sie wütend schniefen. »Du durchgeknalltes Arschloch! Ich glaube, du hast mir die Nase gebrochen!«

Ohne Ausdruck des Bedauerns warf Jonathan ihr eine Packung Taschentücher zu. »Das gibt Profil. Wenigstens bist du hart im Nehmen.«

Draußen auf dem Gang lehnte Melanie Holländer an der Wand, die in der allgemeinen Hektik nicht auffiel aber gleichwohl alle relevanten Vorkommnisse akribisch zur Kenntnis nahm. Etwa ihre Zielperson Ehrlicher, der nachdenklich ans selbe offene Fenster zurückkehrte. Oder diese fluchend vorbeieilende Pressetante mit blutigem Taschentuch unter der Nase. Er musste ziemlich zugelangt haben. Die Spuren im Gesicht verrieten denkbar wenig Übereinstimmung zwischen diesen beiden. Oh ja, Ehrlicher war leicht reizbar. Besonders seine tote Lebensgefährtin stellte ein rotes Tuch dar. Das würde sich die Ex-Agentin noch ausgiebig zunutze machen.

Vor Eröffnung des letzten Verhandlungstages und abgeschirmt von den Vorgängen draußen, hatte einer der drei prozessführenden Richter sowohl Staatsanwalt als auch Verteidiger zu einem persönlichen Gespräch gebeten. Schnell wurde deutlich, dass sich im Richterzimmer Männer aufhielten, die von ganz unterschiedlichen Beweggründen im Mordprozess Fechter getrieben waren. Jede Gefühlsregung, jedes Zögern, jede Meinungsäußerung wurde belauert und seziert, begierig, es der eigenen Strategie einzuverleiben. Verständnis oder Mitleid waren auf diesem Spielfeld Justitias nicht zu erwarten.

»Ihr Engagement in allen Ehren, Herr Staatsanwalt«, merkte Berufsrichter Schönlein gerade an, der dabei über den Rand seiner Brille blickte, »aber auf welcher Grundlage wollen Sie eine überzeugende Anklage eigentlich noch aufrechterhalten? Die Hinweise und Behauptungen der Hauptbelastungszeugin Carmen Gerland – Dreh- und

Angelpunkt der Anklage wohlgemerkt – haben sich ganz offenkundig ins Gegenteil verkehrt. Es wäre dringend geboten gewesen, weitere Zeugen in diesem Prozess zu hören. Aber die konnten Sie nicht beibringen. Sehe ich das richtig oder täusche ich mich in diesem nicht ganz unwesentlichen Punkt, Herr Staatsanwalt?«

Dieser erwiderte den Blick unnachgiebig, wenngleich er den letzten Punkt insgeheim einräumen musste.

»Also, wie belieben Sie weiter zu verfahren, ohne das Ganze zu einer Farce werden zu lassen? Beglücken Sie den Herrn Verteidiger und mich mit einem zielführenden Konzept.«

Der vergleichsweise junge Staatsanwalt verbarg seine Unsicherheit hinter dem Schleier der Entrüstung, welche die abfällige Haltung in ihm auslöste. Entschlossen sah er den pockengesichtigen Verteidiger des als Serienmörder angeklagten Paul-Theodor Fechter an, der ihm ein perfektes Pokerface darbot.

»Ich warte, Herr Staatsanwalt.«

Der Vertreter der Anklage hatte keinesfalls die Absicht, sich von Richter Schönlein vorführen zu lassen und ging seinerseits in die Offensive: »Herr Vorsitzender, dürfen wir noch auf das Erscheinen Ihrer beiden Richterkollegen hoffen? Auch das erscheint mir hinsichtlich des Prozessverlaufs nicht ganz unwesentlich zu sein.«

Der unerwartete Schuss vor den Bug machte den Angesprochenen erst sprachlos, dann unwirsch: »Ich bin sehr wohl in der Lage, die Herren umfänglich über den hiesigen Gesprächsverlauf in Kenntnis zu setzen. Wären Sie also so freundlich?«

Der Zurechtgewiesene demonstrierte seinen stummen Protest durch geräuschvolles Abrücken mit dem Stuhl. »Mit allem nötigen Respekt, ich kann nicht erkennen, dass sich auf Grundlage der Beweismittel etwas ins Gegenteil verkehrt hätte. Carmen Gerland war eine hochprofessionelle, integre Journalistin von 32 Jahren. Wenn man die Arbeit dieser Frau in Zweifel ziehen will, weshalb nicht auch die Untersuchungsergebnisse von Landeskriminalamt und Verfassungsschutz?«

Die Gesichtsfarbe des Richters zeigte aufsteigendes Rot.

»Junger Mann, Sie werden meinen Gerichtssaal nicht für Rufmordkampagnen missbrauchen. Auf der Anklagebank sitzt nicht irgendwer, sondern leider Gottes der Sohn eines Kanzlerkandidaten in der Bundesrepublik Deutschland. Genau aus dem Grund ist bei dieser Verhandlung möglichst wenig Öffentlichkeit zugelassen. Setzen Sie dem Ganzen nicht noch die Krone auf, indem Sie eine Konspiration herbeireden. Ich warne Sie!«

»Justitia trägt eine Augenbinde, und ich genüge lediglich meiner Pflicht als Staatsanwalt.«

»Vorsicht, Sie begeben sich auf sehr dünnes Eis. Ganz sicher gehört es nicht zu Ihren Aufgaben, deutsche Polizeibehörden oder Nachrichtendienste zu diskreditieren.«

»Es liegt mir fern, die Redlichkeit Ihrer Zeugin in Abrede zu stellen, verehrter Herr Staatsanwalt«, meldete sich der Verteidiger mit süffisantem Lächeln zu Wort. »Eines ist aber unumstößlicher Fakt: Frau Gerland ist, wie wir alle wissen, auf tragische Weise ums Leben gekommen. Und ohne ihr persönliches Erscheinen vor Gericht oder neue Beweise gegen meinen Mandanten … – nun ja. Die vorliegenden

Erkenntnisse von LKA und Verfassungsschutz sind aus meiner Sicht jedenfalls überaus fundiert.«

»Sie können sich den selbstgefälligen Ton sparen, Herr Verteidiger. Frau Gerland hatte mir noch glaubhaft versichert, dass längst nicht alle von ihr ausgehändigten Unterlagen zu dem Fall an mich weitergeleitet worden sind. Das wirft ein zweifelhaftes Licht auf eben diese Ermittlungsarbeit. Was mir von Seiten des LKA Berlin dazu an Rechtfertigung geboten wurde, war der reinste Verschiebebahnhof: „Wir hatten nie …“, „Mehr steht nicht im Empfangsprotokoll …“, „Die Gerland muss sich irren …“ – Das erinnert mich an den Spruch: Auf dem Postweg verloren gegangen.«

Sein Gegenspieler hielt weiter dagegen: »Ihre Zeugin hätte Ihnen diese angeblichen Beweise doch noch einmal persönlich in die Hand drücken können. Wieso ist das nicht geschehen?«

Selbstverständlich kannte der Anklagevertreter die verschiedenen taktischen Fouls, wie sie auch vor ordentlichen deutschen Gerichten zum Einsatz kamen. Dennoch rang er angesichts der höchst brisanten Begleitumstände um Fassung: »Weil ich nicht gewusst habe, dass ich gegen den Berliner Polizeiapparat würde antreten müssen, und weil meine Zeugin mir als Tote diesbezüglich nicht mehr behilflich sein konnte.«

Mit dem Zeigefinger wild gestikulierend, verschaffte sich Richter Schönlein erneut Gehör: »Ich warne Sie nochmals! Missachtung des Gerichts durch die Verteidigung kommt gelegentlich vor und ist schlimm genug. Aber Sie repräsentieren den Staat. Machen Sie sich das bewusst. Im Gerichtssaal will ich von solchen Verschwörungstheorien nichts hören.«

Der Blick des wiederholt Gescholtenen ging zum Fenster. Plötzlich kam er sich vor wie eine Laborratte in einem Labyrinth, der man eine bestimmte Richtung aufzwingen wollte. Rang er womöglich um ein Urteil, das schon feststand? Alles in ihm sträubte sich gegen diese Vorstellung, aber ein fader Beigeschmack blieb in seinem Kopf haften.

»Zurück zu den neuesten Erkenntnissen«, fuhr der Berufsrichter geschäftsmäßig fort. »Der zunächst als viertes Opfer eingestufte Markus Holländer hat die drei ersten Sniper-Opfer demnach selber erschossen, bevor er aus noch ungeklärten Gründen Selbstmord beging.«

Er schlug etwas in den Prozessunterlagen nach. »Ach ja, richtig!« Eindringlich starrte er über die Brillengläser hinweg. »In Holländers Wohnung sowie seinem Auto wurden Pamphlete gefunden, die ihn zumindest als Sympathisanten des rechtsextremen Spektrums ausweisen. Dazu DNA-Spuren eines Schwergewichts der ultrarechten Szene in Holländers Wohnung.«

Ernüchtert lehnte sich der Anklagevertreter zurück. »Damit wäre für Sie wohl alles Wesentliche gesagt.«

Die einflussreiche „Eminenz" am Landgericht fasste den um beinahe zwei Generationen jüngeren Staatsanwalt scharf ins Auge, als wollte sie die Schwachstelle eines schmackhaften Krustentieres ausfindig machen. »Herr Verteidiger, würden Sie uns wohl entschuldigen.«

Wortlos lächelnd kam dieser dem entschiedenen Wunsch nach und verließ das Richterzimmer. Anschließend erhob sich Schönlein und umrundete bedächtig den Schreibtisch, wobei seine Finger hörbar am Rand entlang klopften. Beim verbliebenen Gesprächspartner angelangt, setzte er sich halb auf den Tisch und wirkte wohlwollend.

»Die Karriereleiter hat, wie Ihnen zweifellos bewusst ist, zwei Enden. Das eine oben, das andere unten. Da Sie noch ziemlich am Anfang Ihrer verheißungsvollen Karriere stehen, darf ich doch wohl annehmen, Sie haben diesbezüglich Ambitionen. Also, warum geben Sie im Fall Fechter den Ritter von der traurigen Gestalt im Kampf gegen Windmühlen?«

»Ich fürchte, ich kann nicht ganz folgen«, entfuhr es dem bis dahin standhaften Gegenüber, dessen ungute Befürchtungen sich weiter verdichteten.

Als galt es, ein Geheimnis zu wahren, beugte sich Schönlein zu ihm hinunter. »Das System duldet keine Idealisten und Quertreiber. Im Gegenteil, die Karriere eines Staatsanwalts erfordert viel Fingerspitzengefühl und Fürsprache. Nicht falsch verstehen, ich sagte ja bereits, Ihr Engagement in allen Ehren. Aber in die falsche Richtung eingesetzt, führt dieses Engagement aufs Abstellgleis.« Seine Augen funkelten diabolisch, als er nachlegte: »Können Sie mir jetzt vielleicht besser folgen?«

In dem mittleren Gerichtssaal drängten sich die akkreditierten Journalisten in den vordersten Reihen. Unter ihnen befand sich auch Jonathan Ehrlicher, der sich als einziger weder Notizen machte, noch überhaupt geistig anwesend zu sein schien.

Gerade stolzierte der Verteidiger vor den Medienvertretern auf und ab und gebärdete sich dabei, als wäre der

Saal die Bühne für eine antike Tragödie: »… und so hat sich aufgrund der hervorragenden Arbeit ermittelnder Behörden doch noch herausgestellt, dass mein Mandant kein sogenannter Sniper ist, als den ihn die Staatsanwaltschaft in den blutrünstigsten Farben dargestellt hat. Mein Mandant hat nicht wahllos auf Unschuldige in Berlin-Kreuzberg Jagd gemacht, wie eine von Ehrgeiz befallene Journalistin es Staatsanwaltschaft und Öffentlichkeit weismachen wollte.«

Mit einem Mal blieb er stehen, um das teils betreten, teils erwartungsvoll dreinblickende Publikum zu fixieren.

»Ja, von Ehrgeiz befallen. Oder sollte ich pietätvoller sagen: karriereorientiert. Bitteschön, also karriereorientiert. Wieso sie das getan hat? Ganz einfach, weil mein Mandant der 28-jährige Sohn von Karsten Fechter ist. Jenes Spitzenpolitikers also, der bereits vor geraumer Zeit bekannt gegeben hat, nach der bevorstehenden Bundestagswahl die Geschicke Deutschlands lenken zu wollen. Ein gefundenes Fressen, wie besonders Sie, hochverehrte Damen und Herren Medienvertreter, einräumen werden. Aber der eigentliche Skandal ist wohl, dass Paul-Theodor Fechter aufgrund haltloser Indizien verhaftet worden ist. Ob für einen Monat, einen Tag oder eine Stunde in Untersuchungshaft, es war Unrecht.«

Unterstrichen von einem manipulativen Lächeln, warf der erfahrene Staranwalt ein weiteres Schlaglicht auf den Fall: »Dennoch muss mein Mandant wohl dankbar sein, dass er zum Zeitpunkt des tödlichen Unfalls von Frau Gerland bereits in Untersuchungshaft saß. Sonst hätte ihn der Herr Staatsanwalt womöglich auch damit in Verbindung gebracht …«

Jonathan Ehrlicher schaute unvermittelt auf, so als hätten die letzten Worte ihn aufgerüttelt. Tatsächlich riefen diese eine Begebenheit aus der nahen Vergangenheit in Erinnerung:

Nur mit einem überlangen T-Shirt bekleidet, steht Carmen Gerland in ihrem eigenen Schlafzimmer vor ihm.

Der Aufdruck in Brusthöhe liest sich im Nachhinein wie eine bitterböse Vorankündigung, eine letzte eindringliche Warnung: die Aufschrift „Truth hurts" in einem roten Fadenkreuz.

»Willst du nicht verstehen oder hältst du mich vielleicht auch für verrückt?!«, schreit sie Jonathan verzweifelt an.

Bemüht, sie zu beschwichtigen, hält er sie dennoch für übertrieben hysterisch: »Überhaupt nicht. Aber selbst, wenn dieser Paul-Theodor Fechter dich verfolgt, mein Gott, du bist doch auch hinter ihm her, stellst ihn als mehrfachen Mörder an den Pranger. Aufgrund deiner Recherchen ermitteln Polizei und Staatsanwaltschaft. Jeden Moment könnte er in Untersuchungshaft geraten.«

Aggressiv faucht die Journalistin ihn an: »Was bist du eigentlich, sein Psychiater, vielleicht sein Anwalt?!«

Lächelnd geht er zu ihr, umfasst wollüstig ihre Brüste. »Komm schon, vergiss den Kerl mal für ein paar Stunden.«

»Er läuft noch frei herum! Und die scheiß Bullen beschützen mich nicht vor ihm! Warum?!«, macht sie ihrer Angst lautstark Luft.

Jonathan schiebt sie genervt von sich fort.

»Und aus welchem Grund genau? Weil Fechter in denselben Fahrstuhl wie du steigt oder er im Restaurant zufällig neben dir sitzt? Ich bitte dich.«

Flehend schaut Carmen ihren Geliebten an.

»Joe, du hast nicht seine Augen gesehen.« …

Mit versteinerter Miene folgte Jonathan weiter dem Schlussplädoyer des Verteidigers, der zur Abwechslung mal Richtern und Schöffen zugewandt stand: »…, können wir sehr dankbar sein, dass die Berliner Polizeibehörden und das Bundesamt für Verfassungsschutz auf dem rechten Auge eben nicht blind sind. Vielmehr ist ihnen im Kampf gegen Rechts ein weiterer Schlag geglückt …«

Trag nicht so dick auf, das ist ja nicht auszuhalten. Was für eine Schmierenkomödie. Dieser Winkeladvokat gibt seelenruhig den Zampano, und weit und breit regt sich kein Widerstand.

Ein aufgewühlter Jonathan Ehrlicher beobachtete den Staatsanwalt, dessen Passivität er beim besten Willen nicht nachvollziehen konnte. Ihm hatte Carmen sich als einzigem Vertreter des Staates schließlich komplett offenbart. War das etwa der Dank dafür?

Was ist mit dir, Staatsanwalt? Reibst dir nur stumm die verschwitzte Stirn und rutschst nervös auf deinem Platz hin und her.

Jetzt knetest du dir auch noch die Hände wund. Als könntest du dich nicht zwischen Rebellion und Unterwürfigkeit entscheiden. Ist das so? Glotzt du deshalb immer wieder beschämt zu Richter Schönlein? Gibt es in diesem gottverdammten Gerichtssaal auch nur einen Menschen, der klar sieht oder klar sehen will?

»… Fotojournalist Markus Holländer war in Wahrheit nicht Opfer. Nein, er ist der Mörder des türkischen Taxifahrers und mehrfachen Familienvaters Bülent Celan, der Mörder der verwitweten Algerierin Fatima Rahimi, der Mörder des dunkelhäutigen Berlin-Touristen Walter Johnson. Sie werden mir nachsehen, dass ich die Namen jedes der Opfer an dieser Stelle noch einmal ausspreche, aber das kann man meiner Meinung nach nicht oft genug tun. Fremdenhass und pure Mordlust haben Markus Holländer angetrieben, Angst und Schrecken waren das Ziel. Das Urteil kann und darf folglich nur lauten: Freispruch für meinen Mandanten Paul-Theodor Fechter.«

Im Publikum machte sich Unruhe breit, während die Gedanken Jonathans erneut in die Vergangenheit abglitten:

Es ist ein milder Herbsttag, als Carmen und Jonathan Hand in Hand am Großen Wannsee entlangspazieren. Wieder einmal macht sie, die engagierte Journalistin, sich Gedanken über ihre Profession und das große Ganze: »Ich habe einfach nicht mehr das Gefühl, der freien Willensbildung der Menschen in diesem Land zu dienen.«

Und wie so häufig erntet sie dafür belustigte Ironie: »Das fordert doch auch niemand ernsthaft ein, schon gar nicht die Politikerkaste.«

»Ergo steigen die Medienverantwortlichen mit denen ins Bett und haben den letzten Rest kritischer Objektivität verloren. Und das journalistische Fußvolk wird auf den gemeinsamen Nenner eingeschworen.«

»Was willst du? Rundfunkräte, Medienkommissionen, Verlage, Stiftungen – das wuchernde Parteienkartell schlägt den Takt. Und wie das eben so ist mit der Nähe zur Macht: Wir wollen mitherrschen und Meinung machen. Und im gut abgestimmten politisch-medialen Komplex funktioniert das auch.

Wir erklären dem Volk mit erhobenem Zeigefinger und über alle Kommunikationskanäle, was tolerant und couragiert ist, was gelebte Demokratie ausmacht und wie sich ein mündiger Bürger gefälligst zu verhalten hat. Die Vierte Macht entscheidet über Existenzen. Wo wir die Nase rümpfen, springen Menschen über die Klinge. Zusammengefasst nennt man das Meinungshoheit.«

»Ich nenne das Auftakt zur Diktatur.«

»Alles nur eine Frage der Perspektive.«

»Was finde ich bloß an diesem kaltschnäuzigen Zyniker?« Carmen packt ihn mit gespielter Empörung am Kragen und zieht ihn für einen leidenschaftlichen Kuss zu sich heran.

Den erwidert ihr Vertrauter zwar mit der gleichen Hingabe, dennoch lässt er nicht von seinem Gedankengang ab: »Ich habe nur die Realitäten aufgezeigt. John Swinton hat schon anno 1880 gewusst, dass keine freie Presse existiert. Er stellte unmissverständlich klar, dass Journalisten dafür bezahlt werden, gerade nicht ihre ehrliche Meinung zu sagen und zu schreiben. Andernfalls stünden sie ganz schnell auf der Straße. Also helfen sie mit, die Wahrheit zu verstümmeln oder ganz zu meucheln. Das ist ihr Geschäft. Für den täglichen Broterwerb und lukrative Posten lassen Pressevertreter sich laut John Swinton wie Marionetten vorführen.«

Ihr Pessimismus hält Carmen nun noch stärker gefangen. »Wer bitteschön war John Swinton?«

»Neben vielem anderen vor allem Chefredakteur der New York Times. Er wusste sehr genau, wovon er sprach. Es ist wie es ist, Menschen ändern sich nicht.« Jonathan beginnt schelmisch zu grinsen. »Davon abgesehen findest du es doch unwiderstehlich, wie erfolgreich ich mit dem Teufel tanze.«

»Ach wirklich«, hält sie frostig dagegen und schlägt ihm schmerzhaft gegen die Schulter. »Du hast ein Alkoholproblem und findest keinen Schlaf. So sieht dein erfolgreicher Tanz aus? Ich verrate dir mal was: Der Teufel kennt keine Partnerschaft und macht keine Gefangenen.« …

Der Ellbogenstoß des Sitznachbarn holte den langjährigen Sensationsjournalisten in die Gegenwart des Gerichtssaales zurück.

»Na also, der Staatsanwalt ist mit seinem Latein am Ende, absolut chancenlos«, gab der Pressekollege triumphierend zum Besten. »Das ganze rechte Gesocks gehört doch verbrannt.«

Von Kopfschmerzen gequält, rieb sich Jonathan die Schläfen. »Wieso nicht gleich vergasen?«

»Bitte?!«, reagierte der andere Mann verdutzt.

Doch da hatte der auserkorene Gesprächspartner bereits angewidert seinen Platz verlassen und steuerte fluchtartig auf den Ausgang zu.

Auch hier war Melanie Holländer nicht weit gewesen. Zwei Reihen dahinter und nur wenige Sitzplätze versetzt hatte die ganze Zeit über „der Schatten“ gesessen.

Jonathan Ehrlicher – Geburt eines Antihelden

Inmitten seiner beruflichen Wirkungsstätte, dem Einzelbüro eines zentral gelegenen Verlagsgebäudes, fläzte sich Jonathan Ehrlicher auf dem Schreibtischsessel. Die Schuhe auf dem Tisch, unrasiert und mit halb aus der Hose hängendem Hemd voller Falten – er strahlte in etwa die Kampfkraft eines k.o. gegangenen Boxers aus. Genauso spiegelte die Unordnung im Raum seine derzeitige mentale wie körperliche Verfassung wider. Beiläufig über die dampfende Tasse in seiner Hand pustend, starrte er stumpfsinnig an die Pinnwand. Über und über mit Artikeln zu den Kreuzberger Serienmorden bedeckt, mutete diese wie der heilige Schrein eines Besessenen an. Eine Schlagzeile stach im wahrsten Sinne des Wortes hervor, war sie doch ringsum von roten Pinnnadeln gesäumt: „Gerechter Freispruch für umtriebigen Politikersohn“.

Selbst als sein Chefredakteur Lars Renzig aufgebracht das Büro enterte und abwechselnd ihn und die Pinnwand anstarrte, blieb Jonathan phlegmatisch. »Aufregende Schlagzeile, hätte von mir sein können.«

Grob nahm Renzig ihm die Tasse ab, roch daran und schreckte zurück. »Ja, als du noch wusstest, wie ein Journalist zu arbeiten hat und dein Kaffee noch Kaffee war.« Enttäuscht schwankte er zwischen Mitleid und Unverständnis. »Ich will dich in meinem Büro sprechen.«

Als der Untergebene keine Anstalten machte, ihm nach

draußen zu folgen, legte der Chefredakteur lautstark nach: »Jetzt, Joe, jetzt!«

Zügig eilte er voraus, gefolgt von einem nach wie vor teilnahmslosen Jonathan Ehrlicher. Im offenen Arbeitsbereich hielten Kollegen in ihrer Arbeit inne oder blieben mitten auf dem Gang stehen. Die beiden Männer waren zum Blickfang einer auf Neugier getrimmten Belegschaft geworden. Selbst im Hintergrund klingelnde Telefone blieben für den Moment unbeachtet.

»Streiken wir heute?!«, herrschte Renzig seine Leute an und nahm das alte Tempo nach kurzem Innehalten wieder auf.

Der Angetrunkene in seinem Kielwasser streckte den Gaffern indes in traditioneller Papstmanier spöttisch die Hand entgegen. »Nehmt es nicht so schwer, meine Kinder, werft euren Berufsethos einfach über Bord. Wenn das Gewissen plagt, greift zum Koks, Alk oder den bunten Pillen in euren Schubladen.«

Das Büro des Chefredakteurs war um einiges geräumiger und bestens organisiert. Eine lederne Eckcouch vor der Fensterfront lud zum Gespräch ein. Allerdings ging es Lars Renzig diesmal mehr um einen vorwurfsvollen Monolog: »Ich wollte von dir einen abschließenden Aufmacher zur Gerichtsverhandlung und dem Freispruch von jung Fechter. „Justiz schrammt gerade noch an handfester Blamage vorbei“, „Ultrarechte Terrorzelle doch noch entlarvt“, „Ehrenrettung für Familie Fechter“ – so in der Art. Aber nein, von dir bekomme ich stattdessen abstruse Verschwörungstheorien serviert.«

In dem abgekanzelten Journalisten keimte Widerstand: »Der Gerichtsprozess tritt gerade in die heiße Phase ein, da stirbt auf wundersame Weise die Hauptbelastungszeugin. Und aufgemerkt, aus dem Nichts taucht außerdem eine dunkelbraun gefärbte Indizienkette auf.«

»Der Fall ist abgeschlossen«, blieb sein Chef unversöhnlich.

»Willst du kritische Journalisten oder geistlose Kretins?«

»Erkläre du mir nicht meinen Job, ja! Immerhin bin ich Chefredakteur, nicht du! Deine neueste Anwandlung à la kritischer Journalismus ist absolut lächerlich!«

»In wessen Augen?«

Der Ressortverantwortliche verlor endgültig die Fassung: »In meinen, du sturer Bock!«

»Lächerlich, also. Gut, okay, dann lass uns jetzt mal Klartext reden: Es gab mindestens noch zwei weitere Erschossene in Kreuzberg, die hinsichtlich Methode, Zeit und Ort ins Raster gepasst hätten. Carmen hat mir das gesagt. Wieso haben die Ermittler diese Opfer nicht berücksichtigt? Vielleicht, weil sie urdeutsch waren und die Mär vom Nazi-Mörder so nicht mehr funktioniert hätte?« In seine Stimme mischte sich Bitterkeit: »Ich bin jedenfalls nicht mehr bereit, das zu ignorieren.«

Sein Gegenüber winkte desinteressiert ab. »Jetzt hör mal zu, und hör gut zu: Wir sind weder ermittelnde Behörde, noch eine Untersuchungskommission.«

»Was ist mit dem unter den Teppich gekehrten Recherchematerial? Eines der letzten Dinge, von denen sie mir noch erzählen konnte. Auf dem Weg zwischen Dienstwagen und Polizeiverwahrung verloren gegangen, oder hat Carmen sich das etwa auch zusammenfantasiert?«, blieb Jonathan hartnäckig, erhob sich und stemmte demonstrativ die Hände in die Seiten.

Sein Chef stand ebenfalls auf. Die an den Tag gelegte Nervosität verriet auch seinerseits Zweifel, als er umständlich am Hemd nestelte, um es weiter in die Hose zu stopfen. Nur spiegelte die Antwort das nicht wider: »Wenn du mich fragst, dieses verschwundene Material hat es nie gegeben.«

»Das ist unmöglich dein Ernst. Komm schon, du hast Carmen lange genug gekannt, um es besser zu wissen. Und weshalb wurden die Unterlagen überhaupt bei ihr zu Hause beschlagnahmt? Sie selbst hatte sich doch an die Behörden gewandt und hätte liebend gern alles persönlich abgeliefert.«

Um den direkten Blickkontakt zu vermeiden, sah Renzig vom Fenster aus auf die Straße hinunter. Einsetzender Regen prasselte wie eine vorauseilende Protestnote gegen die Scheibe. Hin- und hergerissen formulierte er schließlich seine Anordnung: »Hör zu, Joe, ab sofort ist der Fall Paul-Theodor Fechter für dich tabu. Entweder das oder du wirst für diesen Verlag nicht mehr arbeiten. Du säufst, bist paranoid und der Tod deiner Bettgenossin hat dich vollends aus der Bahn geworfen.«

»Es muss also unbedingt Markus Holländer gewesen sein, ja?«, grinste der höhnisch. »Gut, wieso machen wir ihn nicht auch gleich für den menschengemachten Klimawandel und die verdreckten Weltmeere verantwortlich? Und wo wir schon dabei sind, packen wir doch noch pauschal den bösen weißen Rassismus obendrauf. Den Ersten Weltkrieg hat er selbstredend auch angezettelt und, ja natürlich, sogar die letzte Eiszeit ausgelöst.«

»Das ist mir zu dumm.«

Angewidert griff Jonathan eine vergoldete Skulptur aus dem Regal mit Ehrungen und hielt sie hoch. »Wofür bekommt man so was heutzutage, sag's mir! Muss man zur Hure werden, unbequeme Wahrheiten vermeiden, sich als Fälscher auszeichnen?! Hier hast du das Scheißding! Es stinkt!«

Mit ganzer Wucht geworfen, traf die Auszeichnung auf die Bürowand und nahm beträchtlichen Schaden.

Zerbrechlich wie alle Lebenslügen. - Ja, genau, geh auf die Knie, du heuchlerischer Bastard. Da unten gehörst du hin, da, wo die Lüge König ist.

Schlimm genug, dass ich meinen Beruf so lange mit Füßen getreten habe. Aber du bist der Vorsänger, der es zugelassen hat. Ach was, der es eingefordert hat. Selbst jetzt, wo es um die Reputation einer Weggefährtin geht, einer von uns, da bleibst du in deinem kritikresistenten Korsett stecken, unfähig, Größe zu beweisen. - Das war's, wir sind fertig.

»Du bist doch ein Fall für die Klapse, nicht mehr zu gebrauchen! Ich kann nicht glauben, dass wir befreundet sein sollen!«, schrie Renzig hysterisch, während er die lädierte Ehrung behutsam vom pulverisierten Putz der Wand befreite.

»‚Politische Korrektheit ist die Diktatur von Meinungen'«, entgegnete der intime Freund Carmens in andächtiger Ruhe. »‚Die Welt braucht selbstständig denkende Menschen,

Rebellen, die gegen den Strom von Vorurteilen schwimmen und mutig für ihre Überzeugungen eintreten, selbst wenn sie damit gegen anerkannte politisch korrekte Gebote verstoßen.'«

»Was soll das nun wieder heißen?«

»Dass du bereitwillig einer Lüge folgst, nur um eine unbequeme Wahrheit ignorieren zu können.«

Als würde ein geistig Umnachteter vor ihm stehen, erhob sich der Chefredakteur kopfschüttelnd. »Klingt ganz und gar nicht nach dir. Noch so ein idealistischer Schwachsinn von deiner Carmen?«

»Nein. Eine gemeinsame Erklärung deutscher Schriftsteller und Publizisten aus dem Jahr 1996. Aber das wird es für dich vermutlich auch nicht aufwerten.«

»Ach nee, und du hast bisher nach diesem Kodex gearbeitet? Joe, der Wahrhaftige? Dann ist mir aber was entgangen.«

Es klopfte, und durch den sich öffnenden Türspalt spähte die persönliche Assistentin.

»Soll ich gleich nochmal wiederkommen? Ein paar Minuten hat es noch Zeit.«

»Aber nicht doch, komm ruhig rein«, ermunterte Jonathan sie übertrieben höflich. »Wir sind hier fertig, ich bin mit deinem Chef durch.« Schlagartig ernst ergänzte er: »Überfresst euch mal schön alleine an der fetten braunen Soße, die Ihr da anrührt.«

Auf dem Weg nach draußen drehte er sich noch einmal um, den sprachlosen Lars Renzig kalt musternd.

»Wir waren niemals Freunde. Und diese Mordserie, die ist längst noch nicht ad acta gelegt.«

Zurück in seinem eigenen Büro, machte der nunmehr arbeitslose Journalist sich wild entschlossen daran, die Artikelsammlung von der Pinnwand in einen Karton umzubetten.

Wie hatte er nur all die Jahre sein Talent an eine ignorante, selbstverliebte und weitgehend korrupte Medienlandschaft verschwenden können?

Wie ein willenloser, stupider Esel habe ich diesen Karren voll medialer Scheiße durch die Republik gezogen. Und zurückgeblieben sind tiefe Furchen, die Menschen immer wieder ins Straucheln bringen. Weil wir nicht einmal den Anstand besitzen, begangene Fehler und Leichtfertigkeiten öffentlich einzugestehen und in selbstkritischen Worten zu widerrufen. Die Sau einmal durchs Dorf getrieben und das war's. Kollateralschäden werden billigend in Kauf genommen.

Etwas ließ seine unbarmherzige innere Stimme verstummen. Es hing mit dem Zustand der Pinnwand zusammen. Der ruhelos Getriebene sah sich um, suchte den Fußboden ab, überflog die bedruckten Schnipsel im Karton. Immer hektischer wurde sein Treiben. Schließlich entdeckte er den vermissten Zeitungsartikel auf dem Schreibtisch. Den Karton dort abstellend, zwang seine Verwirrung ihn in den Bürosessel. Was sollte das bedeuten? Nicht nur, dass dieses Stück Papier wie durch Zauberhand den Weg vom Pinbrett auf seinen Schreibtisch gefunden hatte. Zusätzlich war der Kopf des freigesprochenen Paul-Theodor Fechter auf dem Artikelfoto auch noch mit einem roten Fadenkreuz markiert worden. Spontan nahm Jonathan den einzigen roten Filzstift aus einem Halter vor sich und zog damit eine Linie auf der weißen Schreibunterlage. Farbton und Linienstärke passten. Er sprang auf, stürzte zur Tür und schaute links und rechts den Flur entlang. Doch zwischen den vertrauten Gesichtern fiel ihm kein Verdächtiger ins Auge. Grübelnd ließ er sich wieder auf seinem Sessel nieder und starrte den Zeitungsartikel an, als könnte das vor ihm liegende Mysterium auf die Art ergründet werden.

Bin ich schon dabei durchzudrehen? Ein Scherz der Kollegen – wäre das erste Mal. Die haben viel zu viel Angst um ihre Gesundheit, als dass sie an meine Pinnwand gehen würden. Abgesehen davon wäre die Nummer selbst für die zu geschmacklos. Ich selbst war es auch nicht. Oder doch? Quatsch. Aber welcher Fremde kommt am Empfang vorbei, fährt bis hier rauf und wartet ganz cool ab, bis ich mein Büro verlasse? Und lange war ich nicht weg, gerade mal eine gute halbe Stunde.

Mit einer frisch angezündeten Zigarette ging der noch immer Alkoholisierte ziellos auf und ab. Erinnerungslücken wie ein Politiker oder womöglich ein boshafter Poltergeist – das war die brennende Frage. Wenngleich sich das Bürofenster gar nicht öffnen ließ, ertappte er sich beim genauen Inspizieren.

»Blödsinn. - Okay, sagen wir mal, es war ein ausgebuffter Fremder, mit Nerven wie Fahrstuhlseile. Aber wer bist du? Was willst du von mir?«, grübelte er hörbar in das Zimmer hinein.

Zwei Morden auf der Spur

Der Parteivorsitzende Karsten Fechter und sein Bundesgeschäftsführer Erwin Renz-Raute zogen ihre Ausrüstung eigenhändig über das weitläufige Grün des elitären Golfclubs.

Der sonnige Vormittag im Grunewald wäre durchaus geeignet gewesen, kurzzeitig Abstand vom nervenzehrenden Bundestagswahlkampf zu gewinnen. Doch das anstehende Thema entsprach einem Krisengespräch, was wiederum die Tatsache erklärte, warum es sich um ein Vier-Augen-Gespräch handelte.

Fechter blieb stehen und rückte seine elegante Schiebermütze zurecht, die perfekt mit Poloshirt und Hose harmonierte.

Dem konzentrierten Abschätzen der Gegebenheiten bis zum ersten Loch folgte die Auswahl des adäquaten Schlägers. Jede Bewegung und jeder Handgriff strahlte Souveränität aus. Renz-Raute hingegen fühlte sich sichtlich unwohl. Wie einen lästigen Fremdkörper hatte der seinen gemieteten Trolley mit Golftasche hinter sich hergezogen. Nun ließ er diesen achtlos stehen. Auch die improvisierte Kleidung verriet, dass es sich bei ihm um keinen passionierten Golfer handelte.

»Also, was haben wir deiner Meinung nach zu befürchten?«, kam der Kanzlerkandidat der FWD auf das Anliegen des Begleiters zu sprechen, während er sich den Golfball zurechtlegte.

»Wieso müssen wir uns ausgerechnet hier treffen?«, wollte der Angesprochene missmutig wissen.

Ihm war bekannt, dass Fechter Clubmitglied war. Egal, er selbst hatte rein gar nichts mit Golf am Hut. Überhaupt waren sportliche Aktivitäten ihm ein Gräuel. Und einen Golfschläger konnte er schon gar nicht handhaben. Genau das war es wohl auch, worum es dem Kopf der FWD ging: Überlegenheit zu demonstrieren und zu krönen, indem er gleichzeitig die Schwächen eines anderen ans Licht zerrte.

Der Parteivorsitzende machte nicht einmal den Versuch, Sympathie zu heucheln, und würdigte den Bundesgeschäftsführer ebenso wenig eines Blickes: »Du kannst Bewegung gebrauchen. Außerdem sind wir hier ungestört.« Schon schlug er den Golfball schwungvoll in die Nähe des ersten Lochs. »Also?«

Dieser zunehmend respektlose Umgang nahm der Nummer Zwei jede Zurückhaltung: »Der plötzliche Tod der Hauptbelastungszeugin Carmen Gerland und der anschließende Freispruch für deinen Sohn: Das kursierende Gerücht um verschwundene Beweise gegen ihn hat Fahrt aufgenommen. Egal, wer es gestreut hat – vielleicht jemand aus dem Büro der Staatsanwaltschaft oder einer vom LKA –, es ist Wasser auf die Wahlkampfmühlen unserer politischen Gegner.«

Die Erwähnung verschwundener Beweismittel löste eine nicht sichtbare Nervosität bei Karsten Fechter aus. Vermeintlich ungerührt setzte er sich mit seinem Trolley in Bewegung. Auf dem Weg zum nächsten Abschlagspunkt grüßte er aus einiger Entfernung einen weiteren Golfer, der die Hand gleichfalls zum Gruß hob.

»Mein Sohn wurde freigesprochen, und das wird uns noch mehr Wähler einbringen. Für die Leute da draußen bin ich ein zu Unrecht in Verruf geratener Vater. Ein gemeingefährlicher Rechtsextremist war der wahre Serienmörder. Die Medien sind voll davon.« Fechter blieb stehen, um seiner nächsten Feststellung zusätzlichen Nachdruck zu verleihen: »Die politischen Gegner werden einen Teufel tun, mir dazu eins reinzuwürgen.«

Diese Argumentation trug nicht wirklich zur Beruhigung bei: »Bei mir sind Beschwerden mehrerer Redakteure eingegangen. Sie seien von unserer Pressestelle unter Druck gesetzt worden«, erwiderte der Bundesgeschäftsführer mit vorwurfsvollem Unterton. »Ich für meinen Teil habe nichts dergleichen autorisiert.«

»Also ich weiß nur von zwei Beschwerden, die kurz darauf zurückgezogen wurden«, erhielt er die stoisch vorgetragene Antwort.

Erwin Renz-Raute hatte weder die Anzahl der Beschwerden parteiintern kommuniziert, noch das Zurücknehmen derselben. Und doch war Fechter schon bestens informiert. Als Zuträgerin kam eigentlich nur die neue Beauftragte für Öffentlichkeitsarbeit in Frage, deren Vorgängerin kurz nach der Antrittssitzung Fechters überraschend ihr Amt niedergelegt hatte. Schleichend und doch in atemberaubender Geschwindigkeit hatte dieser Mann alle anderen Funktionsträger in der Partei zu gehorsamen Statisten degradiert. Der Bundesgeschäftsführer wagte kaum, sich auszumalen, über welches einflussreiche Netzwerk der ehemalige BND-Vize dank seines zwingenden Charakters bundesweit verfügte.

Der nächste Abschlagspunkt war erreicht. »Sonst noch was, Erwin?«

Und ob noch immer Redebedarf bestand: »Dieser Interviewer, Knut Pelziger, hatte recht, oder? Unser „Kampf gegen Rechts“-Getue der letzten Zeit hatte ausschließlich mit deinem Sohn zu tun.«

Sein Gegenüber ließ den hervorgezogen Schläger gekonnt in der Hand kreisen. Etwas Bedrohliches ging von ihm aus. »Wir haben Umfragewerte wie nie. Laut Wahlprognosen sind wir beinahe auf Augenhöhe mit der zweitstärksten Kraft im Land. Wie es momentan aussieht, ist unsere FWD auf dem besten Weg, als Volkspartei wahrgenommen zu werden. Was genau ist eigentlich dein Problem?«

Es war definitiv zu spät, um noch etwas gegen den Parteichef zu unternehmen. Was hätte das auch sein sollen? Und aus welchem zwingenden Grund? Wie Fechter gesagt hatte, die FWD schwamm auf einer nie gekannten Erfolgswelle. Die Prognosen bescheinigten einen Trend zur Wahleuphorie, der europaweit aufhorchen ließ.

Den greifbaren Wahlerfolg vor Augen, blieb für den Parteifreund im Grunde nur eine kritische Frage übrig: »Falls wir zweitstärkste Kraft werden sollten, könntest du dich mit dem zweiten Platz dann auch zufriedengeben?«

Beobachtungen, Insiderinformationen und Erfahrung als BND-Spezialagentin – Melanie Holländer hatte bereits eine beängstigende Vorstellung davon, wie eng die Schicksale von Karsten und Paul-Theodor Fechter mit denen von Carmen Gerland und ihrem eigenen Bruder Markus Holländer verknüpft waren. Aktuell stand sie in der Marheineke-Markthalle an einem Eisstand, um weitere Erkenntnisse zu sammeln. Der Eisbecher in der Hand war lediglich Mittel zum Zweck, um ihre Anwesenheit möglichst unauffällig zu gestalten. Eine große Uhr mit vergilbtem Zifferblatt und Uralt-Schriftzug einer Traditionsbrauerei schien hoch oben über dem allgemeinen Treiben – an zwei robusten Stahlketten hängend – für sie Schmiere zu stehen. Ein sympathisches Überbleibsel in der ansonsten in neuer Pracht erblühten Markthalle aus der Wilhelminischen Epoche. Melanie mochte das frische Erscheinungsbild durchaus. Alles war nun heller und luftiger, gleichzeitig waren aber auch Teile der alten Gebäudefassade erhalten geblieben. Man hatte alt und neu erfolgreich zusammengeführt.

Sie machte sich auf den Weg zu den Toiletten, die über eine Treppe abwärts zu erreichen waren. Zu lange schon hatte sie diesen Tatort gescheut, wo Markus sein Leben ausgehaucht hatte.

Was das anging, hatte sich ihre ansonsten unerschütterliche Professionalität bisher verweigert. Es war höchste Zeit. Selbstmord konnte auch aufgrund der von „Tommy Gun" beschafften internen LKA-Informationen ausgeschlossen werden. Daran änderten gegenteilige Abschlussberichte offizieller Stellen nichts – im Gegenteil. Ihr Bruder war genauso wenig ein Selbstmörder wie ein fremdenfeindlicher Mörder. Er war vielmehr das Opfer einer Konspiration geworden.

Mit jeder Treppenstufe wurde die Trauer größer. Unten angekommen, war der Wunsch nach Rache ebenso groß wie der Wille zur Rehabilitierung.

Links saß eine Reinigungskraft.

Die türkischstämmige Frau unterhielt sich ausgelassen per Smartphone und nahm keine Notiz von der neuen Besucherin. In einer Ecke vegetierte eine Grünpflanze von noch nicht einmal einem Meter Höhe vor sich hin. Unter anderen Umständen wäre das ein Anlass zum Schmunzeln gewesen, so unscheinbar und fehl am Platze wirkte der Philodendron.

Ein Blick in den Toilettenbereich für Herren offenbarte nichts Wegweisendes. Was hoffte die Suchende zu finden, worauf war sie aus? Auf nichts Konkretes jedenfalls. Sie nahm Witterung auf, visualisierte, ließ die Dinge auf sich zukommen.

»Entschuldigung, das Herrentoilette.«

In der freundlichen Stimme erkannte der Profi die Frau mit dem Smartphone wieder und drehte sich schwermütig zu ihr um.

»Oh, Sie sehr traurig. Nicht gut. Schauen Sie da, habe ich extra eine Pflanze mitgebracht. Fast so schön wie Sonne.«

Das konnte Melanie zumindest ein flüchtiges Lächeln abringen. »Vor kurzem ist mein Bruder hier erschossen worden.«

Mit mitleidiger Miene suchte die Reinigungskraft nach tröstenden Worten: »Tut mir sehr leid. Schlimm, sehr schlimm.«

»Ist jeden Tag einer hier?«

»Ganzen Tag, ja, immer außer Sonntag. Ich oder Kollegin.«

Die ehemalige Auslandsagentin horchte auf. »Bis die Markthalle abends schließt?«

»Ja, von Aufschließen bis Zuschließen.«

»Und als mein Bruder hier unten ermordet wurde?«

Die mögliche Augenzeugin wirkte plötzlich verunsichert und zögerlich: »War ich oben für Tasse Kaffee. Nichts gehört.«

Sofort fiel Melanies Blick auf eine Thermoskanne. Sie war nun ganz die Verhörspezialistin: »Auf einen Kaffee, genau in dem Zeitraum, als hier unten geschossen wurde?« Schon untersuchte sie die Beschaffenheit der Wände. »Wenn hier unten ein Gewehr abgefeuert wird, ist das so laut wie eine Explosion. Sie kennen Ihren Arbeitsplatz doch genau. Sie hätten gewusst, woher der Lärm kommt. Sie haben nicht sofort nachgeschaut, keinen Alarm geschlagen?«

»Nichts gehört. Als ich zurück, waren da viele Leute.«

Die arme Frau war verängstigt, das war nicht zu übersehen. Es kam umso mehr auf eine einfühlsame Befragung an. Außerdem erschienen ein Mann und eine Frau auf der Treppe, sodass ohnehin eine leisere Stimme vonnöten war: »Es geht um meinen Bruder, Familie. Ich muss die Wahrheit herausfinden. Was Sie mir erzählen, wird keiner erfahren. Ich sage nichts. Sie haben doch bestimmt auch Geschwister. Sie verstehen das.«

Nervös biss sich die Türkin auf die Lippen.

»Sie waren gar nicht oben. Sie waren die ganze Zeit über hier unten, stimmt's?«

»Eingeschlafen, auf Toilette«, begann die Zeugin zögernd. »Zuerst Frau ist gekommen. Ist auf Toilette gegangen, aber kam sie gleich zurück. Sagte, Toilette verstopft. Zusammen geguckt, und dann … weiß nicht, bin ich auf Toilette aufgewacht.«

»Und mein Bruder?«

»Ist allein gekommen, bevor Frau mich geholt hat.«

»Ist die Frau vor oder nach ihm die Treppe runtergekommen?«

»Moment, muss ich denken. - Ja, glaube erst Bruder, danach Frau.«

Alles sprach dafür, dass die Toilettendame von der Unbekannten betäubt worden war. Damit hatte die alles für den eigentlichen Mörder vorbereitet. Die Unbekannte selbst hatte nicht geschossen, sonst hätte sie auch die Augenzeugin liquidiert. Blieb die Frage, ob Markus ein willkürliches Opfer war. Der Kreuzberger Serienmörder hatte seine Hand jedenfalls nicht im Spiel gehabt. Timing, Ablauf – ein Todeskommando, Profis.

»Hatte diese Frau etwas dabei, eine große Tasche oder Tüte?«

»Weiß nicht.«

»Würden Sie die Frau wiedererkennen?«

Die Zeugin dachte angestrengt nach und schüttelte schließlich den Kopf. »Ist wie dunkles Loch. Einfach weg.«

»Verstehe. Als Sie wieder aufgewacht sind, hatten Sie da einen bitteren Geschmack im Mund oder viel Durst?«

Endlich wieder eine Frage mit positiver Resonanz: »Ja, viel, viel Durst. Komisch, weil hatte ich vorher getrunken.«

Die Ermittlerin in eigener Sache war zufrieden. Wie sie angenommen hatte: die Nachwirkung eines sekundenschnell wirkenden Betäubungsmittels, wie es in Geheimdienstkreisen zur Anwendung kam.

»Und Sie haben keinem davon erzählt?«

»Nein, zu sehr geschämt, weil ich auf Toilette eingeschlafen. Bin ich aufgewacht und heimlich aus Kabine gegangen.«

Sanft umfasste Melanie die Hände der wertvollen Zeugin. »Vielen Dank. Niemand erfährt davon. Versprochen.«

Der Kfz-Mechanikermeister erkannte den wartenden Jonathan Ehrlicher schon aus der Entfernung und hob die Hand zu einem freudlosen Gruß. Er persönlich hatte Carmen ihr Auto verkauft. Fünf Jahre lang hatte er es nach allen Regeln seiner Berufssparte gewartet. Jonathan kannte ihn als ehrlichen, zuverlässigen Mann und Verfechter klarer Worte. Bis zum Schluss war er Carmen sehr gewogen gewesen.

»Hallo, Joe, wie geht's dir. Ich für meinen Teil denke immer noch, unsere Kleine kommt jeden Moment zur Tür rein.« Bekümmert reichte der Werkstattinhaber im Blaumann ihm die Hand, groß wie ein Teller.

Sein Besucher zwang sich zu einem spärlichen Lächeln. »Ja, geht mir auch so.«

»Und dass ich nicht zur Beerdigung gekommen bin, weißt du, ich behalte Carmen lieber lebendig in Erinnerung.«

»Mach dir darüber keine Gedanken. Ich wäre auch lieber weggeblieben.«

Der Kfz-Spezialist wechselte dankbar das Thema: »Meine Leute haben gesagt, du musst mich dringend sprechen. Was hast du auf dem Herzen?«

»Können wir ein paar Schritte gehen, das muss nicht jeder hören«, bat Jonathan mit einer Ernsthaftigkeit, die keiner weiteren Erklärung bedurfte.

Wortlos ging der Werkstattchef voran und durch eine Nebentür. Es erwartete sie ein liebevoll bepflanzter Außenbereich. »Für Vier-Augen-Gespräche und Kurzurlaube«, bemühte sich der Verantwortliche um etwas Aufmunterung.

Der Gesprächsgast nahm keine Notiz davon. »Die Sache ist die: Die Todesumstände haben mir einfach keine Ruhe gelassen. Nicht lange nach dem Unfall bin ich also die Straße am Unglücksort abgelaufen, immer und immer wieder. Im Unfallbericht steht, ein geplatzter Reifen ist die Ursache gewesen. Aber da lag nicht ein Fetzen Gummi.«

Sein Gegenüber war den Ausführungen aufmerksam gefolgt und zeigte sich besorgt: »Falls du auf Teufel komm raus etwas Verdächtiges finden willst, rate ich dir: Steigere dich nicht in etwas rein.«

»Es gab auch keine Scherben, Nägel oder sonstigen Objekte, die einem Reifen hätten gefährlich werden können.«

»Sag mir, worauf du hinaus willst.«

Bei dem Gedanken an seinen schwerwiegenden Verdacht atmete der Journalist geräuschvoll aus. »Entweder Carmen fuhr mit gefährlich abgefahrenen Reifen oder jemand hat die Straße aus irgendeinem Grund nachträglich penibel gereinigt. Dritte Möglichkeit: Es gab gar keinen geplatzten Reifen.« Seine Augen wurden schmal, als er den Kfz-Profi lauernd ansah: »Hast du Carmen mit abgefahrenen Reifen herumfahren lassen?«

Die Antwort darauf bewegte sich zwischen Entrüstung und blankem Entsetzen: »Natürlich nicht! - Mein Gott, jemand soll nachgeholfen haben?!«

»Ist das so abwegig? Wenn das Auto keine Mängel …«

»Der Wagen war topp in Schuss, inklusive Bereifung!«, ließ der Befragte keine Zweifel aufkommen.

»Na bitte, und auf dem Streckenabschnitt hätte ein Blinder fahren können. Schnurgerade, kein Gefälle, und geregnet hatte es auch nicht. - Das offizielle Untersuchungsergebnis stinkt.«

Nervös zog der Entlastete eine Zigarettenpackung aus der Brusttasche seines Overalls und zündete jedem eine Kippe an. Eine Weile starrten beide wortlos vor sich hin. »Gehst du damit zur Polizei?«

Spannende Frage, die du da stellst. Wer steckt wohl hinter dem falschen Unfallbericht, der kriminaltechnischen Untersuchung, dem offiziellen Abschlussbericht? Wessen Hände und Ohren haben vollen Zugang zur Polizeibehörde? Wenn ich damit zur Polizei gehe, erleide ich womöglich einen tödlichen Unfall wie Carmen.

»Mein Instinkt rät mir, die Polizei besser aus dem Spiel zu lassen. Mal sehen, ich muss mir darüber erst den Kopf zerbrechen.«

»Hey, Joe, wenn du ein neutrales Auto brauchst – du weißt, was ich meine.«

Der zwinkerte ihm zu. »Danke, bist ein Freund.«

»Und wir beide sind Carmens Freunde. Lass nicht locker.«

Auge um Auge, Zahn um Zahn

Die Empfangshalle der Stadtvilla strahlte kostspieligen Geschmack aus. Doch selbst das strahlende Sonnenlicht, welches sich seinen Weg durch die polierten Panoramascheiben und Pflanzenarrangements bahnte, konnte kein echtes Gefühl des Wohlbefindens erzeugen. Perfekte Ordnung, kaum belebende Farbakzente und eine trostlose Stille vermittelten nichts als Einsamkeit.

Mit Öffnen der Haustür und dem Eintreten von Paul-Theodor Fechter kam ein weiteres ungutes Element hinzu: tiefverwurzelter Hass. Gegen wen dieser junge Mann seine Wut richtete, war mehr oder weniger willkürlich. Es ließ sich auf die bekannte Formel ‚Zur falschen Zeit am falschen Ort' bringen. Was man aber zugrunde legen konnte, war das Ausleben eines Überlegenheitsgefühls gegenüber seiner Ansicht nach unwerten Menschen.

Genau da zeigte sich ein erstaunliches Paradoxon: Obwohl genetische Vererbung den psychischen Defekt begünstigte, hatte letztlich erst die lieblos diktatorische Erziehung eines wohlhabenden Elternhauses ohne Mutter seine Seele zerstört. Dementsprechend galt der Hass auch dem Vater und seinesgleichen.

Ausdruck fand die maßlose Wut dennoch in einem ganz anderen Teil der Gesellschaft.

Übellaunig warf der junge Fechter sein Mobilgerät auf einen Beistelltisch. Stattdessen riss er der herbeieilenden Hausangestellten das schnurlose Festnetzgerät aus der

Hand, die sich – solche Auftritte längst gewohnt – umgehend zurückzog.

»So, da bin ich und habe nichts zu sagen! Reicht es nicht, dass die Presse unser Haus belagert?! Ich werde …!«, tobte er ohne Umschweife in den Hörer, hielt jedoch überrascht inne und lauschte.

Kleinlaut fuhr er fort: »Wer sind Sie überhaupt? Wenn das ein Scherz sein soll …«

Wieder hörte der Sohn des FWD-Kanzlerkandidaten gebannt zu, während er nervös die Treppe zur ersten Etage hinauf sah. Mit nunmehr gedämpfter Stimme ging er auf den Anrufer ein: »Dann sind das gefälschte Beweise. Wie jetzt alle Welt weiß, bin ich unschuldig.«

Ungläubig schüttelte er den Kopf. »Wie viel?! Ich habe doch gerade gesagt …!«

Erneut aufflammender Zorn ließ ihn eine antike Porzellanlampe vom Beistelltisch fegen, die unter der Wucht zu Bruch ging.

»Wohin? Sie müssen doch verrückt sein. - Hallo? Hallo!«

Die Verbindung war getrennt worden. Wie in Trance legte Paul-Theodor Fechter das Telefon auf den Beistelltisch.

»Wer war das?«, erklang die ungehaltene Stimme seines Vaters Karsten Fechter, der mit aufgerollten Hemdsärmeln am oberen Treppenabsatz stand. »Wieder ein Nichtsnutz aus deinem alten Schützenverein? Ich hatte dir doch jeden Kontakt verboten.«

Statt zu antworten, starrte der Sohn wie ein antriebsloser Zombie ins Leere.

Daraufhin wurde der Ton noch fordernder: »Ich erwarte eine Antwort!«

»Nur die Presse. Fast so lästig wie Erpresser«, folgte die knappe Erklärung nur widerwillig.

Der Vater betrachtete seinen Sohn mit dem Misstrauen der Erfahrung. »Was wollten die genau?«

Doch der hörte gar nicht mehr zu und war im Begriff, die Empfangshalle durch eine weitere Tür zu verlassen. »Ich muss nachher nochmal weg. Wird eine Weile dauern.«

»Wenn du meinen Namen noch ein einziges Mal in den Schmutz ziehst, expediere ich dich persönlich aus deinem jämmerlichen Dasein! Hast du mich verstanden?!«, brüllte der Spitzenpolitiker seinem Stammhalter in schonungsloser Härte hinterher.

Die einzige Resonanz war das lautstarke Zuknallen der Tür unten. - Karsten Fechter stand noch immer reglos da, als ein grobschlächtiger Mann aus dem Zimmer hinter ihm trat.

Der Hausherr strich sich bedächtig über den Kopf. »Das letzte Telefonat ist aufgezeichnet?«

»Der Anrufer hat mit Stimmenverzerrer gearbeitet.«

»Worum ging es?«

»Erpressung. Ihr Sohn soll mit seinem Auto alleine zu der Stelle fahren, wo die Journalistin ums Leben gekommen ist.«

Das Nachfragen nahm bedrohliche Züge an: »Waren das die genauen Worte: „ums Leben gekommen“?«

»Nein, der Erpresser sagte: „ermordet worden“.«

Alarmiert drehte sich Fechter zu seinem Sicherheitsmann um. »Das will ich mir anhören, sofort!«

Die deutsche Premiummarke wirkte auf der verwaisten Havelchaussee verdächtig. Hier draußen musste sie das zu nachtschlafender Zeit zwangsläufig, zumal bei Schritttempo.

Im Schein der diffusen Straßenbeleuchtung kam die dunkle Limousine schließlich zum Stehen. Obwohl kaum zu hören, wurde der Motor dennoch ausgeschaltet. Standlicht übernahm das visuelle Lebenszeichen. Wenige Minuten vergingen bei halb geöffneten Fenstern.

Zeit, die geschärfte Sinne benötigten, um die Umgebung zu sondieren.

Simultan öffneten sich die vorderen Türen, und zwei Männer in dunklen Windjacken stiegen aus. Sie waren darauf bedacht, die Wagentüren möglichst geräuschlos zu schließen. Anschließend ließen beide den Blick umherschweifen, und eine knappe Geste des älteren Beifahrers entsandte den Partner in Richtung Havel. Der zog eine Schusswaffe aus dem Schulterhalfter und schraubte einen Schalldämpfer aus seiner Jackentasche auf die Mündung, noch bevor die Böschung erreicht war.

Ein geräuschloser Abstieg gestaltete sich schwierig, denn der Hang war steil und dicht bewachsen. Ob der helle Vollmond ihm zum Vorteil gereichte, wagte der Mann im Staatsdienst nicht einzuschätzen. Das natürliche Licht ließ ihn zwar besser sehen, doch das traf auch auf die Zielperson zu, die es zu neutralisieren galt. Es war der erste Auftrag, den er mit einer gezielten Tötung abschließen würde, sofern sich die Chance ergab. Ihn für diesen Spezialauftrag ausgewählt zu haben, war seinem psychologischen Profil geschuldet: unbedingte Gehorsamkeit, besondere Karriereorientierung, keine moralischen Blockaden.

Vor diesem Hintergrund stellte sich dem hervorragend trainierten Debütanten auch nur eine Frage: Wie gefährlich konnte die Zielperson sein, deren Exekution man aus Staatsraison für notwendig hielt?

Ohne sich dessen bewusst zu sein, umklammerte der Agent den Pistolengriff mehr, als dass er ihn umfasste. Zudem war sein Mund trocken, als er endlich den überschaubaren Strandabschnitt erreichte. Die dichten Sträucher und vereinzelten Bäumen am Hang hinter sich zu lassen, vermittelte ihm ein Gefühl größerer Sicherheit.

Etwas traf den Menschenjäger wuchtig und schwer von oben, ließ ihn benommen zu Boden gehen. Die Tatsache, dass jemand ihn vom nächstgelegenen Baum angesprungen hatte, bewiesen die präzisen Nahkampftechniken aus Schlägen, Griffen und „fesselnder" Beinarbeit im Anschluss. Es war der chancenlose Kampf gegen ein gesichtsloses Phantom.

Das Zappeln der eigenen Gliedmaßen ging einher mit brennenden Lungen und unbändigem Hustenreiz. Es ließ den BND-Spezialisten wieder zu sich kommen und alle Kraftreserven mobilisieren. Die finale Erkenntnis vom unausweichlichen Ertrinken hingegen – das Abschalten der körpereigenen Systeme war bereits im Gange – erlebte er mit Gleichmut und einer nie gekannten Leichtigkeit.

Der erfahrene BND-Agent auf der Straße lauschte noch für eine kurze Weile dem jüngeren Partner, der gerade im Dunkel der Böschung verschwunden war. Das Terrain war schwierig, weil unübersichtlich. Zu seiner Linken ging es steil hinauf auf eine bewaldete Hügelkuppe, zu seiner Rechten einen steilen Hang hinunter zum Ufer der Havel. Seines Erachtens war es aus taktischen Erwägungen dringend geboten gewesen, weit vor der vom Erpresser festgesetzten Zeit einzutreffen. So war und blieb man vor Ort Herr der Lage. Bis Fechters Sohn eintraf, würde die Angelegenheit bereinigt sein. Der langjährige Profi kannte solche Situationen. Selbst mit dem Neuen an seiner Seite würde es keine Probleme geben.

Langsam ging der Agent am Straßenrand entlang bis zu einer Stelle, die wesentlich besser ausgeleuchtet war. Der Blumenkranz an einem Gedenkkreuz markierte den Ort, an dem die Journalistin Gerland in ihrem Wagen von der Straße abgekommen und ertrunken war. Dessen war sich der einsame Besucher voll bewusst, hatte er ihr Ableben doch herbeigeführt. Nach einem kurzen Blick auf Kreuz und Kranz beugte er sich über die Böschung mit dem zerstörten hölzernen Seitengeländer und spuckte verächtlich ins Gewässer.

Alarmiert von Geräuschen unterhalb der Straße, horchte der Auftragsmörder konzentriert in die Nacht. Er identifizierte das Gehörte als menschengemacht, womöglich ein kurzer aber intensiver Kampf. Die plötzlich einsetzende Stille hielt an. Schon wollte er zum Wagen zurücklaufen, als wild plätscherndes Wasser an sein Ohr drang. Die erneute Stille trieb den Agenten zur Eile an, ließ ihn sogar auf den Schalldämpfer im Handschuhfach verzichten. Mit seiner großkalibrigen Handfeuerwaffe im Anschlag verlor er die obere Böschung entlang der Chaussee keinen Augenblick aus den Augen.

Der versierte Menschenjäger nahm den Weg seines Partners, behielt die wenigen Bäume jedoch auch oberhalb des Sichtfeldes im Blick. Genau wie der Jüngere vor ihm kam auch er annähernd geräuschlos am unteren Ende des Hanges an. Akribisch wurde auch dort jedes denkbare Versteck, jede Deckung anvisiert und geprüft. Der Uferstreifen war schmal und die Spuren des Handgemenges schnell ausgemacht. Hockend erkannte er aufgewühlten Sand und sich überlagernde Fußspuren. Und noch etwas anderes erregte seine Aufmerksamkeit, ließ ihn über die Schulter Richtung Fluss schauen: Schleifspuren von Schuhabsätzen. Und wo diese aufhörten, lag ein lebloser Körper zur Hälfte im Wasser, mit dem Gesicht nach unten. Die vorsichtige Rückwärtsbewegung förderte noch mehr zutage: Schuhabdrücke neben den Schleifspuren wiesen auf eine Person mit relativ kleiner Schuhgröße hin, zumindest für einen Mann. Aber wo war diese Person abgeblieben? Weitere frische Spuren gab es nicht. Der Blick auf die nächtliche Havel offenbarte ruhiges Wasser, und auf den zarten Wellen tanzte einsam das Mondlicht. Eine Flucht durch seichtes Wasser am Strand entlang hätte er hören müssen. Der BND-Mann steckte seine Waffe zurück ins Halfter, um den Kopf des anderen Mannes besser aus dem Wasser heben zu können und den Puls zu fühlen.

»So ein Dreck!«

Die Prüfung des Schulterhalfters ergab, dass der Tote zu allem Überfluss noch entwaffnet worden war. Eindeutig ein Profi, die Handschrift hätte nicht deutlicher sein können. Und das hieß, Geheimoperation „Reiner Tisch“ war womöglich gefährdet. Von wegen Erpresser. Aber weshalb das riskante Ertränken? Wer auch immer dieser Gegenspieler war:

Er kannte ihre Vorgehensweise, und etwas verband ihn mit Carmen Gerland.

»Du smarter Bastard. Muss ja eine mächtig hohe Rechnung sein, die du da eintreiben willst.«

Von ihm unbemerkt tauchte für einen Augenblick die Silhouette eines Kopfes aus der Havel auf. Kurz darauf erhob sich eine schlanke Gestalt zu voller Größe, die sich mit den lautlosen Bewegungen eines Lauerjägers näherte. Als der geschulte Instinkt den kräftigen Agenten schließlich zum Umdrehen bewegte, wurde er an Kopf und Achsel gepackt. Noch halb in der Hocke, gab es kein Mittel gegen die gnadenlose Präzision, mit der er nach hinten gerissen und ins tödliche Nass gezogen wurde. Mit dem Gesicht nach oben unter Wasser gedrückt, erkannte er den Feind endlich. Sein Unglaube ließ den Widerstand für einen Augenblick erlahmen. Es konnte unmöglich sein, was nicht sein durfte.

Ein entfesseltes Aufbäumen, dessen nur ein Mensch im Angesicht des Todes fähig war, ließ das Wasser geradezu brodeln. Hände bekamen die Gestalt darüber zu packen – irgendwie, irgendwo. Der Ertrinkende zerrte mit aller Macht, doch fehlender Halt und der ausgehende Sauerstoff machten das zum ausweglosen Unterfangen. Es übernahm der nasse Tod, herbeigerufen als Erfüllungsgehilfe im eingeläuteten Krieg im Schatten.

Paul-Theodor Fechter peitschte sein Sportcoupé wie von Sinnen die Havelchaussee entlang.

Allein im Wagen verschaffte er seinem kranken Gemütszustand in einer beängstigenden Mischung aus Hasstiraden und irrem Gelächter fortwährend Luft.

»Mich willst du erpressen? Willst mich nervös machen, ja? Am nassen Grab von dieser Presseschlampe. Das werden wir ja noch sehen.«

Immer wieder schaute der Politikersohn in den Rückspiegel, so als widmete er seine Aufmerksamkeit einem imaginären Fahrgast im Fond.

»Ist doch ein Witz. Um die Gerland soll es gehen? Klar hätte ich die in Stücke geschossen – wenn mein Alter nicht dazwischengefunkt hätte. - Ich? Nein, ich bin ihm schon immer egal gewesen – so lange, wie ich funktionierte. Er ist die Sonne, alle um ihn herum nur Planeten und Monde. - Verfolgt habe ich das Dreckstück von einer Journalistin, das schon, immer wieder erschreckt. Aber scheiß drauf, frag mich lieber nach meinen wirklichen Opfern: Drei, vier, fünf, sechs … – ja, da staunst du, was?! Weniger als zehn aber viel mehr als drei.«

Sein irres Gelächter steigerte sich zu einem Triumphgeheul, während ihm gleichzeitig Tränen die Wangen hinunterliefen. »Die Straßen gehören mir, mir allein!«

Fechters Stimme verstummte, als ihm die unheimliche Szene weiter vorne auf der Chaussee den Atem raubte.

»Was zum …?«

Von der hellen Laternenbeleuchtung im Rücken effektvoll in Szene gesetzt, stand eine scheinbar gesichtslose Gestalt reglos da. Als Nächstes zeichnete der Lichtkranz um die schlanken Konturen das langsame Heben und Anlegen einer Pumpgun nach. Hysterisch schreiend raste der junge Fechter zunächst weiter auf die Gestalt zu. Angesichts der nach wie vor auf ihn gerichteten Waffe in den Händen eines dunklen

Schattens schossen ihm Bilder von übersinnlichen Erscheinungen und Racheengeln durch den Kopf. In einem fatalen Ausweichmanöver scherte das Coupé kurz vor Erreichen der lauernden Gefahr scharf nach rechts aus. Mit aufheulendem Motor passierte der Wagen den bereits zerstörten Teil des hölzernen Seitengeländers und stürzte in hohem Bogen in den Fluss.

Erst jetzt setzte sich die schwarz gekleidete Gestalt mit der alles verbergenden Kapuze langsam in Bewegung. Die Vorderschaftrepetierflinte baumelte derweil lässig an der Seite herunter. Sie hob den zur Seite geschleuderten Blumenkranz auf und legte ihn sorgsam an die Stelle des fortgerissenen Kreuzes. Andächtig zog sie die Kapuze zurück. Das Gesicht von Melanie Holländer kam zum Vorschein, umrahmt von der Kopfhaube eines Taucheranzugs. Es folgte der Weg ins dichte Buschwerk, das zu dem versinkenden Sportcoupé führte. Der Serienmörder Fechter sollte seinen letzten Gang nicht alleine antreten. Er würde sich in angemessener Gesellschaft befinden. So hatte es „der Schatten" bestimmt.

Nachdem alles erledigt war, blieb die Straße in urbaner Natur verschwiegen zurück. Selbst die Nobelkarosse der beiden Auftragsmörder war verschwunden. Noch in derselben Nacht würde diese woanders wieder auftauchen und zur gewünschten Verunsicherung beitragen.

Wenn ein Antiheld Haus und Hof verliert

Jonathan Ehrlicher hätte nicht mit Bestimmtheit sagen können, wie lange er sich schon in seiner Stammkneipe aufhielt oder die verbitterte Bestandsaufnahme zum Zustand der deutschen Nation zum Besten gab. Es war ihm schlichtweg egal. So egal wie die Tatsache, dass er den ganzen verstrichenen Tag einschließlich der Nacht davor verschlafen hatte.

Das Gericht spricht verhöhnendes Recht und führt damit nicht weniger als die Wahrhaftigkeit zum Schafott. Einem mörderischen Wolf wird von deutschen Behörden eigenhändig ein Schafspelz umgehängt.

Ein weiterer Wolf derselben Sippe kann so auch weiterhin ungestört nach der schwarzrotgoldenen Herrscherkrone greifen.

Und der Pöbel auf der Straße, tja, der gibt sich geifernd einem Totschlagargument hin. Was hatte dieser pfiffige Rechtsverdreher von einem Verteidiger propagandistisch gesäuselt: „Im Kampf gegen Rechts ist ein weiterer Schlag geglückt." Na bitte, gratuliere, ein Volltreffer. Soll dich der Teufel holen, Rechtsverdreher, und deinen psychopathischen Mandanten gleich mit!

Angetrunken erhob sich Jonathan von seinem Platz an der Theke und prostete den anderen Gästen zu. »Es lebe die lebendige, gelebte Demokratie in unserem Vaterland. Erheben wir stolz das Glas.«

Schon kicherte er über seine nächste ironische Anspielung: »Unsere großen Brüder und Schwestern in Übersee kämpfen für Öl und ein kapitalistisches Menschenbild, aber wir kämpfen gegen Rechts. Zum Glück gibt es ja sonst keine Gefahren in unserem Land, die unsere Aufmerksamkeit erfordern. - Hast du konservative Ansichten, etwa patriotische Gefühle? Pfui, du hässlicher Deutscher.«

Gerade wollte der Wirt frisch gezapftes Bier wegtragen, als der redselige Journalist ihn am Arm zu packen bekam und besorgt dreinschaute.

»Hey, Addi, sag deinen Gästen vom Stammtisch, draußen besser Schnauze halten und die Deutschlandfahne eingerollt lassen, sonst gibt's auf die Fresse. Weil wir ein Land von Antifaschisten sind.«

Der Kneipier klopfte ihm freundschaftlich auf die Schulter. »Komm wieder runter, Joe. Du hast zu viel getrunken. Geh mal besser nach Hause.«

Eine Empfehlung, die der Stammgast mit einer abwinkenden Geste abtat, um stattdessen noch mehr auf Tuchfühlung zu gehen. Dabei sprach er betont leise und hinter vorgehaltener Hand: »Du heißt doch „Addi". Klingt gefährlich nach Adolf. Pass bloß auf, das macht dich verdächtig.«

Resignierend brachte besagter Addi die bestellten Biere an einen Tisch.

Teils nachdenklich, teils belustigt, folgten die Kneipengäste Jonathan mit ihren Blicken, als der unter einen der unbesetzten Barhocker guckte. »Hast du etwa irgendwo die Ziffer 88 stehen? Dringender Hinweis auf eine kackbraune Gesinnung. Zum Glück führen uns wichtige Errungenschaften ans Licht, wie Richtlinie 12.1 des deutschen Pressekodex zum Beispiel.«

»Das Zurückhalten von Informationen zur Volks- und Religionszugehörigkeit von Straftätern, um diskriminierende Verallgemeinerungen zu vermeiden oder so ähnlich«, ergänzte ein Zigarre rauchender, rundlicher Mann unaufgeregt, dem Jonathan eine amüsante Ähnlichkeit mit Alfred Hitchcock attestierte. »Was spricht dagegen? Ist doch eine freiwillige Selbstzensur.«

Eine Frau mittleren Alters, die das ganz offensichtlich anders sah, setzte ihr eben angesetztes Bier kurzerhand wieder ab. »Nee, mein Lieber. So einfach ist das nicht. Zensur, Selbstzensur, das ist doch ein Widerspruch in sich. Was von der Presse ausgeklüngelt wird, strahlt doch bis ins hinterletzte Eck. Zensur bleibt Zensur, egal, wie viel Puderzucker man drüber streut. Am Ende steht Desinformation und Meinungsterror.«

Müde setzte Jonathan sich zu ihr an den Tisch. Seine kraftlose Stimme war Ausdruck einer Gemütslage unterhalb der Grasnabe: »Damit alle in Reih und Glied marschieren.«

Der Gesprächsfaden war unterbrochen, bis der Wirt ihm eine Tasse schwarzen Kaffee hinstellte und eine Zeitung daneben legte. »In meiner Kneipe existiert jedenfalls kein Maulkorb gegen freie Meinungsäußerung. Hier herrscht noch echte Debattenkultur.« Schelmisch grinsend kam Addi noch ein Stück näher. »Das gilt sogar für Journalisten, die mit Gott und der Welt über Kreuz liegen.«

»Danke, Mama. Was soll die Zeitung?«, rief der Betreffende dem Kneipier hinterher, der wieder Posten hinter dem Tresen bezog.

»Beides nicht von mir. Dein guter Geist, vielleicht.«

Zunächst desinteressiert, überflog der Beschenkte die Titelseite.

Von einer Sekunde auf die nächste schien er stocknüchtern und hellwach zu sein: »Von wem kommt das?!«

Ein knappes Achselzucken schickte die Antwort voraus: »Die Kaffeebestellung lag geschrieben auf der Theke, plus Geld und Zeitung. Außerdem ist noch eine Nachricht dabei.«

»Stellst du mal die Glotze an – Nachrichtensender«, bat Jonathan fordernd.

Dann las er den unter die Obertasse geklemmten Text halblaut vor:

»‚Dämmrung will die Flügel spreiten,
schaurig rühren sich die Bäume,
Wolken ziehn wie schwere Träume,
was will dieses Graun bedeuten?'«

»Kenne ich«, begeisterte sich ein anderer Gast. »Meine Tochter studiert Germanistik. Die liebt Eichendorff. So ein angestaubter deutscher Dichter. Romanik, glaube ich.«

»Romantik, es ist die Romantik.« Durch Zukneifen der Augen und Schütteln des Kopfes versuchte der Mann im Mittelpunkt die benebelnde Wirkung des Alkohols loszuwerden. »Und welchen Titel hat das Machwerk?«

»Warte mal, äh, ‚Zwielicht'. Genau, ‚Zwielicht'.«

Jonathan zelebrierte das Pusten über die Kaffeetasse und den ersten tiefen Schluck mit allen Sinnen, die er gleichsam wiederbeleben wollte.

Eichendorff, alter Knabe, du wirst mir in letzter Zeit zu oft zitiert. Erst auf dem Friedhof, jetzt in meiner Haus- und Hofkneipe. Und um was soll es hier gehen – eine Ankündigung dunkler Machenschaften, die ihre Schatten bereits vorauswerfen?

Aber von wem kommt die Botschaft? Warst du auch der geheimnisvolle Besucher in meinem Büro? Wird das eine Schnitzeljagd? Okay, also Brotkrumen sollen mich irgendwo hinführen, soweit habe ich das verstanden. Aber alle denken doch, ich tauge zu nichts mehr. Und da kommst du gerade zu mir und willst Spielchen spielen?

Die Nachrichtenstimme aus dem Fernseher zog ihn in den Bann: »… Da Paul-Theodor Fechter nicht angeschnallt war, wurde er nach ersten Erkenntnissen infolge des Aufpralls ohnmächtig und ertrank im Fahrzeug. Wer die beiden Männer bei ihm waren, ist zur Stunde noch unklar. Sie trugen keine Ausweisdokumente bei sich. Klar scheint hingegen zu sein, dass die drei Männer gemeinsam ertrunken sind. …«

Addi griff Jonathans Interesse gleichmütig auf: »Davon berichten die doch schon den ganzen Tag.«

»Den habe ich verschlafen.«

»Schon ein trauriger Zufall, an derselben Stelle wie deine Carmen«, merkte der Wirt mit pietätvoller Zurückhaltung an.

Mittels bedeutungsschwangerem Räuspern meldete sich „Alfred Hitchcock“ zurück: »Der Mann war mit den Nerven runter und wollte ein Zeichen setzen. Spontaner Selbstmord trotz Freispruch – kein Wunder nach der Hexenjagd. Da braucht man nur eins und eins zusammenzuzählen.«

»Da kommt bei dir aber drei Komma fünf raus, Alfred«, kommentierte der Carmen-Vertraute gereizt und löste damit auch gleich eine Irritation bezüglich des verwendeten Vornamens aus. »Was bist du für einer: unterbelichtete Denkfabrik für Gehirnbefreite? - Addi, machst du mal die Rechnung klar?«

Die Fahrt in dem von Hundeurin eingesauten Fahrstuhl erschien Jonathan endlos. Angewidert zog er eine Grimasse.

Du netter Nachbar, ich will nicht deine Wohnung sehen. Oder benimmst du dich nur außerhalb der eigenen vier Wände wie ein asoziales Stück Mensch. Hunde in über zehn Prozent der deutschen Haushalte. Das lässt nichts Gutes erahnen. Aber klar doch, warum nicht in den Fahrstuhl, man lässt ja auch auf den Gehweg scheißen. Wozu zahlt man schließlich die Hundesteuer, richtig?

In seine Wohnung wollte er im Grunde auch nicht. Es war mitten in der Nacht, und der Kopf hämmerte unaufhörlich. Ruhelos war er, drückte immer wieder sinnfrei auf denselben Etagenknopf. Endlich öffnete sich die Fahrstuhltür. Das befreiende Durchatmen blieb aus, als eine ihm unbekannte Frau gerade seine Wohnung verließ. Jonathans Aufmerksamkeit konzentrierte sich auf den geräuschvollen Satz Zweitschlüssel, mit dem sie beiläufig spielte und der gewöhnlich an einem Haken neben der Tür hing. Die hochgesteckten Haare erlaubten einen unverstellten Blick auf die Gesichtszüge. Etwas darin aktivierte seinen Fluchtinstinkt, der ihn zurückzucken und den Knopf zur nächsten Etage drücken ließ. Die Fahrstuhltür hatte sich schon beinahe geschlossen, als er einen letzten flüchtigen Blick auf die Anzugträgerin erhaschen konnte. Sie war im Begriff, sich eine Zigarette anzuzünden.

Was ist hier am Kochen? Die sah aus wie diese geleckten Vögel auf dem Friedhof. Ich bin weder Staatsfeind noch Top-Terrorist. Ich habe auch keine Millionen ins Ausland verschoben. In was hast du mich da verwickelt, Carmen?

Eine gute Portion Gesellschaftskritik und gesunder Menschenverstand werden ja wohl noch erlaubt sein. Oder haben wir das auch schon hinter uns? Gesinnungsterror, Bespitzelung und jetzt auch schon Wohnungseinbrüche? Und diese Dame geht erst einmal nach draußen, eine rauchen, so als wäre das alles ganz normal – die neue Normalität.

Bis zum staatlich legitimierten Mord ist es dann ja nicht mehr weit.

Sein Gesicht nahm trotzige Züge an, die Unvernünftiges erahnen ließen. Als sich die automatischen Türen das nächste Mal öffneten, war es bereits wilde Entschlossenheit. »Ich lasse mich doch nicht aus der eigenen Wohnung verjagen.«

An seiner Wohnungstür angekommen, zeigte ihm der Seitenblick zur Nottreppe, dass die Unbekannte noch immer hinter der Milchglasscheibe stand und mit Rauchen beschäftigt war. Jedenfalls glaubte er das aus den knappen Bewegungen der schemenhaften Gestalt ableiten zu können. Und sicher würde sie noch eine Weile dort bleiben. So schnell war eine Zigarette nicht zu Ende geraucht.

Außerdem hatte sie auf ihn nicht wie jemand gewirkt, der es sonderlich eilig hatte.

Von Adrenalin überflutet, schloss Jonathan wie in Zeitlupe auf und lauschte mit einem prüfenden Blick in den Flur hinein. Nur am hinteren Ende brannte Licht, in seinem Wohnzimmer, welches auch als Arbeitszimmer diente. Zwar konnte der Journalist nicht wissen, wie viele Personen sein Apartment im Moment bevölkerten, doch im Dunkeln versteckte sich vermutlich niemand. Je näher er der Lichtquelle kam, desto offenkundiger war es, dass der Raum gerade rücksichtslos durchsucht wurde. Wiederkehrende monotone Geräusche bestärkten den Buchliebhaber darin. Er ging in die Hocke und spähte vorsichtig hinein. Bücher jeder Art und Größe lagen verstreut am Boden, ein weiteres wurde von der einzigen anwesenden Person achtlos fallengelassen. Zurück im Schutz des dunklen Flurs erhob sich der Wohnungsmieter wieder und stützte sich leicht schwankend gegen die Wand. Diese sporadisch auftretenden Kreislaufprobleme würden ihm noch einmal ernste Probleme bereiten, war er sich sicher. Nebenan fielen gleich mehrere Bücher zu Boden. Aufgebracht schaute der belesene Sammler auf.

Denkt ihr etwa, damit kommt ihr durch? Dass ihr einfach so herkommen könnt, um das bisschen Leben, das mir noch geblieben ist, zu zerstören? Hier eindringen, darauf herumtrampeln und wieder verschwinden könnt? Überraschung. Keine Chance.

Zielstrebig zog er sich in die Küche zurück, ertastete nach wie vor im Dunkeln eine gusseiserne Bratpfanne und kehrte zurück an die Schwelle zum Wohnzimmer. Die Erkenntnis, dass seine Bürgerrechte gerade mit Füßen getreten wurden und diese Leute in Carmens Tod verstrickt sein konnten, wischte jede berechtigte Angst und Vorsicht beiseite. Entrüstung steigerte sich zu Zorn.

Unbemerkt und mit erhobener Bratpfanne näherte sich Jonathan dem Mann, den er als einen der drei ungebetenen Besucher vom Friedhof identifizierte. Und der war gerade dabei, eine altersschwache Bibel zu schütteln, die prompt einige Seiten verlor. Mittlerweile lag annähernd die gesamte Büchersammlung auf dem Boden verstreut herum. Angesichts der Pfanne schwingenden Zielperson ließ der überraschte Eindringling das Werk augenblicklich fallen. Zu spät: Schon folgte der Wirkungstreffer seitlich gegen den Kopf.

»Du Müllhaufen!«, erklang die vollmundige Begleitmusik.

Der schwer Getroffene taumelte benommen rückwärts, während der Angreifer nachsetzte: »Wer schickt euch?! Was sucht ihr hier?!«

Anstatt zu antworten, konnte der Anzugträger einen kräftigen Fußtritt zum Solarplexus platzieren, der den Journalisten rücklings über den Schreibtisch fegte, wobei dieser Arbeitsutensilien und Laptop mit abräumte.

Der kampferprobte Agent befühlte sein anschwellendes Gesicht und rückte aus Gewohnheit den Krawattenknoten zurecht. Noch immer benommen, zog er seine Pistole aus dem Schulterhalfter und lud durch. Sich der Angriffswut der Zielperson schmerzhaft bewusst beugte er sich mit aller gebotenen Vorsicht und vorgehaltener Pistole über den Schreibtisch. Sein Gegenspieler lag reglos da, die Behelfswaffe außer Reichweite. Der Staatsbedienstete umrundete den Tisch und kniete neben dem vermeintlich Ohnmächtigen nieder. Als er ihn auf den Rücken drehen wollte, schnellte eine Hand vor. Diesmal erfolgte der Angriff mit einem Brieföffner, der tief in den Hals des Agenten eindrang. Unter Schock fasste sich der Mann an die stark blutende Wunde. Das anschließende Aufstehen grenzte an ein Wunder, genauso wie das zittrige Anlegen der Automatik auf den dafür Verantwortlichen.

Derweil kam der auch auf die Beine und rieb sich die schmerzende Brust – in der Hand wieder die Bratpfanne anstelle des fortgeworfenen Brieföffners. Beim Anblick seines arg mitgenommenen Kontrahenten mitsamt Handfeuerwaffe platzte Jonathan erneut der Kragen: »Sieh dich mal an! Reicht das immer noch nicht?!«

Mit seinem Kochutensil schlug er dem langsam Verblutenden die Pistole aus der Hand und regte sich weiter auf: »Ihr wollt mich wütend machen?!«

Wie ein gefällter Baum kippte der blutüberströmte Agent zur Seite um, schlug mit dem Kinn auf die Tischkante auf und rutschte bewusstlos zu Boden.

»Ich bin wütend!«

Als die fremde Frau schließlich von ihrer Zigarettenpause zurückkehrte und die Wohnung betrat, hatte Jonathan den Ort des Kampfes bereits fluchtartig verlassen. Kaum war sie außer Sicht, bog er vom verschachtelten Etagengang aus um die Ecke und drückte den Fahrstuhlknopf. Unter dem Arm trug er seinen Laptop. Entnervt horchte der Flüchtige an der Aufzugtür, verlor die Geduld.

»War ja klar.«

Er hetzte zur Nottreppe und das beleuchtete Treppenhaus hinunter. Irgendwo auf dem Weg blieb er nach Luft ringend stehen, ließ sich gegen die triste graue Betonwand fallen.

Ich brauche unbedingt was Hochprozentiges. Die wird schon nicht hinterherkommen, solange ihr Spießgeselle wie Sau blutet. Wenn der Typ abkratzt, bin ich auch noch ein Totschläger. Oder ein Mörder – wer weiß, wie die das verdrehen. Vielleicht werde ich auch einfach umgelegt, dann hätte der Spuk zumindest ein Ende.

Gerade, als er seinen Flachmann aus der Tasche gezogen hatte und zum Trinken ansetzte, wurde irgendwo über ihm eine Nottür geöffnet.

Panisch drängte sich Jonathan in die nächstgelegene Ecke und lauschte angestrengt. Stille. Als Nächstes wurde eine Waffe durchgeladen. Wieder Stille.

»Wir haben beide ein Problem«, beendete eine auf Überzeugungskraft getrimmte Frauenstimme die trügerische Lautlosigkeit. »Herr Ehrlicher, um ein Haar hätten Sie meinen Kollegen getötet, einen Beamten des Verfassungsschutzes. Was mich betrifft, ich benötige dringend alle Aufzeichnungen von Carmen Gerland zum Fall Fechter. Ihr einziger Ausweg: Sie bleiben, wo Sie sind, ich komme runter, und wir reden darüber.«

Okay, wenn du aus dem Albtraum überhaupt noch entkommen kannst, dann von jetzt an ohne Suff. Und was die da oben angeht, ich habe rein gar nichts von Carmen bekommen. Aber wer vor einem Gespräch noch die Pistole durchlädt, wird diese magere

Information wohl kaum zufriedenstellend finden. Die lässt ja sogar ihren halbtoten Kollegen im Stich, um mich zu kriegen.

Schweißgebadet und mit zittriger Hand stellte er den Flachmann auf den Boden. Es gelang lautlos, was jedoch kostbare Zeit in Anspruch nahm.

Was nun folgte, sollte auf ihn die Wirkung eines sekundenschnellen kalten Entzugs haben: Zunächst waren dumpfe Schläge und leises Stöhnen von oben zu hören. Wenngleich zaghaft, so dennoch den Treppenschacht hinauf spähend, schreckte er gleich darauf wieder zurück. Ein menschlicher Körper stürzte an ihm vorbei in die Tiefe. Wie auf Bestellung erlosch die Treppenhausbeleuchtung, was die wiederkehrende Stille intensivierte. Unschlüssig wischte sich Jonathan den Schweiß aus dem Gesicht.

»Wer ist da?!«, rief er in die Dunkelheit, dabei um eine selbstbewusste Klangfarbe bemüht. Schon im nächsten Augenblick verfluchte er sich dafür.

Idiot. Was denkst du, mit wem du da Konversation betreibst? Gerade hat ein Killer einen anderen Killer umgenietet. Und vielleicht stehst du ja auch auf seiner Liste der zu erledigenden Jobs.

Doch niemand antwortete. Jonathan tastete sich weiter vor, dem rettenden Notausgang zur Straße entgegen. Zwar rechnete er jeden Moment mit einem erneuten Zwischenfall und drohte in der Hektik mehrfach zu straucheln, trotzdem ignorierte er die rot leuchtenden Lichtschalter. Auf eine fast schon naive Art betrachtete der Gehetzte die Dunkelheit als seine Verbündete. Es lag nun mal in der menschlichen Natur begründet, dass rationales Verhalten in lebensbedrohlichen Situationen den Dienst verweigerte – in Ermangelung entgegenwirkender Praxiserfahrung oder Anleitung. Wie auch immer, diese Zielperson blieb vorerst unbehelligt.

Freund oder Feind?

Wie weite Teile des Görlitzer Ufers in der Nacht, lag dort auch ein Hausboot aus Holz in völliger Dunkelheit, wenn man von der schwachen Beleuchtung durch einige wenige Straßenlaternen in der Umgebung mal absah. Friedlich schaukelnd war es vor Ort das einzige seiner Art an einer Anlegestelle und mit Briefkasten.

Jemand näherte sich mit ortskundigen Schritten und klopfte verhalten gegen die Bordtür: dreimal – kurze Pause – zweimal.

Erstaunlich schnell und – noch erstaunlicher – klaglos wurde drinnen eine Nachttischlampe angeschaltet und die Decke auf einer zerschlissenen Couch zurückgeschlagen. In dem Licht, welches das Bootsinnere nun sanft ausleuchtete, kam ein unrasierter Mittsiebziger mit halblangen weißen Haaren zum Vorschein. Der warf sich einen Morgenmantel über, dessen Zustand mit dem der Couch harmonierte, und ging dem Klopfen ohne Hast entgegen.

Währenddessen klang seine Stimme frisch: »Bin schon unterwegs.«

Mobiliar war nur spärlich vorhanden und verlebt, der übersichtliche Wohnraum dafür umso penibler organisiert. Bücher, Journale und Tageszeitungen nahmen ihn ein.

Erwartungsvoll öffnete der Bootseigner nach dem Entriegeln und erblickte Jonathan Ehrlicher. Forschend musterte er seinen Studenten vergangener Zeiten. »Ich bin ja vielleicht in den Siebzigern, und der erste Lack mag längst ab sein. Trotzdem sehe ich noch um einiges besser aus als du gerade. Komm rein, ist dir ein Geist erschienen?«

Eine innige Umarmung schloss sich an, und der Besucher wurde nach drinnen gelotst. Beide folgten einer jahrelangen Routine, als Jonathan auf einen Stuhl zusteuerte, während sein alter Mentor eine Flasche Whisky aus dem Schrank nahm.

»Für mich diesmal keinen Alkohol, Professor. Etwas gegen Kopfschmerzen wäre schön.«

Der Gastgeber blieb bei seinem gewohnten Glas Whisky. Als er sich schließlich zu dem Journalisten gesellte, stand auf dem mitgeführten Tablett auch eine Tasse schwarzer Kaffee sowie frisch ausgepresster Zitronensaft.

»Altes Hausrezept, bewährte Kombination«, wurde dem verdutzten Adressaten erklärt.

Widerwillig nippte der zuerst an der sauren Flüssigkeit. Derweil zündete sich der väterliche Freund einen Joint an.

»Nun denn, was treibt meinen ehemaligen Musterstudenten um?«

Jonathan nahm eine zerknautschte Zigarettenpackung aus der Jackentasche und zog eine kaputte Zigarette heraus. Ihm erschien es wie ein Unheil versprechendes Omen. Genau so starrte er den Glimmstängel an.

Spitzenmäßig, passt ja perfekt zu den Ereignissen der letzten Stunden und Tage. Über die Zukunftsaussichten will ich erst gar nicht nachdenken.

»Die glorreichen Studententage sind längst vergilbt.«

Der Universitätsprofessor im Ruhestand blieb unbeirrt,

nahm einen tiefen meditativen Zug. »Lass hören, was dich herführt …«

Etwa zu der Uhrzeit, als Jonathan Ehrlicher mit der Wiedergabe der jüngeren Ereignisse begann – wobei er seine eigene unrühmliche Ignoranz gegenüber Carmen Gerlands Ängsten nicht aussparte –, ereignete sich Weiteres an seiner Wohnungstür. Zwei Streifenpolizisten standen davor, einer klingelnd, der andere horchend.

»Nichts zu hören. - Warte, ich glaube, da kommt wer.«

Ein Schlüssel wurde umgedreht. Mit zerzausten Haaren sowie lediglich mit Slip und engem weißen Unterhemd bekleidet, stand eine verschlafen wirkende Melanie Holländer vor ihnen.

»Ich muss auf der Couch eingeschlafen sein. Was ist denn?«, lallte sie um Gleichgewicht bemüht.

»Haben Sie getrunken?«

»Könnt ihr drauf wetten, Brüder«, bestätigte sie grinsend.

Die Uniformträger tauschten einen routinierten Blick aus. »Und der Krach?«

»Krach? Ach so, ja, streit mit dem Freund. Is'n bisschen was zu Bruch gegangen. Keine Ahnung, wo der Arsch abgeblieben ist.«

Herbe Attraktivität und knappe Bekleidung erregten die beiden Männer im Dienst, was gleichzeitig für peinliche Distanz sorgte. Besonders die fleischig harten Brustwarzen hatten es dem einen angetan, der den Blick kaum abwenden konnte.

»Sie sind die Ehefrau oder Lebensgefährtin von Herrn Ehrlicher?«, brachte er notgedrungen hervor.

Ihr fielen kurz die Augen zu, dazu gähnte sie ausgiebig. »Jonathan, ja, mein Lebensabschnittsgefährte. - Kann ich jetzt wieder schlafen gehen?«

»Und Sie heißen?«

»Holländer. Melanie Holländer.«

Der Streifenführer übernahm: »Die Nachbarn haben sich über Lärm beschwert, Frau Holländer. Einrichtungsgegenstände zertrümmern Sie das nächste Mal am Tag, okay? Aber bitte leiser.«

»Versprochen«, gelobte sie Besserung, dabei spielerisch salutierend. »Ihr seid süß, wisst Ihr das? Gute Nacht.«

Für den Bruchteil einer Sekunde streifte ihr direkter Blick den des nachrangigen Beamten, unmittelbar bevor die Tür sich schloss und verriegelt wurde.

Zögernd folgte er dem Streifenführer zum Fahrstuhl. Der grinste ihn an. »Also das Kätzchen würde ich bestimmt nicht alleine schlafen lassen.«

»Das Kätzchen ist eine Großkatze mit scharfen Krallen«, kam es nachdenklich zurück.

»Voll war sie und halb nackt, das ist alles.«

»Ihre Augen …«

»Sollen wir ihren Ausweis überprüfen?«, bot der Kollege halbherzig an.

»Weiß nicht, wahrscheinlich ist es nichts.«

»Na eben. Die Kleine ist froh, wenn sie das Bett findet. Komm schon, die Schicht ist bald zu Ende.«

Im Schein der Badezimmerbeleuchtung stand Melanie Holländer stocknüchtern an der verriegelten Wohnungstür. Mit leidenschaftsloser Miene beobachtete sie den Abgang der beiden Polizisten. Einer strengen Agenda folgend richtete sie als Nächstes ihr Haar, um anschließend ihre Kleidung aufzuheben, die im Badezimmer deponiert lag – obenauf eine Pistole.

Fertig angezogen ging sie in das Arbeitszimmer, vorbei an dem bewusstlos im Flur liegenden Agenten, dessen Halswunde mit einem Druckverband versorgt war. Ein letzter prüfender Blick, und die Ex-Agentin verließ die auch ihrerseits durchsuchte Stätte des Chaos.

Journalist Ehrlicher war wesentlicher Bestandteil ihres Plans, mit Hilfe dessen staatstragende Täter gerichtet und entehrte Opfer rehabilitiert werden würden. Man hatte ihr keine Wahl gelassen. Sie war vorbereitet, willens und in der Lage, den Schuldigen die Hölle auf Erden zu bereiten.

Jonathan konnte sich nicht mehr entsinnen, wann genau er angefangen hatte, seinen ehemaligen Universitätsprofessor, Mentor und längst auch Freund schlicht mit „Professor" anzusprechen. Vermutlich war es ein Überbleibsel aus der Studentenzeit. Damals war nur dieser provokante kleine Mann mit der unvergleichlich unkonventionellen Art imstande gewesen, ihn zu beeindrucken. Dort, wo andere nur mit blutleeren, über die Jahre verstaubten Fallbeispielen und Phrasen langweilten. „Professor" war ein ganz persönlicher Ehrentitel oder noch besser ein Kniefall, der seinen ganzen Respekt, seine Dankbarkeit und Liebe für diesen Mann ausdrückte. Nach Carmens Tod war nur er ihm noch geblieben, ihm, der Menschen und deren eitlem Marionettentheater wenig Sympathie entgegenbrachte. Waffen und Schild des Journalisten, mit denen er auf der Bühne gesellschaftlichen Lebens bestehen konnte, waren ansonsten weitgehende Einsamkeit, ein wortgewandtes Repertoire von Ironie bis Zynismus und dazu Alkohol. Wenigstens mit Letzterem sollte es nun ein für alle Male vorbei sein.

All das ging ihm im Kopf herum, als der Professor und er so dasaßen und gedankenverloren rauchten.

»Und das sind alle Fakten, Joe?«, fand der väterliche Freund als Erster zurück ins Gespräch.

»Alle, die ich kenne.«

Die Stirn des weißhaarigen Mannes wurde noch faltiger. »Der junge Fechter – tot. Hm, wie die investigative Journalistin, so der freigesprochene Politikersohn. Auf dieselbe Art, am selben Ort. - Falls wirklich nur der Verfassungsschutz hinter dir her ist, dann also mindestens schon seit Carmens Beerdigung.«

»Wer denn sonst noch?«, zog das die verblüffte Reaktion des Schützlings nach sich.

Der Professor genehmigte sich einen großen Schluck Whisky.

»Verdeckte Operationen zum sogenannten Wohle des Staates? Lass mich überlegen, da wären Bundesnachrichtendienst, Bundeskriminalamt, Landeskriminalamt, … Die entscheidende Frage lautet aber: Wer hat die Kettenhunde von der Leine gelassen …«

»… und zieht Vorteile aus einem neonazistischen Täterprofil?«, nahm Jonathan den Ball auf. Seine Augen weiteten sich angesichts einer sich verdichtenden Erkenntnis: »Nein, ich kann einfach nicht glauben, dass …?«

»Nüchterne, vorbehaltlose Faktenanalyse. Hast du das nicht so bei mir gelernt? - Kaum ist die einzige brauchbare

Zeugin tot, tritt der Staatsschutz mit neuen Indizien und Ermittlungsergebnissen auf den Plan, die Paul-Theodor Fechter entlasten. Um dermaßen flink mit alternativen Resultaten bei der Hand zu sein, hätten sich die „Schlapphüte" schon vor Carmens Tod mit dem Fall beschäftigen müssen. Aber vorher war ein rechtsextremer Hintergrund dieser Dimension noch gar kein Thema. Weshalb also der Verfassungsschutz und Co.?« Der Gelehrte im Ruhestand wurde deutlicher: »Die Antwort liegt auf der Hand. Jemand wollte schon sehr früh eine falsche Fährte legen, die so zwingend sein sollte, dass eine breite Öffentlichkeit sich darauf stürzen musste.«

»Ein braunes Horrorszenario inklusive Bauernopfer«, fasste der Besucher den Gedankengang zusammen. »Damit rettet Kanzlerkandidat Fechter seine Reputation und wahrt seine Chancen für die Bundestagswahl.«

»Der Kampf gegen Rechts – natürlich, was sonst. Darauf sind wir Deutsche schließlich konditioniert, ohne Wenn und Aber. Das perfekte Instrument«, sinnierte der Professor, in dessen Worten Respekt für die ebenso perfide wie meisterhaft durchdachte Manipulation mitschwang.

Bei seinem Gegenüber behielten Zweifel die Oberhand: »Aber wie soll es möglich sein, dass Angehörige deutscher Behörden nach der Pfeife eines Mannes tanzen, bis hin zu Mord? Was könnte die Mitverschwörer so eines Szenarios motivieren?«

»Was ist das für eine Frage?! Hast du nichts aus der Geschichte gelernt?!«, herrschte der langjährige Vertraute ihn an. »Verlass dich auf deinen Verstand, deine Instinkte. Vergiss, was angeblich nicht sein kann. Homo sapiens ist nicht so kompliziert. Habgier, Machtpositionen, Erpressung und falsche Ideale treiben gesellschaftliche Eliten und solche in ihrem Dunstkreis an.«

Er stand auf und legte entschuldigend eine Hand auf Jonathans Schulter, um dann die Gardine vor einem der kleinen Fenster aufzuziehen und in die Dunkelheit zu starren.

Mit ruhiger Stimme knüpfte er an: »Kennst du die Vita dieses ehrenwerten Herrn, dieses Karsten Fechter?« Erwartungsvolles Schweigen ließ ihn fortfahren: »Fechter war mehrere Jahre stellvertretender Präsident des BND. Für einen zwanghaften Machtmenschen genug Zeit, um verlässliche Seilschaften aufzubauen, sie für eine eigene Kanzlerschaft in Stellung zu bringen und einzusetzen.«

Haare raufend lehnte sich der Journalist zurück. »Das Ganze ist so unglaublich, …«

»…, dass man es leicht als absurde Verschwörungstheorie abtun kann, genau.«

»Aber wenn Markus Holländer nicht der Kreuzberger Serienmörder ist, dann ist auch sein Selbstmord nicht mehr glaubhaft.«

»Ein fragiles Kartenhaus – so ist es, mein Lieber. Andererseits hat unser Deutschland ja Erfahrung mit skurrilen Todesfällen. Politiker stürzen mit dem Fallschirm ab oder ertrinken in der Badewanne, Kronzeugen verbrennen in ihren Autos oder begehen eben Selbstmord.«

Sichtlich besorgt nahm der Professor wieder Platz und formulierte seine Sorge: »Bleibt noch der geheimnisvolle Unbekannte. Hinterlässt dir unentdeckt eine Botschaft im Verlagsbüro, in deiner Stammkneipe, betätigt sich –

vermutlich – als rettender Engel im Treppenhaus zu deiner Wohnung. Freund oder Feind – ich glaube, davon hängt dein Leben ab.«

Das Auge des Sturms

Es war gegen 4 Uhr früh, als Kanzlerkandidat Karsten Fechter – bekleidet mit einem seidenen Hausmantel über einem Pyjama und in bestickten Hausschuhen – ungehalten die Tür zum Salon aufschob. Demgegenüber demonstrierte die Körpersprache seines unerwarteten Besuchers vor allem Besorgnis. Knisternde Spannung lag in der Luft, während der in hoher Position für das Bundesamt für Verfassungsschutz Tätige unentwegt auf und ab ging.

Doch selbst jetzt war der Hausherr nicht Willens, persönliche Befindlichkeiten auszuklammern. Seine Stimme erfüllte vorwurfsvoll den Raum: »Muss das sein, bevor der Hahn kräht?« Mit Nachdruck zog er den Gürtel fest. »Ich will nur hoffen, deine Leute haben alles Belastende gegen meinen Sohn beiseite geschafft oder wenigstens herausgefunden, wer ihn auf dem Gewissen hat.«

Das fordernde Auftreten ließ Lutz Rennhart abrupt stehen bleiben. Die Adern an seinem Hals schwollen merklich an, die einhergehende Rötung erreichte das Gesicht. »Deine Nachtruhe ist mir doch scheißegal! Ich bin leitender Beamter beim Verfassungsschutz, nicht dein Hampelmann! Außerdem sind das nicht meine Leute, wenn überhaupt sind es unsere Leute!«

Ironischerweise schien dieser Wutausbruch den Spitzenpolitiker milde zu stimmen. Der schritt zu einem Servierwagen und goss sich eine kleine Menge Weinbrand ein. Auf seinem anschließenden Weg zu einem der schweren

Sessel lächelte er süffisant, wobei sein aufmerksamer Blick weiter auf dem Besucher ruhte.

»Du könntest schnell auch ein ehemaliger leitender Beamter sein.« Gelassen schwenkte Fechter sein Glas und atmete genießerisch den Duft des Weinbrands ein. »Ich bin nicht für die Rekrutierung unserer Helfer fürs Grobe zuständig, das liegt in deiner Hand. Aber ich will, dass es Profis im Staatsdienst sind, die Resultate erzielen. Ob aus Vaterlandsliebe oder aufgrund niederer Instinkte, das ist mir gleich. - Bundesamt für Verfassungsschutz – noch am Präsidentenposten interessiert, Lutz?«

Doch momentan trieb den BfV-Mann eine Besorgnis ganz anderer Art um. »Deine politische Zukunft steht genauso auf dem Spiel, besonders seit letzter Nacht.«

»Etwas genauer.«

»Unser Zweierteam, das sich um die Wohnung der Zielperson Jonathan Ehrlicher kümmern sollte, wurde vor der Zentrale des BND gefunden – in einem zivilen Fahrzeug des Verfassungsschutzes. Sie ist tot, er schwebt in Lebensgefahr. Dazu das Überwachungsteam, eigentlich zuständig für den Eingangsbereich des Wohnhauses – die lagen gut verschnürt im Kofferraum.«

»Dann setz eben keine Stümper ein, Herrgott«, winkte Fechter verständnislos ab. »Wovon habe ich denn gerade gesprochen? Werden nicht mal mit einem versoffenen Journalisten fertig.«

»Was, du denkst, der hätte das fertiggebracht? Hat er nicht, wie sollte er auch. Aber leider gibt es immer jemanden, der besser ist. Und so eine haben wir jetzt wachgeküsst.«

»Eine?«, wurde der Oppositionspolitiker hellhörig. »Wer soll das sein?«

Lutz Rennhart rieb sich übermüdet die Augen und ließ sich nun ebenfalls in einem Sessel nieder. »In dieser Nacht haben zwei Streifenpolizisten bei Ehrlicher geklingelt, wegen ruhestörendem Lärm. Geöffnet hat eine attraktive Frau – schauspielerisch sehr überzeugend, wie es aussieht. Sie nannte sogar ihren richtigen Namen: Melanie Holländer.«

Sein Gegenüber zeigte erste Anzeichen von Nervosität: »Holländer? Doch hoffentlich nicht die Mischpoke unseres Bauernopfers?«

»Die Schwester von Markus Holländer, ganz recht. Eine mit allen Wassern gewaschene Ex-Eliteagentin des BND, in Geheimdienstkreisen auch bekannt unter dem Decknamen „der Schatten“. Ich will dich nicht mit Details langweilen. Nur so viel: Bei Minentaucherlehrgängen hat sie die männlichen Kollegen mehr als einmal übertrumpft. Und die Jungs sind nicht aus Zucker. Unzählige Male als Zielfahnder in Krisengebieten eingesetzt. Verhör- und Abhörspezialistin, als Bodyguard ein Juwel. Hätten wir sie für unsere Zwecke einspannen können, wären die Probleme vermutlich bereinigt und unsere Ziele weiterhin ungefährdet. Ein echtes Naturtalent.«

»Und wenn schon, sie ist doch wohl allein, oder?«, gab sich Karsten Fechter unbeeindruckt.

»Davon können wir ausgehen. Und du meinst jetzt, das macht sie schwächer? Ich will es mal anders erklären: Innerhalb weniger Stunden hat diese Frau zwei bestens trainierte Profis zusammen mit deinem Sohn in der Havel versenkt und deren Wagen passenderweise direkt hier vor deiner Villa geparkt, wie du dich erinnern wirst. Dazu das Husarenstück rund um Ehrlichers Wohnung. Nicht zu vergessen die Showeinlage mit den zwei Streifenbeamten, die sie kaltschnäuzig an der Nase herumgeführt hat. Nur, weil Melanie Holländer es so wollte, wissen wir überhaupt, dass sie es war.«

»Okay, ist ja gut. - Wurde sie denn jemals mit einem offiziellen Tötungsauftrag betraut?«

Lutz Rennhart wusste auch das. Es entsprach seiner Persönlichkeit, nichts und niemanden zu unterschätzen, geschweige denn unberechenbare Variablen unberücksichtigt zu lassen. »Sie hat ohne zu zögern getötet, wenn es die Situation erforderte. Der erste gezielte Tötungsauftrag wurde ihr vor einem dreiviertel Jahr angetragen. Daraufhin ist sie untergetaucht. Man hatte sie falsch eingeschätzt, psychologisches Profil hin oder her.«

»So falsch ja wohl nicht«, stellte der Hausherr trocken fest. »Mit der richtigen Motivation geht ihr das Töten doch leicht von der Hand, wie es scheint.«

»Wohl wahr, und durch den Tod ihres Bruders haben wir selber für die größte Motivation gesorgt.«

Der Blick des FWD-Chefs wanderte zu einem gerahmten Foto seines Sohnes im Schrank. »Sie hat sich dafür revanchiert.«

»Setz unsere Sache nicht wegen einer persönlichen Vendetta aufs Spiel. Es geht nicht nur um deine werte Person.«

»Keine Sorge deswegen. Mein Sohn ist Geschichte. Er dient mir tot mehr als lebendig. Kapier endlich: Ich greife nach den Sternen in Schwarz, Rot, Gold – so, wie du nach dem Thron beim Verfassungsschutz. Es ist der unbedingte Wille zur Macht. Es ist eine heilige Mission zur Rettung unseres im Niedergang befindlichen Vaterlandes, das zur Lachnummer in der Welt geworden ist. Ich, du und die anderen Mitglieder unseres Kreises, wir machen uns das dekadente System Untertan, um es zu erneuern. Solange es erforderlich ist, sogar mit Hilfe von gängigen scheindemokratischen Plattitüden. Nur darum geht es mir, um nichts anderes.«

Als wollte er dem durch Stille Nachdruck verleihen, leerte er sein Glas betont langsam. »Ich bin der bei weitem beste Kanzlerkandidat für Deutschland, denn mein Machtstreben und Handeln folgen innerer Überzeugung, nicht Karrieregelüsten. Dieses Land verdient Stärke und Selbstbewusstsein, nicht Schwäche und Selbstzerfleischung.«

War er, Lutz Rennhart, vom linientreuen Befehlsempfänger und Karrieristen in einem Deutschland der unfähigen Parlamentarier zum organisierenden Steigbügelhalter eines Größenwahnsinnigen geworden? Vielleicht war es ja die Wahl zwischen Pest und Cholera, durchaus denkbar. Doch er hatte sich bereits entschieden, war längst zum Koordinator einer blutigen Konspiration auf Regierungsebene geworden. Aus sehr gutem Grund, wie er sich selber bescheinigte: Wie das hochkomplexe menschliche Gehirn leicht Schaden nehmen konnte durch Tumore, Blutgerinnsel oder Schlagwirkung, so konnten auch die sensiblen Strukturen einer demokratischen Gesellschaft gefährlichen Wucherungen und Zersetzungserscheinungen zum Opfer fallen. Deutschland war längst auf diesem gefährlichen Weg. Genau aus diesem Grund war massiver Widerstand eine Pflicht.

»Diese ausrangierte Agentin hat also ihre familiären Gefühle entdeckt und ist auf dem Kriegspfad«, beendete Fechter die Gedanken des Mitverschwörers. »Sie hat uns den Fehdehandschuh hingeworfen. Na schön, jetzt sind wir am Zug.«

Der Stratege Rennhart war zu sehr Realist, um die zu erwartenden Gefahren auf diese einfache Formel zu reduzieren. »„Der Schatten" kennt unsere Strukturen und Strategien in- und auswendig. Das Terrain ist ihr bestens vertraut. Sie verfügt über hohe Intelligenz und hat, wie du richtig bemerkt hast, falls nötig keine Skrupel zu töten. Kurz gesagt, sie wird uns immer einen Schachzug voraus sein, uns vorführen und – was das Schlimmste wäre – uns ihren Krieg womöglich auch in der Öffentlichkeit aufzwingen.«

Er stand auf und stützte sich von hinten gegen die Rückenlehne des Sessels. Seine Ernsthaftigkeit wurde noch zwingender: »Gut möglich, dass „der Schatten" auch meinen Kopf will. Aber deinen ganz sicher.«

Wie kaum anders zu erwarten, reagierte das politische Schwergewicht unvermindert kämpferisch aber zudem auch drohend: »Ich bin dein Schlüssel zum Paradies oder dein Sargnagel. Kommt ganz darauf an, ob ich stehe oder falle.«

Nachdem er seinerseits aufgestanden war, legte er dem hochrangigen BfV-Beamten von hinten beide Hände auf die Schultern. »Unser gesamtes Netzwerk ist eine stabile Kette, solange keines der Glieder nachgibt. Ich schlage also vor, du hältst unsere Leute in der Exekutiven auf Kurs, um mir den Rücken freizuhalten.«

»Wer kümmert sich um die Justiz?«

Karsten Fechter lächelte hintergründig. »Weiterhin ich. Wozu gibt es belastbare Freundschaften?«

»Dann wäre da noch Jonathan Ehrlicher. Der dürfte verschreckt untergetaucht sein.«

In Gedanken ging der Berufspolitiker und Netzwerker die Optionen durch. »Auch da haben wir den passenden Kontakt. Dieser Journalist wird jetzt über seine nächsten Schritte nachdenken. Geben wir ihm doch eine Entscheidungshilfe an die Hand.«

Antiheld trifft auf Antiheldin

Heller Morgen schien Jonathan Ehrlicher durch die Bootsfenster entgegen, als er sich durch die noch feuchten Haare fuhr und das Hemd zuknöpfte. Derweil schenkte der Professor Kaffee ein.

»Ich habe nie wirklich verstanden, wie man so weltvergessen leben kann.«

Der väterliche Freund reichte ihm die Tasse. »Zurückgezogen, nicht weltvergessen. - Was hast du als Nächstes vor?«

Impulsiv wedelte sein Gast mit einer Tageszeitung. »Es wird so viel verlogener Müll geschrieben, dass eigentlich jeder daran ersticken müsste, der es liest. Und was ist – nichts! Da wird sich gegenseitig auf die Schultern geklopft, Beifall geklatscht und Spalier gestanden. Als würden wir wirklich im besten Deutschland aller Zeiten leben und nicht in einem Land, das den freien Fall übt.« Schlagartig wurde er ruhig: »Weißt du was? Ich denke, wenn alles überstanden ist, kaufe ich mir auch ein Hausboot.«

Beide Männer brachen in befreiendes Gelächter aus.

»Da fällt mir ein, deine Carmen hatte mir Bücher zur Verwahrung gegeben, einen ganzen Karton voll. Da drüben steht er. Willst du ihn nicht besser nehmen?«

Jonathan erstarrte bei diesen Worten, denn sie brachten ihm eine enorm wichtige Erinnerung zurück:

Wieder steht er in Carmen Gerlands Schlafzimmer, wieder ist sie nur mit dem auffällig bedruckten T-Shirt bekleidet:

„Truth hurts“ in einem roten Fadenkreuz.

Der Hinweis seiner Geliebten hallt eindringlich nach: »Wenn mir etwas zustoßen sollte …, der Professor verwahrt einige meiner Bücher. Du musst sie dann an dich nehmen. Und beeil dich damit, schau sie dir genau an.« …

»Zeig mir den Karton«, forderte der Journalist.

Schnell war dieser aus einer Ecke gezogen und geöffnet.

Mit geradezu ängstlicher Zurückhaltung nahm der neue Besitzer das erste Buch in die Hand, dann das nächste und das nächste, schüttelte sie, bis erste Aufzeichnungen herausfielen.

Die Männer sahen sich überrascht an.

Aufgeregt suchten sie gemeinsam weiter, als wären sie auf den geheimen Standort der Bundeslade mit den Zehn Geboten gestoßen.

Die Früchte der unverhofften Aktion: eine Vielzahl kopierter Texte, Dokumente sowie Fotos, einschließlich jener Informationen, die der Staatsanwalt nie erhalten hatte.

Jonathan betrachtete den Stapel, schloss die Augen und atmete tief durch. »Wann hat sie den Karton gebracht?«

»Kurz vor ihrem Tod. - Ist das nicht eine etwas antiquierte Methode für eure Generation, wichtige Informationen zu archivieren?«

»Darin waren wir uns sehr ähnlich: die Skepsis vor zu viel Digitalisierung. Die eigene Handschrift auf einem Blatt Papier war ihr allemal lieber, als das unpersönliche Hämmern auf dem Rechner. Und sie hat wichtige Arbeitsergebnisse nie nur dort gespeichert gelassen. Notgedrungen auf einem Stick. Wenn möglich aber in Papierform. Und im

Fall Fechter hat sie sogar die Papierform dupliziert, wie wir hier sehen.«

»Kluges Mädchen. Was jetzt?«

Die Frage zog eine ergebnislose Denkpause nach sich.

»Ich brauche Zeit und einen Ort zum Nachdenken. Kann das noch hier bleiben?«

»Kommt alles zurück in den Karton.« Schon stellte sich Besorgnis bei dem Bewohner des Hausbootes ein: »Pass bloß auf dich auf. Dieses Material kann dich ins Grab bringen. Es rüttelt an staatstragenden Fundamenten.«

»Ja, ich weiß. Deshalb ist Carmen tot.«

Einem Eingeweihten musste es absurd vorkommen: Da war die wichtigste Person in seinem Leben ermordet worden, und er selbst wusste von einem illustren Club voller Machtmenschen, die auf den Grundpfeilern der Demokratie blutige Harmonien spielten. Aber er, Jonathan Ehrlicher, spielte Boule am Paul-Lincke-Ufer.

Es war eben das, was er seit vielen Jahren tat, egal, ob krank oder gesund, angetrunken oder nüchtern, euphorisch oder von Gram niedergedrückt. Es war ein Ritual, etwas Vertrautes, das ihn erdete, seinen Verstand beisammen hielt. An diesem Ort umgaben ihn ehrliche Emotionen, Leben, Menschlichkeit. Schlagzeilen, Intrigen und Geltungssucht waren hier nicht existent.

Gerade konzentrierte sich der Mann im Ausnahmezustand auf den nächsten Wurf.

»Dafür braucht man innere Ruhe«, sprach eine sanfte weibliche Stimme mit tiefem Timbre von hinten an sein Ohr, was ihm einen erregten Schauer verursachte.

Er vermied es, sich umzudrehen, wenngleich sein Instinkt ihn dazu drängte. »Oder genügend Routine. - Kennen wir uns?«

»Da gönne ich mir doch lieber ein gutes Gedicht.«

Jonathan runzelte die Stirn und hielt inne.

Das war kein wohliger Schauer, sondern meine Alarmglocke, Dummkopf. Wieso denkt man bei Mord und Totschlag eigentlich immer nur an Männer?

Eine Frau hat es also auf mich abgesehen – eine Frau mit erotischer Stimme. Endlich Schluss mit dem Versteckspiel, Tag der Offenbarung. Mögen die Spiele beginnen.

»Gedichte, sieh an. Irgendeinen Favoriten?«

»Eichendorffs ‚Der Pilot' ist sehr schön. Eine hervorragende Grabrede, übrigens. Aber sein ‚Zwielicht' ist noch pointierter, was denken Sie?«, führte Melanie Holländer ihre Anspielung fort.

Ein Boule-Partner wurde ungeduldig: »Hey, Joe, kannst du endlich mal loslegen?«

Davon unbeeindruckt, begann sie die zweite Strophe zu rezitieren:

»‚Hast ein Reh du lieb vor andern,
lass es nicht alleine grasen.
Jäger ziehn im Wald und blasen,
Stimmen hin und wieder wandern.'«

Der Adressat warf die Kugel und verfehlte das Ziel deutlich.

»Das war, gelinde gesagt, nix«, feixte ein weiterer Mitspieler.

»Hm, scheinbar fehlen Routine und innere Ruhe. Ich mache Ihnen doch keine Angst?«

Eine rhetorische Frage, die ihre Wirkung nicht verfehlte. Ein letztes Mal begutachtete der Journalist die Konstellation der Kugeln. »Macht mal ohne mich weiter.«

Damit drehte er sich zu der Frau um, die in einer leichten Wildlederjacke und mit lässig aufgesetzter Schiebermütze vor ihm stand.

Das einfache Shirt, Jeans und festes Schuhwerk rundeten das Bild ab. Außerdem hing ein prallgefüllter Rucksack über einer Schulter. Was ihr Äußeres aber wirklich ausmachte, waren die dunklen, ausdrucksstarken Augen, welche einen unbändigen Willen widerspiegelten. Selten hatte er bei einer Frau herbe Gesichtszüge und Charisma zu solch einer Attraktivität vereint gesehen.

Joseph von Eichendorff – gut, du warst also auf dem Friedhof und in der Kneipe. Aber was lauert denn nun hinter deinen tiefbraunen Augen, weshalb diese gnadenlose Härte? Bist du eine Auftragsmörderin, bereit mich in Stücke zu reißen? Ich traue es dir zu. Aber warum, sind es Carmens Recherchen? Oder vielleicht jagst du die Jäger. Wenn ja, in wessen Auftrag?

»Mach ich Ihnen Angst?«, wiederholte sie ihre Frage fordernder.

»Eine Scheißangst trifft es noch besser. Schmeißen Sie mich auch einen Treppenschacht runter?«, platzte es aus ihm heraus.

Zufrieden wandte sie sich dem Verkäufer eines nahen mobilen Würstchenstandes zu: »Zweimal Bratwurst, aber schön durch.«

»Vielleicht mag ich gar keine Würste. Vielleicht bin ich Vegetarier oder noch schlimmeres.«

»Sie lieben Bratwürste, am besten halb verbrannt. Es vergeht kaum ein Tag ohne.« Ihr bohrender Blick schien jetzt bis in sein Innerstes vorzudringen. »Ich werde Sie benutzen. Mein Ziel ist Karsten Fechter.«

Jonathan lachte ungläubig auf. »Fechter? Größer geht's wohl nicht. Der Mann lässt sich bewachen wie ein mexikanischer Drogenbaron.«

»Macht keinen Unterschied. Nichts wird mich aufhalten. - Nehmen Sie Ihre Bratwurst, wir gehen ein Stück.«

Der Weg führte am üppig begrünten Paul-Lincke-Ufer entlang.

»Nach den begangenen Sniper-Morden soll Markus Holländer sich mit einer Pumpgun selbst getötet haben. Aber am Tatort wurde eine ausgeworfene Patronenhülse sichergestellt.«

»Ein Schuss, eine Patronenhülse«, erwiderte ihr Gesprächspartner verständnislos.

»Nur, wenn man nachlädt. Aber wer es überhaupt schafft, sich mit so einer Waffe den Kopf wegzuschießen, kann nicht mehr nachladen. Demzufolge hätte es keine ausgeworfene Hülse geben dürfen.«

Verunsichert blieb er stehen.

»Wer sind Sie eigentlich? So was wie ein weiblicher James Bond?«

»So in der Art. Nur auf eigene Rechnung und ohne einen

Mister Moneypenny.«

»Witzig, wirklich. Und was genau wird jetzt von mir erwartet, 007?«

»Markus Holländer war mein Bruder. Und Sie sind genau so, wie es mir am meisten nutzt: angriffslustig, jähzornig, voller Schmerz. Das zwingt den Feind zu handeln und eröffnet mir Chancen.«

Zu seiner Verunsicherung gesellte sich Verständnis: »Mein Beileid. - Aber wo genau liegt unser gemeinsamer Nenner?«

»Ich denke, das wissen Sie.«

Sein Smartphone klingelte. »Ja, hallo?« Der Gesichtsausdruck verfinsterte sich. »Was willst du denn?« Das Gehörte reizte sein Missfallen zusätzlich. »Was, gleich? - Okay, einverstanden.«

Nach Beenden des Telefonats starrte Jonathan auf das schmutzige Wasser des Landwehrkanals. »Plötzlich meldet sich mein verflossener Chefredakteur zu Wort. Angeblich hat er ein Interview mit Fechter arrangiert.«

»Dann behalten Sie mal schön des ‚Zwielichts' dritte Strophe im Hinterkopf:

‚Hast du einen Freund hienieden,
trau ihm nicht zu dieser Stunde.
Freundlich wohl mit Aug' und Munde,
sinnt er Krieg im tück'schen Frieden.'«

Der weibliche Profi dominierte das vorangetriebene Spiel auch weiterhin mit spröder Sachlichkeit: »Schon mal ernsthaft überlegt, wer Ihre Carmen auf dem Gewissen hat? Paul-Theodor war zu dem Zeitpunkt ja in Untersuchungshaft. Ach, und meiden Sie Ihre Wohnung – weiträumig.«

Jetzt, wo sie ihm den mitgeführten Rucksack übergab, erkannte der zwangsrekrutierte Partner diesen als seinen. »Du warst auch in meiner Wohnung?«

»Klamotten zum Wechseln und Waschzeug plus zwei Handys mit neuen Nummern. Dein aktuelles ist ab sofort gestorben.«

Die Kunst des Krieges

Der liebevoll restaurierte Sportwagen wurde mit überhöhter Geschwindigkeit auf den Verlagsparkplatz gesteuert und kam auf einem reservierten Stellplatz zum Stehen.

Gutgelaunt stieg Lars Renzig aus, der als Erstes einen zu vernachlässigenden Schmutzfleck vom Stoffverdeck kratzte. Zwar war das Leben voller ehrenrühriger Erfordernisse und Kompromisse, doch betrachtete sich der Chefredakteur durch den materiellen Wohlstand als angemessen entschädigt. Schließlich war er nur ein kleines Rädchen im Getriebe und beileibe nicht das einzige.

Als Renzig sich forsch Richtung Haupteingang in Bewegung setzte, stand ihm plötzlich Jonathan Ehrlicher im Weg. Theatralisch fasste er sich an die Brust. »Gott, hast du mich erschreckt. Wieso wartest du nicht im Büro? Hatten wir doch so besprochen.«

Der Angesprochene strich ehrfürchtig über die Motorhaube des Automobilklassikers. »Wenigstens dein Wagen hat Klasse. - Woher kennst du Karsten Fechter?«

Auftreten und abrupter Themenwechsel verunsicherten den vormaligen Vorgesetzten sichtlich. »Was meinst du? Seine Pressebeauftragte rief an, um dir ein Exklusivinterview anzubieten. Sollte ich Nein sagen?«

Mit einem brutalen Ruck riss Jonathan einen Außenspiegel des wertvollen Wagens ab und ließ ihn achtlos fallen.

Entsprechend bedrohlich war nun auch sein Tonfall: »Woher kennst du Karsten Fechter?«

»Hör mal, das war alles zu viel für dich. Wir finden eine Lösung, okay?«, versuchte der Chefredakteur zu beschwichtigen, woraufhin sein Gegenüber mit dem Ellbogen die Seitenscheibe einschlug.

Lars Renzig riss die Arme hoch, um zumindest sich selbst zu schützen.

Seine Nervosität war in Angst übergegangen. »Es reicht, Joe, bitte!«

Erst als sein jüngst ausgeschiedener Mitarbeiter die Arme sinken ließ, konnte er sich sammeln und eine Antwort formulieren: »Ich werde aus dem Umfeld von Fechter unter Druck gesetzt. Alles begann mit der Anklage gegen seinen Sohn. Nach dem Tod von Carmen ist es noch schlimmer geworden. Recherchen und Artikel, die die Fechters schlecht aussehen lassen, sind unerwünscht. Stimmung gegen Rechts dafür ausdrücklich erwünscht.«

»Und Markus Holländer?«

»Ist und bleibt der gesetzte Serienmörder.«

Die Aggression war gewichen, der ehemalige Star der Regenbogenpresse wirkte nur noch abweisend und kalt. »Womit hat er dich im Sack?«

Gehemmt, fast schon verschämt, wirkte die Antwort darauf: »Nichts Persönliches, jedenfalls. Das Übliche halt: verwehrte Interviews, vorenthaltene Informationen, miese Platzvergabe. Du kennst doch das Spiel.«

Impulsiv packte Jonathan den Befragten am Kragen. »Soll ich mir das Verdeck vornehmen?!«

»Nein!«, reagierte der Autonarr panisch, um gleich darauf zu resignieren. »Nicht deklariertes Geld im Ausland. Frag mich nicht, wie sein Umfeld an die Information gekommen ist. Die wussten genau Bescheid. Ich muss dir ja nicht erzählen, was das für eine berufliche Sprengkraft hat.«

»Berufsethos versus Steuerhinterziehung, verstehe. Und jetzt sollst du mich ihm zum Fraß vorwerfen.«

Peinlich berührt blickte Lars Renzig zu Boden und musste hinnehmen, dass ihm vor die Füße gespuckt wurde.

»Du bist nicht einmal Manns genug, mir ins Gesicht zu sehen. Aber egal, du kriegst eine Chance, es wieder gutzumachen – wenn es so weit ist.«

War es Eingebung oder einfach nur die kreativ geschmackvolle Aufmachung des Einbandes, die sich von den anderen Büchern abhob?

Jonathan Ehrlicher hätte es nicht benennen können, und es spielte ja auch keine Rolle. Jedenfalls blieb er vor dem Schaufenster des Buchantiquariats stehen und betrachtete gebannt eben dieses Buch: ‚Sunzi. Die Kunst des Krieges.' Aber weshalb drehten sich seine Gedanken sofort auch um jene Frau, die gerade so spektakulär in sein Leben getreten war?

Irgendwie war ihm klar, dass die Antwort darauf das Buch selbst liefern konnte, also betrat er die Oase des geschriebenen Wissens.

Erst eine gute Stunde später wieder auf der Straße, stand der Journalist zwar erheblich unter Zeitdruck, war dafür aber auch um wertvolle Anhaltspunkte und ein exquisites Buch reicher. ‚Die Kunst des Krieges' zumindest schon angelesen und einige Aspekte daraus erfasst zu haben, ließ ihn die Strategie seiner undurchsichtigen Partnerin wenigstens im Ansatz erahnen.

Du hältst dich also an ein Kriegshandbuch, das vor über zweitausend Jahren geschrieben wurde. Wie heißt es darin: ‚Wenn du den Feind und dich selbst kennst, brauchst du den Ausgang von hundert Schlachten nicht zu fürchten' und ‚die größte Leistung besteht darin, den Widerstand des Feindes ohne offenen Kampf zu brechen'. Und ich bin dann wohl einer deiner Soldaten, den du gemäß seiner spezifischen Fähigkeiten einsetzt. Wie hast du es formuliert: „Sie sind genau so, wie es mir am meisten nutzt: angriffslustig, jähzornig, voller Schmerz. Das zwingt den Feind zu handeln und eröffnet mir Chancen."

Berlin, bereite dich auf was vor. Die wird diesen Karsten Fechter vor deinen Augen filetieren, noch bevor er sie sieht. Seine Truppen werden dezimiert werden, seine uneingeschränkte Autorität von Vertrauten untergraben werden. Und dann, erst ganz am Schluss, kommt der Todesstoß.

Er betrachtete sein Spiegelbild im Schaufenster und sprach zu sich selbst: »So oder ähnlich könnte es laufen, wenn es nach diesem Buch geht. Und du, Joe, bist mitten drin.« Sein Blick richtete sich gen Himmel. »Ich höre dich schon lachen, Carmen.«

Begleitet von zwei Sicherheitsleuten, durchschritt der bereits erwartete Gesprächsgast ein edel eingerichtetes Restaurant bis zu einem durch Pflanzenwerk abgetrennten Sitzbereich.

Aktuell waren nur wenige Tische besetzt, und Jonathan fragte sich, ob es sich dabei tatsächlich um unbeteiligte Restaurantgäste handelte. Er selbst war frisch rasiert und machte insgesamt einen gepflegten, ausgeruhten Eindruck. Auf paradoxe Art und Weise hatte er an innerer Stärke und

Entschlossenheit gewonnen. Denn obwohl ihm die eindrucksvoll unter Beweis gestellte Gefährlichkeit Melanie Holländers Unbehagen bereitete, empfand er ihre unsichtbare Präsenz als einen schützenden Schild. „Symbiose“ war wohl der passende Begriff für diese Zweckgemeinschaft.

Zwei weitere Bodyguards sicherten den Zugang zum Séparée.

Dort wurde er einzig vom Kanzlerkandidaten Fechter erwartet, der sich der Etikette folgend erhob.

»Ich habe schon befürchtet, Ihnen sei etwas dazwischen gekommen. - Schön, dass wir uns endlich persönlich kennenlernen.«

Nach dem obligatorischen Handschlag setzten sich beide.

»Auch wenn alles etwas konspirativ wirkt«, antwortete sein Gegenüber provokant.

Fechter lachte mechanisch. »Verschlossene Türen, Absprachen unter Ausschluss der Öffentlichkeit, permanentes Taktieren. Wenn man Spitzenpolitiker ist, begleitet einen schnell der Verdacht konspirativen Handelns.«

»Natürlich«, blieb Jonathan distanziert. »Und was genau versprechen Sie sich nun von unserem Treffen?«

Ein Ober betrat das Séparée, und der Gastgeber widmete sich der Bestellung: »Eine Portion Weinbergschnecken und ein Glas Weißwein – der übliche. - Herr Ehrlicher, wozu darf ich Sie einladen? Hier ist alles zu empfehlen. Wie ich hörte, sind Sie empfänglich für die besonders herzhaften Tropfen.«

»Da hat man Sie falsch informiert«, parierte dieser gleichfalls lächelnd. »Nur ein stilles Wasser, bitte.«

Nach Abgang des Obers kam Fechter direkt auf den Punkt: »Man hat mir außerdem zugetragen, Sie halten Markus Holländer noch immer für unschuldig und meinen Sohn für den dreifachen Serienmörder. Bin ich da auch falsch informiert?«

Ich kenne jetzt Carmens gesamte Aufzeichnungen, du miese Ratte. Und die schiebe ich dir so tief hinten rein, dass du dir noch wünschen wirst, ebenfalls tot zu sein. Und wenn es das Letzte ist, was ich in meinem Leben tun werde.

»Ich sage Ihnen mal ganz genau, wie ich das sehe«, bewahrte Jonathan weiterhin die Contenance. »Ihr Sohn hat nicht drei, sondern mindestens fünf Menschen erschossen – aus purer Mordlust. Es sei denn, die zwei deutschen Opfer ohne Migrationshintergrund sind Ihnen keine Erwähnung wert, so wie dem gesamten Ermittlungsapparat.«

Der FWD-Chef hielt eine kurze Denkpause lang inne, wollte seinen Gegner genau einschätzen, der offenbar den Mut wiedergefunden hatte und mit dem Gedanken an einen Kreuzzug spielte. Das alleine wäre noch nicht sonderlich alarmierend gewesen. Doch dieser Mann war darüber hinaus überdurchschnittlich intelligent und verschlagen. Das machte ihn zu einer potenziellen Gefahr.

»Ich verstehe. Sie betrachten sich als den einzigen guten Kerl in einem modrigen Sumpf voller Spitzbuben. Aber ich versichere Ihnen: Ich bin auf Ihrer Seite. Allerdings könnten andere Ihr feindseliges Verhalten mir gegenüber als Paranoia auslegen. Immerhin standen Sie in letzter Zeit unter enormem Druck. Wenn wir zusammenarbeiten würden, wäre die Gefahr einer eventuellen psychiatrischen Zwangsuntersuchung in jedem Fall gebannt.«

Die mehr oder weniger unverblümte Drohung stieß auf spöttisches Missfallen: »Ist das wahr? Selbstredend wissen Sie, werter Herr Fechter, unter welchem Druck ich stehe. - Wie genau soll denn diese Zusammenarbeit aussehen?«

»Schön, dass Sie fragen. Letztlich wollen wir doch beide die Wahrheit. Wer weiß, möglicherweise hat Ihre verstorbene Kollegin Gerland irgendwo noch mehr Recherchematerial deponiert.«

Wahrheit? Die einzige Wahrheit, die du verkündest, hat mit der Realität so wenig zu tun wie ein sogenannter Unfalltod Carmens. Der Begriff Wahrhaftigkeit muss für dich ja so schmerzhaft und vernichtend sein wie das Tageslicht für den Vampir. Also das wäre doch ein lohnendes Ziel: gemeinsames Arbeiten im Dienst der Wahrhaftigkeit. Die gibt es nur einmal, für jeden nachvollziehbar, ohne Ausflüchte.

»Sie meinen das Material, das dem LKA auf wundersame Weise abhandengekommen ist? Alternativvorschlag: Ich nehme stattdessen die psychiatrische Untersuchung in Kauf, und wir zwei werden zum Mittelpunkt eines medienwirksamen Spektakels.«

Melanie Holländers Partner stand angewidert auf, gerade als der Ober mit den Getränken erschien. »Geben Sie meins dem Herrn dort, Wasser soll ja angeblich die Seele reinigen.«

Ganz Profi, stellte der Angesprochene Wasser und Wein kommentarlos auf dem Tisch ab und entfernte sich unter dem ungeduldigen Blick Fechters.

»Du hattest deine Chance, kleiner Mann. Du willst es tatsächlich mit mir aufnehmen? Nur zu.«

Als direkte Reaktion darauf umrundete Jonathan scheinbar seelenruhig den Tisch und legte gerade seine Hände auf die Stuhllehne des gereizten Intimfeinds, als auch schon ein Leibwächter eingreifen wollte.

Mit einer entschiedenen Handbewegung gebot Karsten Fechter dem Mann Einhalt, der sich augenblicklich zurückzog.

Unbeirrt beugte sich der Journalist zu dem Parteichef hinunter und sprach mit gedämpfter Stimme: »Meine Lebensgefährtin wurde ermordet, mein Apartment verwüstet, und meinen Job bin ich auch los. Was willst du sonst noch tun, mir zu Krebs verhelfen?«

Die Entgegnung erfolgte ebenfalls leise: »Wie gesagt, ich spreche hier mit einem Fall für die Psychiatrie. Hoffentlich tust du dir und deinen verbliebenen Freunden nichts an. So viele sollen es ja nicht mehr sein.«

Warum drohst du mir immerzu? Hast du so viel zu verlieren? Glaubst du, über dem Gesetz zu stehen? Damit ist es ab sofort vorbei. Der Mord an Carmen war einer zu viel.

Für den sitzenden Machtmenschen ungewohnt und befremdlich: Sein Gegenspieler blieb ohne erkennbaren Wirkungstreffer. Dieser drehte den Spieß sogar kurzerhand um: »Eine hochinteressante Frau hat sich mir kürzlich vorgestellt. Ich glaube, die ist noch geiler auf deinen Arsch als ich. Und dabei schert sie sich einen Dreck um deine exquisiten Kontakte und mordenden Lakaien, großer Mann.«

Schnell überwog die Arroganz das Unbehagen des Adressaten: »Mutiger Auftritt für einen bedeutungslosen Schreiberling ohne Rückhalt. Oder einfach nur lebensmüde.«

»Ohne Rückhalt? Du solltest unbedingt lernen, besser zuzuhören.«

Mit diesen Worten richtete sich Jonathan wieder zu ganzer Größe auf und wandte sich zum Gehen. Vor Verlassen des Séparées setzte er aber noch ein deutliches Ausrufezeichen: »Du fragst gar nicht, um wen es geht? Die Dame hat sich wohl schon empfohlen. Na wie auch immer, für die Kanzlerschaft sehe ich jedenfalls Schwarz. Für Leib und Leben im Übrigen auch.«

Eine erneute Handgeste veranlasste das gründliche Abtasten des nun nicht mehr zu unterschätzenden Gesprächsgastes. Anschließend durfte dieser das Nobelrestaurant verlassen. Nichtsdestoweniger stellte der Mann ein unkalkulierbares Sicherheitsrisiko für die Ziele der Verschwörer dar und musste dringend neutralisiert werden. Die Würfel waren unwiderruflich gefallen, was den Griff zum Mobiltelefon erforderte: »Entsorgt das Problem J E.«

Krieg bedeutet Verlust

Wie zur Feierabendzeit in der deutschen Hauptstadt üblich drängte sich eine kaum noch überschaubare Anzahl von Menschen auf dem unterirdischen Bahnsteig der U-Bahnstation. Es war der längst zur „Normalität" gewordene tagtägliche Wahnsinn, den die Berliner mehr oder weniger abgestumpft über sich ergehen lassen mussten. Dank jahrelanger Vernachlässigung der Wartungsarbeiten und Verschleppung von Neuanschaffungen zugunsten unverantwortlicher Kostenminimierung, trug das arg geschliffene Verkehrswohl einmal mehr bittere Früchte. Gerade war wieder eine Verspätung wegen eines defekten Stellwerks durchgegeben worden, und auf dem Bahnsteig gegenüber versuchte ein demotiviert auf und ab gehender Zugführer, fehlerhafte Wagontüren in Gang zu setzen. Zum wiederholten Mal hatten die Fahrgäste dort deshalb aussteigen müssen.

Es spielten sich Szenen ab, die keinen Blick mehr für Details zuließen. Zu groß war das Unwohlsein innerhalb der pulsierenden Menschentrauben, zu gut einstudiert das Zurückziehen eines jeden in sich selbst. Kaum jemand wollte sich noch ernsthaft der fortschreitenden Verwahrlosung und Verrohung, dem Verfall und Schmutz stellen. Es herrschte Anonymität vor.

Darin ging auch ein sichtlich nervöser Jonathan Ehrlicher auf, der auf den mehrfach angekündigten Zug wartete. Hier und da erspähte er Ausgaben der Boulevardpresse. Reißerische Aufmacher in fetten Buchstaben, zum Teil noch hervorgehoben durch Signalfarben, stellten sich ihr eigenes klägliches Zeugnis aus. Er fragte sich, ob eine Mehrheit der Medienkonsumenten überhaupt die Chance erhalten würde und imstande wäre, die Umtriebe des Kanzlerkandidaten Fechter und seiner Spießgesellen in ihrer ganzen Tragweite zu erfassen. Wenn ja, würden sie es überhaupt wissen wollen? Und wie lange würde sie diese neue Attraktion gebannt halten? Seiner Erfahrung nach bevorzugte eine Mehrheit die viel bequemere Unwissenheit einer Spaßgesellschaft, eingelullt zwischen modernen Gladiatorenkämpfen der Sportindustrie und debil seichter Fernsehunterhaltung.

Tja, du hast es geschafft, Carmen. Jetzt denke ich schon genau wie du. Dabei fällt mir sogar ein Zitat deines Spezis Gustave Le Bon ein: ‚Nie haben die Massen nach Wahrheit gedürstet. Von Tatsachen, die ihnen missfallen, wenden sie sich ab. Sie vergöttern lieber den Irrtum, wenn er sie zu verführen vermag. Wer sie zu täuschen versteht, wird leicht ihr Herr. Wer sie aufzuklären versucht, stets ihr Opfer.'

Ein Lächeln huschte über Jonathans Gesicht, als er sich eingestand, wie weit voraus Carmen ihm zu Lebzeiten doch gewesen war.

Von hinten näherte sich ihm das Unheil in Person eines Mannes, dessen Allerweltsgesicht mitnichten geeignet war, es je übereinstimmend wiederzuerkennen. Außerdem, ein schneller Stoß mit der Hand gegen den oberen Rücken würde hier unten so unentdeckt bleiben, wie ein flüchtiges

Lächeln. Es wäre schlicht nicht geschehen. Die geballt einströmende Tunnelluft kündigte nicht nur die unmittelbare Ankunft der U-Bahn an, es war auch der Startschuss für die finale Aktion des Auftragsmörders. Tatsächlich wurden aber ganz andere Fakten geschaffen. Als der Profi seine tödliche Armbewegung ansetzte, realisierte er im endlos langen Bruchteil einer Sekunde, selber zum Opfer seiner Strategie zu werden. Ihn ereilte ein kraftvoller Stoß von hinten. Aus dem Jäger war ein Gejagter geworden. Die Beleuchtung des Triebwagens gab letztes Geleit.

Aus ihren Gedanken gerissen wurde die eigentliche Zielperson nicht von dem, was sie an Schrecklichem womöglich hätte sehen können, denn dafür war alles viel zu schnell gegangen. Vielmehr von dem, was zu hören gewesen war und einen bis ins Mark erschütterte: Das Aufschlagen eines menschlichen Körpers gegen eine schnell einfahrende metallische Front von hohem Gewicht. Brechen von Knochen, Reißen von Sehnen, Platzen von Blutgefäßen – alles festgehalten in nur einem Augenblick. Doch Jonathans Grauen erfuhr noch eine Steigerung, als kopflose Panik die Menschen um ihn herum erfasste. Das Gespenst mit Namen Terroranschlag infizierte die Köpfe in rasendem Tempo. Er glaubte, in dem heillosen Durcheinander ertrinken zu müssen, und wie ein Ertrinkender schnappte er gierig nach Luft.

Die Frau in Jeans und sportivem Blouson passte nicht zu der ausgebrochenen Hektik am U-Bahn-Aufgang. Hoch konzentriert und nahezu reglos verfolgte sie die tumultartigen Szenen auf dem Bahnsteig.

Einige, die Treppe hinaufhetzende, stieß sie grob beiseite.

Ein knurriges »Shit« war ihr einziger Kommentar, bevor sie von ihrer dezenten Hör-/Sprechausstattung Gebrauch machte: »Hier Gelb 9. Gelb 7 wurde ausgeschaltet. Ich wiederhole, Gelb 7 wurde neutralisiert. Zielperson noch unversehrt.«

Angestrengt horchte die Agentin gegen die ohrenbetäubende Geräuschkulisse an, schirmte den Empfänger im Ohr mit der Hand ab. »Konnte Angreifer nicht identifizieren, Lage zu unübersichtlich. Wie soll ich weiter vorgehen?«

Sie schaute sich nach hinten um. »Verstanden.«

Zügig nahm sie die Stufen und ging dann den breiten Gang entlang Richtung Ausgang. Von der Straße kommendes Feierabendpublikum und vom Bahnsteig nach draußen Drängende machten das Vorankommen mühselig. Kurzentschlossen ging die Agentin in ein Bahnhofsgeschäft. Wenig später zurück auf dem Gang, galt ihre Aufmerksamkeit noch immer dem Schokoriegel in der Hand. Knapp zwei Meter entfernt wartete Melanie Holländer mit herabhängenden Armen. Agentin Gelb 9 war im Vorfeld vor einer abtrünnigen Spezialagentin des Auslandsgeheimdienstes gewarnt worden, erfasste den lauernden Blick und vollzog den geübten Griff zum Gürtelholster. Doch ihre Gegnerin war schneller, stieß den Pistolenarm nach oben und vollführte einen gezielten Messerstich in die Schulterachsel. Wo die Stichwaffe so plötzlich hergekommen war, sollte Melanies Geheimnis bleiben.

Mit brutaler Wucht rammte sie die Verwundete gegen die Wand und rutschte gemeinsam mit ihr daran herunter. Das Messer verschwand in der Jackentasche, Schusswaffe und

Ersatzmunition nahm sie der Kontrahentin ab. Deren aschfahles, von Schweiß bedecktes Gesicht zeugte von Schock und Blutverlust.

Als Nächstes zog „der Schatten“ das fremde Kragenmikro zu sich heran und behielt die sich bildende Blutlache im Blick. »Eure Agentin verblutet. Ihr solltet sie schnellstens anpeilen. Mit besten Empfehlungen vom „Schatten“.«

Sanft lächelnd strich sie der geschwächten Agentin die Haare aus dem Gesicht. »Ich könnte dir die Arterie abbinden.«

»Hab ich eine Wahl, Dreckstück?«

»Gut so, Kampfgeist hält dich am Leben. - Quid pro quo. Kurze Fragen, kurze Antworten.«

Wer gerade hier, unweit des Görlitzer Ufers und im Zentrum alternativer Lebensart, absolut fehl am Platze wirkte, waren zwei geschäftsmäßig aussehende Männer in einer ruhigen Seitenstraße.

»War ganz schön zäh, der Alte«, stellte der einsteigende Beifahrer sachlich fest und winkte mit einem dicken Umschlag.

Der Fahrer schloss bereits die Wagentür der Limousine. Er machte den Job seit etlichen Jahren und sah sich dabei auf derselben moralischen Stufe wie ein Wissenschaftler, der Primaten für Heilmittel verstümmelte oder Massenvernichtungswaffen zu noch mehr Effizienz verhalf. Es geschah zu einem höheren Zweck. Die Verantwortung übernahmen andere. Als krisenfester Beamter mit steigendem Gehalt plus Zulagen hatte sich ihm die Gewissensfrage immer seltener gestellt. Der Tod eines Menschen bereitete ihm weder

Vergnügen noch Missvergnügen. Dieser Mann auf dem Hausboot hatte sich ganz beachtlich geschlagen für sein Alter, mehr auch nicht. Da war „der Schatten" eine ganz andere Herausforderung. Eine ebenbürtige Gegnerin, die für schmerzhafte Verluste sorgte. Aber früher oder später würde Holländer an ihn geraten und damit ihren Meister finden.

»Ja, zäh bis zum Schluss. Der hat den Umschlag verteidigt, als wäre seine Familie drin.«

Auch der Nebenmann verzog keine Miene. »Jetzt ist er sein Leben los und ein anderer die Sorgen.«

Hinter den Vordersitzen schnellte „der Schatten" hoch. Der Griff einer Pistole traf zweimal wuchtig die Schläfe des Beifahrers.

Der Körper erschlaffte augenblicklich. Reflexartig versuchte der Mann am Steuer das Fahrzeug zu verlassen, um Distanz und Bewegungsfreiheit zu gewinnen. Aber etwas hielt ihn gefangen, dessen Ursache sein blockierter Verstand nicht erfasste.

»Der Gurt«, kommentierte Melanie Holländer kalt.

Da erst griff er zum Verschluss des Sicherheitsgurtes, womit der Hals gänzlich ungeschützt war. Blitzartig packten ihre Hände zu, die für einen schmerzlosen Genickbruch sorgten.

Melanie betrachtete die liquidierten Gegner vorwurfsvoll. »Habt Ihr geglaubt, einem großen Ganzen zu dienen? Es gibt kein großes Ganzes.«

Als sie den Umschlag an sich nahm, galt ihr Gefühl des Bedauerns allein der Tatsache, nicht rechtzeitig eingetroffen zu sein. Umso mitleidloser fiel ihr Schlusssatz aus: »Euer

König ist ein maßloser Tyrann, und Ihr Bauern seid aus dem Spiel.«

Die Lunge schmerzte, als Jonathan Ehrlicher völlig erschöpft und außer Atem das Hausboot seines Freundes erreichte. Die unmissverständliche Drohung Karsten Fechters klang noch immer nach: „Hoffentlich tust du dir und deinen verbliebenen Freunden nichts an. So viele sollen es ja nicht mehr sein." Und dann diese grauenhaften Ereignisse in der U-Bahn. Wirklich ein tragischer Zufall? Er jedenfalls hatte den Begriff „Zufall" endgültig aus seinem Gedankengebäude gestrichen. In diesem Moment war er nahe daran, vor Angst den Verstand zu verlieren.

Den ausgemachten Klopf-Code missachtend, hämmerte er gegen das stabile Holz. »Professor, bist du zu Hause?! Komm, mach auf! Wir müssen dich und die Unterlagen wegsch ...!«, begann er lautstark und verstummte, als sich der Türknauf drehen ließ und ein Spalt sich auftat. Wie von einer unsichtbaren Kraft zurückgehalten, versagten die Beine Jonathan den Dienst. Eine unverriegelte Bootstür war für den alten Mann untypisch, ja undenkbar. Dann brachte ein zufälliger Seitenblick schreckliche Gewissheit.

Wehklagend fiel der Journalist auf die Knie. »Nein! Nein, bitte! Nicht er!«

Zwischen Bootswand und Uferbefestigung des Landwehrkanals trieb der Professor leblos im Wasser. Der enge Vertraute rappelte sich in einem Akt planloser Verzweiflung auf, um den Körper zu bergen. Unbeholfen lief er Gefahr, selbst in den Kanal zu stürzen. Einige Passanten blieben stehen, doch niemand ging ihm zur Hand. Aus sicherer

Entfernung konnten sie auch nicht sehen, was er sah. Möglicherweise hielten sie ihn ja für unzurechnungsfähig oder betrunken. Alles war denkbar. Bei Großstädtern wusste man ja nie.

Und dann vernahm Jonathan die für ihn so unverschämt emotionslos klingende Stimme von Melanie Holländer: »Lass ihn, er ist tot.«

Er drehte sich zu ihr um und starrte sie auf eine Art an, die das Häufchen Schaulustiger zurückweichen ließ. Der Adressat seines Zorns bildete die Ausnahme. Selbst, als er auf die selbstbewusste Frau zustürmte, löste das keine Reaktion bei ihr aus. Erst sehr spät schnellten Melanies Arme nach vorne, um den Angreifer in Empfang zu nehmen. Dieser verlor, von ihrer ausweichenden Verteidigungstechnik und dem eigenen Körpergewicht nach vorne beschleunigt, den Bodenkontakt. Ein harter, schmerzvoller Aufprall auf fester Erde war die Folge. Trotzdem rappelte sich ihr auserkorener Partner auf, der es jetzt mit Boxhieben versuchte, die ausnahmslos abgeblockt wurden oder ins Leere liefen.

Als Jonathan keine Anstalten machte, nachzulassen, blitzte es in Melanies Augen gefährlich auf. Genug der Rücksichtnahme, sie würde dem jetzt ein Ende bereiten. Es gab keine Zeit zu verschenken. Mit einem wohldosierten Kehlkopfschlag nahm sie ihm Tempo und Atem, ein Tritt in die Kniekehle zwang den robusten Journalisten erneut zu Boden, und eine spezielle Grifftechnik zum Hals schnürte ihm die Luft ab.

»Ich habe den alten Mann nicht umgebracht, und ich will dich nicht töten. Aber mir liegt auch nichts an dir, also übertreib es nicht.«

Die Atemnot des hoffnungslos Unterlegenen wurde kritisch. Verzweifelt schlug er mit der Hand auf den Untergrund.

Eine beherzte Frau bahnte sich den Weg durch die immer enger stehende Menschenansammlung und hielt drohend einen Stein hoch. »Lassen Sie sofort den Mann los, oder ich mache uns beide unglücklich!«

Verblüfft musterte die ehemalige Auslandsagentin sie, nahm die verschwitzte Jogging-Bekleidung wahr, registrierte den angstvoll bebenden Körper, die zuckenden Augenlider.

Sobald sie losließ, kroch der nach Luft ringende Jonathan Ehrlicher von ihr fort.

»Siehst du, Ehrlicher, von zwanzig Menschen hat nur diese eine Frau Courage. Aber das zählt.« Sie nickte der Joggerin anerkennend zu. »Wirf den Stein weg, Schwester, es ist vorbei.«

Tatsächlich ließ die Angesprochene ihre Behelfswaffe fallen.

Endlich brachte Jonathan einen zwar heiseren aber doch verständlichen Satz hervor: »Er war mein Mentor, meine Familie.«

»Trauer benebelt die Sinne. Schlecht, wenn man in den Krieg ziehen will.«

»Krieg? Ich ziehe in keinen Krieg. Ich bin kein Richter und schon gar kein Henker.« Sein Verlustschmerz mündete in flammende Selbstvorwürfe: »Für eine kurze Weile wollte ich dein Spiel mitspielen. Ich dachte, ich müsste es. Das Resultat liegt vor uns im Wasser: mein einziger Freund – tot.«

Melanie blieb ihrer Linie treu, erlaubte sich kein Mitleid: »Was ist also deine Alternative, dich von Selbstmitleid zerfressen ins Koma zu saufen? Kein Richter, kein Henker?! Du hast doch einige Richter und deren Urteil erlebt. Willst du wirklich darauf vertrauen, dass andere wahrheitsliebender sind? Wem kannst du überhaupt noch vertrauen? Und selbst wenn, wer soll der Justiz die notwendigen Fakten zugänglich machen? Und was den Henker angeht: Du wirst mit allen Mitteln um dein Leben kämpfen müssen, sonst kommen die Henker zu dir. - Verschaffe denen Gerechtigkeit, die du verloren hast.«

»Wer, verdammt nochmal, hat dir eigentlich die Lizenz zum Töten verliehen?«, entgegnete ihr Gegenüber am Boden matt.

»Wer?! Auftragsmörder und deren Bosse, die unser Blut wollen. Wie weit wird Karsten Fechter wohl gehen, um sich die Kanzlerschaft zu sichern? Wer steht ihm noch im Weg?« Ein Anflug erkennbarer Leidenschaft ergriff Besitz von der Ex-Agentin: »Typen wie er können existieren, weil Leute wie du sich vor Angst verkriechen oder sich in Ignoranz üben. Die ganze Gesellschaft stinkt danach.«

»Darüber bin ich längst hinaus, und das weißt du«, sprach er halb zu ihr, halb zu sich selbst. Erneut kochte Wut hoch, als er zum Boot wies: »Aber was haben wir denn noch?! Dort gab es die Beweise gegen diese miesen Schweine – bestimmt gestohlen!«

Polizeisirenen im Hintergrund drängten zur Eile. Hinter ihrem Rücken zog Melanie den besagten Umschlag unter der Kleidung hervor.

»Ich frage besser nicht«, blieb Jonathans Freude verhalten.

»Wenn wir jetzt nicht abhauen, nutzen uns diese Dokumente auch nichts mehr. Also los, du überprüfst Carmens Recherchen, ich besuche den Feind.«

»Wen, etwa Fechter? Aber wo kommst du an ihn ran?«

»Dort, wo er mich am wenigsten erwartet.«

Sie streckte ihm den Arm entgegen, er zog sich daran hoch. Sich den Schmutz abzuklopfen half ihm dabei, die Gedanken zu ordnen. Sein Unbehagen ließ ihn nicht los.

»Um zu töten?«

Sie passierte ihn Richtung Straße. »Um Zweifel und Angst zu säen.« Zögernd blieb sie stehen, um sich dem Partner in verbindlicherem Ton zuzuwenden: »Um die Weichen zu stellen.«

»Die Kunst des Krieges.« Seine Feststellung zeugte von aufrichtiger Ehrfurcht.

»Du beginnst zu begreifen.« Zum ersten Mal schwang in ihren Worten etwas von Sympathie und Respekt mit. Wenigstens wollte der kürzlich noch so selbstbezogene Sonderling das gerne glauben. Aber wieso eigentlich? Weshalb war ihm an ihrer Meinung plötzlich so gelegen? Vielleicht, weil er anfing, Melanie Holländer in einem anderen, einem besseren Licht zu sehen? Darüber nachzudenken, warf mehr Fragen als Antworten auf, so viel war klar. Und klar war auch, dass ein Nachdenken über Melanie zwangsläufig ein Nachdenken über sich selbst bedeutete. Wer war er wirklich? Möglicherweise forderte jetzt nur jene Persönlichkeit ihr Existenzrecht ein, die Jonathan im Grunde schon immer gewesen war, aber nie gewagt hatte zu sein. Die Weggabelung der Entscheidung lag unmittelbar vor ihm. Wo konnte er jetzt die nötige Ruhe finden?

Selbstzweifel schreien nach einem Freund

Jetzt sitze ich ausgerechnet hier im Schlosspark Charlottenburg, um Antworten auf meine verfahrene Situation zu finden. Aber warum auch nicht inmitten von euch Hohenzollern. Lange genug habt ihr ja auch die Geschicke Preußens gelenkt und Deutschland ein reiches Erbe hinterlassen.

Was ist zum Beispiel mit dir, Soldatenkönig Friedrich Wilhelm? Hast unter anderem die Zuwendungen für diesen Schlosspark drastisch gekürzt, du Knauser. Aber immerhin, um den Staatshaushalt zu sanieren. Und einen Teil der Fläche hast du seinerzeit großzügig Ackerbauern überlassen. Wirklich ein pragmatischer Geist, wenn da nur nicht diese langen Kerle gewesen wären. - Also, was hättest du mir wohl geraten? Vielleicht ja das: ,'s ist nicht so schlimm als wie man denkt, wenn man's nur recht erfasst und lenkt.'

Und dein Sprössling Friedrich? Du hast dich dem Park wieder mehr gewidmet, zum Beispiel den Lustgarten wieder herrichten lassen, im damals top angesagten Rokoko-Stil. Tja, du warst halt ein ebenso herausragender Feingeist wie Stratege. Wohl denn, hast du auch etwas zu meiner Motivation beizutragen? Das könnte doch passen: ,Wenn die Vernunft häufiger ihre Stimme gegen den Fanatismus erhebt, kann sie die künftige Generation vielleicht toleranter machen, als die gegenwärtige ist. Und damit wäre schon viel gewonnen.'

Oh ja, Friedrich II., du warst wahrlich ein Großer hinter deinen abgewetzten Klamotten. Hast dich nicht hinter theoretischen

Worten versteckt, sondern gehandelt. Wie sagtest du doch so treffend:

‚Unsern Dünkel müssen wir verlieren. Wir sollen handeln, nicht philosophieren.'

Dann hätten wir hier im Park noch das Mausoleum zu Ehren der von allen geliebten Königin Luise. Hattest den Mut, Napoleon als Beschützerin und Fürsprecherin deines Volkes entgegenzutreten. Wie du ihn mit deinem Charme, deiner Moral und Wortgewandtheit überstrahlt hast. Was für eine Diplomatin. Du warst es auch, die einmal sagte:

‚Alles in dieser Welt ist doch nur Übergang. Doch wir müssen durch. Sorgen wir nur dafür, dass wir mit jedem Tage reifer und besser werden.'

Alle drei habt ihr recht.

Was treibe ich eigentlich? Habe die Chance, das Richtige zu tun, aber verstecke mich stattdessen hinter scheinheiliger Gewaltlosigkeit.

Bla, bla, bla. Ich habe die Mittel, die Unterstützung, die Informationen – scheue mich aber trotzdem, die notwendigen Schritte zu unternehmen. Genau wie der Jonathan-Typ, von dem ich glaubte, ihn mitsamt Alkohol zum Teufel gejagt zu haben. Ist mir die eigene Haut vielleicht zu teuer? Sicher doch, andere in den Kampf schicken und selber nur Klugscheißereien wiederkäuen. Zu meiner Ehrenrettung könnte ich natürlich anführen, nicht so werden zu wollen wie Melanie Holländer. Nicht so wie in der Wohnung, als ich ohne zu zögern zugestochen habe, weil es jemand gewagt hatte, in mein Leben einzudringen. Genau, um Entschuldigungen und Ausreden war ich ja nie verlegen gewesen. Aber mit welchem Recht hätte ich dann eigentlich den korrupten Chefredakteur Renzig drangsaliert?

»Was machst du denn hier in der Geschichtsoase?«, wurde Jonathan Ehrlicher von einem mäßig überraschten Mann in gesetztem Alter angesprochen, der sich ungefragt zu ihm setzte. Dessen auffallend viele Tragetaschen, in unterschiedlichen Größen und prallgefüllt, wurden sorgsam an die Seite gestellt.

Der Angesprochene, so abrupt aus den Gedanken gerissen, gab ein irritiertes Bild ab.

»Was denn, Joe, erkennst du mich etwa nicht? Geht's dir nicht gut?« Es schwang ehrliche Besorgnis mit.

Natürlich erkannte der Journalist ihn. Friedrich, ein wahrer Lebenskünstler. Seine Geschichte war traurig. Das einzige leibliche Kind war im Jugendalter tödlich verunglückt. Darüber war die bis dahin glückliche Ehe zerbrochen, die Frau hatte in depressiver Trauer Selbstmord verübt. Friedrich selbst war daraufhin dem Alkohol und der Tablettensucht verfallen, hatte seiner Arbeit als Vertriebsmanager irgendwann nicht mehr nachkommen können. Bis zum Sozialfall durchgereicht und mit einem wachsenden Schuldenberg, hatte er eines Tages alle gesellschaftlichen Halteseile gekappt, das verbliebene Hab und Gut verkauft, die Wohnung aufgegeben. Seither lebte er auf der Straße. Was ihm noch zur Verfügung stand war ein fotografisches Gedächtnis, außerordentliches Organisationstalent sowie ein reicher Wissensschatz. Bereichernd kam noch die Entsagung von seinen Süchten hinzu.

Genau so hatte Jonathan ihn kennengelernt und nicht selten von den Vorzügen als Informant profitiert. Alles in allem war ihre Beziehung als freundschaftlich zu bezeichnen. Der Vollständigkeit halber musste auch Friedrichs schauspielerische Ader Erwähnung finden. Aber das war eine andere Geschichte.

Jedes Mal aufs Neue stellte Jonathan fasziniert fest, wie gepflegt und erhobenen Hauptes dieser Mann trotz seiner Lebensumstände daherkam. Auch hier und jetzt fehlte nicht die akkurate Rasur. Genau genommen machte dieses Berliner Original keine wesentlich schlechtere Figur als er selber derzeit.

Die Wahrheit war: Der Journalist im Fadenkreuz unheilvoller Verschwörer freute sich zutiefst über das Wiedersehen mit diesem vertrauenswürdigen Menschen. »Fritze, alter Weltenbummler, dein bevorzugtes Revier war doch immer mehr die südliche Friedrichstadt.«

Der nahm den Sommerhut mit schmaler Krempe ab und lächelte zufrieden. »Meine ganze Welt geht bis zur Stadtgrenze, für mich alleine groß genug. Nur eine Gegend würde ich gerne noch mal bereisen: die Toskana. „La dolce vita", Geschichte und Kultur, du verstehst. - Und was zieht dich zu Preußens Altvorderen, das schöne Schloss vor uns oder die Parkanlage um uns? Keiner neuen Sensation auf der Spur? Oder bist du inzwischen Frührentner?«

Wenn sich Jonathan noch einer Sache sicher sein konnte, dann war es die Verschwiegenheit Friedrichs. Dieses Vertrauen beruhte auf Gegenseitigkeit und war durchaus als Gesetz zu begreifen.

Praxisnachweise ließen sich über die Jahre einige anführen.

»Ich bin den Hintergründen zu den Kreuzberger Sniper-Morden auf der Spur. Da tut sich ein Wespennest auf ... Ehrlich gesagt weiß ich nicht, wie weit ich mich darauf einlassen soll.«

»Wovor hast du Angst?«, hinterfragte der Freund mit ernstem Interesse.

»Angst vor mordenden Staatsbeamten, Angst vor einer unberechenbaren Ex-Agentin, Angst um mein Leben.«

»Klingt, als kommst du eh nicht mehr aus der Nummer raus. Du und diese Agentin – zieht Ihr an einem Strang?«

»Ich denke, das kann man sagen – bisher.«

»Und könntest du mit deinem Handeln etwas Entscheidendes bewirken, ich meine, nicht nur für dich selbst?« Das zögerliche Nicken beflügelte ihn: »Also dann, nicht zurückschrecken, ran an die Geschütze. Die Angst vergeht, je länger du das Richtige tust, glaub mir. Sich für ein Leben auf der Straße zu entscheiden, ist da ganz ähnlich: Werde ich im Winter nicht erfrieren? Werde ich nicht verhungern? Was mache ich bei schweren Krankheiten? - Verstehst du, wir sind alle keine Hellseher. Mit jedem Schritt im Leben riskiert man böse Überraschungen und neue Prüfungen. Eigener Instinkt und innere Werte müssen uns leiten, das sind die besten Berater. Der Rest ist Schicksal.«

Der Zuhörer zeigte sich amüsiert. »Du klingst wie einer dieser alten preußischen Philosophen.«

Daraufhin setzte Friedrich dem Sitznachbarn seinen Hut auf.

»Ich bin ja nicht umsonst nach einem preußischen König benannt. Und schau, was diese Leute alles auf die Beine gestellt haben.«

Schweigend genossen beide die warmen Sonnenstrahlen, betrachteten die Spaziergänger. Plötzlich beugte sich der Stadtstreicher vor und legte das Kinn in die Hände, nunmehr auf den Boden blickend.

»Ich habe diesen Fall so gut es ging mitverfolgt. Wer war eigentlich das erste offizielle Opfer des Kreuzberg-Snipers?«

»Den Anfang machte wohl ein türkischer Taxifahrer. Die Behörden gehen insgesamt von drei Mordopfern aus. Meines Wissens sind es aber mindestens fünf. Wieso?«

»Der Taxifahrer – ich kann mich an die Schlagzeilen erinnern«, grübelte Friedrich. »Die Sache liegt anders. Das erste Opfer war ein Obdachloser.«

»Was?!« Jonathan starrte ihn perplex an. »Welcher Obdachlose?«

»Mit einem Gewehr erschossen, haben die Offiziellen am Tatort gesagt. Freunde hatten ihn am Kreuzberg beim Wasserfall gefunden und sofort die Polizei alarmiert.« Traurigkeit überkam den Informanten, das Weitersprechen fiel ihm schwer. »Ich kannte ihn nicht persönlich. Er hat wohl zu viel getrunken. Aber ein liebenswerter Mensch soll er gewesen sein. - Als es dann ähnliche Fälle gab wie den Taxifahrer und von einem Serienmörder die Rede war, ging ich zur Polizei. Mehrere Male war ich bei der Mordkommission, um auf eine mögliche Verbindung aufmerksam zu machen. Aber ein erschossener Penner passte wohl niemandem ins Konzept. Mir wurde sogar Ärger angedroht, wenn ich damit zur Presse gehe.«

»Und, warst du bei der Presse?«

»Bei dem einzigen Journalisten, den ich kenne und dem ich vertraue: bei dir, Joe. Aber du warst gerade wieder irgendeinem heißen Ding auf der Spur und hattest keine Zeit, mir zuzuhören.«

In der Feststellung lag kein Vorwurf, nur Traurigkeit. Dennoch zog sich der Adressat, dem jede Erinnerung daran abging, die Jacke des Versagens reumütig an: »Es tut mir sehr leid. Ich war ein selbstsüchtiges Arschloch.«

So viele Menschen wie Friedrich oder ich selbst arbeiten an dieser gigantischen Pyramide mit, die sich Nation, Staat, Gesellschaft nennt. Und zu viele von uns fallen dabei durch den Rost, versinkend in Arbeitslosigkeit, Armut, Hoffnungslosigkeit. Und dann sind da auch noch diejenigen von uns, die sich mühsam über Wasser halten, gute Miene zum bösen Spiel machen. Sie erkaufen sich den schönen Schein mit immer mehr geborgter Vitalität – Krediten, Drogen, Schönheits-OPs.

An der Basis der Pyramide kostet es die Menschen immense Lebensenergie, um die Spitze der Pyramide zu ermöglichen – zum Wohle und Gefallen der wenigen Profiteure weit oben und außer Sicht. Ist es das? Ist das die ganze Essenz dessen, was der Mensch in seiner jahrtausendealten Geschichte erreicht hat?

Unter Jonathans sanftem Handauflegen lehnte Friedrich sich wieder zurück.

Und was der noch zu sagen hatte, kam einer Beschwörung des Freundes gleich: »Jemand muss den Toten eine Stimme geben und für Gerechtigkeit sorgen.«

In dem Augenblick traf Jonathan Ehrlicher seine Wahl. Er würde versuchen, die Pyramide zumindest in dieser Angelegenheit auf den Kopf zu stellen. Ja, er würde es versuchen. Menschen brauchten Vorbilder, Präzedenzfälle, Leuchttürme, an denen sie sich orientieren konnten. Schon seltsam, als Märtyrer hatte er sich nie in die Geschichte eingehen sehen. Er würde es auch jetzt noch liebend gerne umgehen, gäbe es einen anderen Weg. Dem war nicht so, also konnte er genauso gut auch den Kampf seines Lebens liefern.

Seit einer guten halben Stunde beobachtete Melanie Holländer den athletischen Mann von Anfang sechzig, dessen grauer Haarkranz als einziges sichtbare Indiz auf das fortgeschrittene Alter hindeutete. Shorts und ärmelloses Shirt setzten einen muskulösen, sonnengebräunten Körper in Szene – die Statur eines Bärentöters. Es wirkte geradezu surreal, mit welcher Sorgfalt und Akribie dieser Hüne von über einem Meter neunzig die Blumen und das Gemüse pflegte. Aber die Gewächse in seiner Kleingartenparzelle gediehen prächtig, was ihn als Experten auswies.

Als die Ex-BND-Agentin endlich aus dem Schatten eines Baumes gegenüber trat und die Pforte durchschritt, wurde sie bereits erwartet. Freude verrieten nur seine hellblauen Augen, die in Kontrast zur Gesichtsbräune bestechenden Eindruck hinterließen.

»Hallo Onkel Jacques«, eröffnete Melanie sanft.

Er verschwand kommentarlos in der liebevoll hergerichteten Laube, um gleich darauf mit zwei Gläsern Fruchtsaft zurückzukehren. Eines reichte er ihr anstelle einer Umarmung. Seine Wiedersehensfreude bedurfte keiner Worte oder überschwänglichen Gesten. Beide kannten sich genau, waren sich über die Jahre immer ähnlicher geworden.

»Ich hab mich schon gefragt, wann du endlich reinkommst. Das waren doch bestimmt dreißig Minuten.«

»Immer noch ganz der Fremdenlegionär. Dir entgeht wirklich nichts.«

»Hast du Zeit dich hinzusetzen?«

Beide nahmen auf der Gartencouch Platz. Da belanglose Konversation nie seine Sache gewesen war, ließ er diese auch jetzt beiseite: »Ich nehme an, du bist für den Tod von Paul-Theodor Fechter verantwortlich?«

Seine Nichte zeigte sich ungerührt, trank stattdessen vom Fruchtsaft. »Nirgends schmeckt selbstgemachter Saft wie bei dir. Egal, was du je in Angriff genommen hast, das Ergebnis war perfekt. Darin habe ich dir immer nachgeeifert.«

»Schon verstanden. - Wer steht noch auf deiner Liste?«

Der entschlossene Ausdruck auf ihrem Gesicht sprach Bände: »Kanzlerkandidat Fechter. Er hat Markus als wahlloses Opfer töten lassen und ihn zum Mörder gestempelt. Und er hat nicht vor, es dabei bewenden zu lassen.«

Der altgediente Legionär nickte kaum merklich. »Du tust, was du tun musst, und du weißt genau, wie es zu tun ist. Du hast Fechter schon wissen lassen, wer ihn jagt?«

»Die Schuldigen wissen, mit wem sie es zu tun haben.«

»Ich bin dein Blut. Wer sich an unserer Familie vergeht und unseren guten Namen besudelt, bekommt die volle Rechnung präsentiert. Nur eines noch: In meiner aktiven Zeit habe ich immer wieder erleben müssen, wie coole Kameraden zu Bestien geworden sind. Warum? Weil sie zu viele Gelegenheiten hatten und auf den Geschmack gekommen sind. Sie haben ihre Gegner nicht mehr als Menschen gesehen und sich selber nicht mehr menschlich verhalten. Um an Fechter heranzukommen, wirst du bestimmt noch Gegner ausschalten müssen. Eine gefährliche Gratwanderung. Denk an meine Worte, Melanie, gewöhne dich nicht an den Geschmack von Blut. Daran ist nichts, was man genießen darf. Sonst zerstört es am Ende nicht nur deine Feinde.«

Zärtlich streichelte sie über sein Gesicht. »Ich weiß genau, was du meinst. Deshalb habe ich meine Identität preisgegeben, damit ich nicht zurückschrecke. Nein, das Feld ist abgesteckt. Fechter und seine Mitverschwörer werden nicht davonkommen. Keine Chance. Wie blutig es wird, liegt bei ihnen.«

Der kampferfahrene Veteran erkannte sich in seiner Nichte wieder wie in einem Spiegel, aus einem früheren Leben. Es war höchst erstaunlich. Da konnte eine gestandene Frau mit dem Onkel so viel gemeinsam haben, mit dem eigenen Vater hingegen so gut wie nichts.

Schon als Teenager hatte Melanie ihren Vater verloren. Und nur ansatzweise hatte sie miterlebt, wie oft er und ihr Vater sich in den Haaren gelegen hatten. Meist waren Fragen um Krieg und Frieden, Pazifismus im Allgemeinen oder Kriegsschauplätze im Besonderen der Grund gewesen. Melanies Vater ein kompromissloser Pazifist, ihr Onkel Jacques hingegen ein Verfechter des Mottos ‚Auge um Auge, Zahn um Zahn'.

Manches sah er inzwischen mit anderen Augen – einer der Vorzüge des Alters.

Seine ganze Liebe und alles Wohlwollen legte er in die nächsten Worte: »Du hättest einen exzellenten Fremdenlegionär abgegeben.«

Melanie zeigte sich weiterhin ernst. »Hier wird keiner von denen auftauchen, Onkel Jacques. Es gibt keine Verbindung zu dir.«

»Meiner Nichte und der Legion sei Dank. Und falls doch einer den Kopf hereinstreckt – ein alter Krieger wie ich kommt zurecht. Was ist mit dir, brauchst du Flankenschutz?«

»Alles im Griff.«

Schützenverein im Zwielicht

Es handelte sich zweifelsohne um einen Schützenverein. Männer und Frauen mit Gehörschutz standen von Holz und Dämmmaterial flankiert nebeneinander und übten sich darin, Schusswaffen gegen Schießscheiben einzusetzen. Die Erfolgsquote reichte von befriedigend bis sehr gut, zumindest, wenn man die traditionelle Messlatte des deutschen Schulsystems anlegte, so wie Jonathan Ehrlicher. In einigem Abstand an einen hölzernen Abgrenzungszaun gelehnt, identifizierte er unter den besten Schützen einen kleinen rundlichen Mann mit geröteten Wangen, dessen überdimensionierter Revolver nach seinem Dafürhalten jedes sinnvolle Maß sprengte. Er begann über das ungleiche Duo zu schmunzeln, während er seine zu Ende gerauchte Zigarette wegschnippte.

Der kleine Dicke mit der langen Kanone. Du könntest auch gut den Taktgeber eines niederbayerischen Trachtenvereins mit Zeremonienstab abgeben. Dazu Gamsbart und Trachtenanzug, perfekt.

Wie kommst du jetzt auf so was, Joe? Finde besser den Vorsitzenden von dem Laden hier. Das hat Carmen auch. Und nach ihren Aufzeichnungen zu urteilen, hält der Typ einiges an Informationen für dich bereit. Also halt dich gefälligst ran.

Der ortsunkundige Besucher stoppte einen hageren Mann von Anfang dreißig, der nicht gerade den Prototypen von

Schwiegermutters Liebling verkörperte. »Eine Frage.« Die knappe Kopfbewegung wies zu dem rundlichen Musterschützen. »Der Mann da in der Mitte, das ist nicht zufällig der Vereinsvorsitzende hier?«

Argwöhnisch musterte ihn der Angesprochene. »Und ob, Atze Holoweit. Wer will das wissen?«

Jonathan setzte ein charmantes Lächeln auf.

»Ach, sagen Sie ihm doch einfach, jemand interessiert sich für Paul-Theodor Fechter. Würden Sie das tun, bitte, vielen Dank.«

»Wieso sollte Atze jucken, was dich interessiert?«, erwiderte ein feindselig gestimmter Norman Vogt.

Mit seinen miserablen Manieren und dem ganzen Gehabe wirkte der Kerl wie ein Westentaschenganove, keinesfalls wie ein seriöses Vereinsmitglied. Die große Intelligenz schien ihm auch nicht vergönnt zu sein. Deshalb beließ es Jonathan bei einem beharrlichen Lächeln als stumme Antwort.

Tatsächlich ging Vogt widerstrebend zu Armin Holoweit hinüber und klopfte ihm auf die Schulter.

Der nahm daraufhin seinen Gehörschutz ab und ließ sich berichten.

Na, du Simpel, geht doch. Ihr zwei kennt euch aber auch schon eine Weile, hab ich recht? Mal sehen, was der Name Fechter bei dir auslöst, Herr Vereinsvorsitzender. Warst du mit ihm auch so gut bekannt?

Die beiden so beieinander, das hat was von Pat & Patachon, nur in Farbe. - Nicht schon wieder, Joe, lass den Schalk in der Kiste. Gleich geht der ernste Tanz los.

Holoweit musterte den Besucher eingehend aus der Ferne, ließ sich aber hinsichtlich seiner Gemütslage nicht in die Karten schauen. Routiniert hängte er den Gehörschutz an einen Haken und prüfte den Revolver. Erst, als er gemächlich auf Jonathan zukam, entfernte sich Norman Vogt Richtung Ausgang.

»Immer, wenn irgendein Durchgeknallter Leute über den Haufen schießt, versucht Ihr Schmierfinken von der Presse Sportschützenvereine in Sippenhaft zu nehmen. Dagegen sollte endlich was getan werden.«

Der Angesprochene nahm den verbalen Angriff durchaus zufrieden zur Kenntnis. Ein gereizter Verstand machte der Erfahrung nach schneller mehr Fehler.

»Für Sie gehören Journalisten wohl vor die Schießscheibe gespannt.«

»Das habe ich nicht gesagt.«

»Ihr Tonfall schon. Wie kommen Sie eigentlich darauf, dass ich von der Presse bin?«

»Wir kennen unsere Pappenheimer genau. Wo Scheiße zu holen ist, landen auch Fliegen.«

Die Metapher sorgte für schelmisches Grinsen bei dem Besucher. »Wirklich passend, das mit der Scheiße.«

Von der unbestimmten Andeutung irritiert, reagierte der Vereinsvorsitzende schmallippig: »Inwiefern?«

Doch so schnell wollte der gewiefte Journalist seine Karten nicht aufdecken. Im Gegenteil, er verzögerte die Antwort, um die Verunsicherung seines Gegenübers voranzutreiben.

»Ich will wissen, was Sie meinen!«

»Sie wollen mit mir reden, mit einem Schmierfinken von der Presse? Und weshalb so aufgebracht? Liegt es vielleicht an dem Namen Paul-Theodor Fechter?«

»Blödsinn! Ich kenne den Namen nur aus der Zeitung.«

»Und wenn ich alle aktuellen und ehemaligen Vereinsmitglieder, sagen wir mal der letzten zwei Jahre, befrage? Würden die das bestätigen?«

Pikiert sah Armin Holoweit an dem Fremden hinunter.

»Wohl ein ganz Schlauer. - Hier wird niemand befragt, Datenschutz.«

»Mal Klartext gesprochen«, übernahm Jonathan den rüden Ton des Platzhirsches, »Paul-Theodor Fechter war hier Mitglied. Sie wissen das, ich weiß das. Irgendwann war er es nicht mehr – wieso?«

»Das Gespräch ist beendet.«

»Das Gespräch ist nicht beendet oder ich bringe das, was ich weiß, an die Öffentlichkeit.«

Wie unter einer zentnerschweren Last stützte sich der untersetzte Mann am Holzzaun ab. Sein Blick verlor sich dabei im nahen Wald. Deutlich versöhnlicher nahm er den Gesprächsfaden wieder auf: »Gehen wir an die Bar. Hier ist es zu laut. Außerdem brauche ich einen Schnaps.«

Schnell wurde klar, dass die besagte Bar des Schützenvereins um die Mittagszeit perfekt für ein Frage-und-Antwort-Spiel unter vier Augen geeignet war. Sie war menschenleer. Darüber hinaus sorgte das kreative Zusammenspiel aus Mauerwerk und Holzelementen für ein gemütliches Ambiente.

An seinem Espresso nippend, beobachtete Jonathan über die Theke hinweg den Vereinsvorsitzenden, der sich gerade einen Schnaps eingoss.

»Ich dachte immer, Ihr Medienleute seid mit Hochprozentigem per Du.«

Einladend hielt Holoweit ein zweites, noch leeres Schnapsglas hoch.

»Witzig«, erhielt er zur Antwort, »ich laufe mit demselben Vorurteil gegenüber Sportschützen herum. - Danke, nein.«

»Tja, in meinem Fall ist es kein Vorurteil.« In einem Zug war das Glas gelehrt.

»Wir von der Presse sind nur dekadenter. Ein namhafter Wein sollte es schon sein. Und auf Veranstaltungen unbedingt Prosecco.«

Der Mann hinter der Theke schätzte den Gesprächspartner ab. »Klingt, als hätten Sie was gegen ihre eigenen Leute.«

»Mochten Sie Paul-Theodor Fechter?«

Holoweit kam nach vorne und setzte sich auf einen Hocker direkt neben dem aus seiner Sicht penetranten Interviewer.

Aber irgendwie mochte er diesen Presseschnüffler. Vielleicht, weil der in seiner direkten Art so authentisch war. Allerdings auch nicht auf den Kopf gefallen und ganz zweifellos auf der Suche nach Informationen, die preiszugeben keine Option war.

»Was ist denn an dem Sniper-Fall noch Spannendes dran? Die Sau ist doch längst durchs Dorf getrieben.«

Einen Augenblick lang musste Jonathan an seine Carmen denken. »Man könnte sagen, es ist etwas Persönliches.«

»Persönlich, soso. Nach meiner Erfahrung betrifft es dann eine Frau oder ein Auto. Nehmen Sie eine Schießstunde, das entspannt.«

»Paul-Theodor Fechter«, wurde das Ablenkungsmanöver humorlos pariert.

»Ach ja, richtig! - Ist schon ein seltsamer Zufall. Diese ertrunkene Journalistin, Gerland, war nämlich auch hier. Echt nett, die Kleine. Hat sogar einen Antrag auf Mitgliedschaft gestellt. Und das nur, um etwas über diesen Fechter zu erfahren. Kann man das glauben?« Dem lauernden Blick Holoweits entging nichts, insbesondere nicht der wunde Punkt des Journalisten. »Frauen können im Leben eines Mannes wirklich alles verändern. Sie wissen, was ich meine. Ja, Frauen können das.«

Dass du nicht so unterbelichtet bist wie dein hagerer Kumpel, war mir gleich klar. Aber was weißt du schon darüber, wie es in mir aussieht. Ich kämpfe gegen einen Oktopus mit zu vielen Tentakeln. Ohne echte Aussicht auf Erfolg. Und das nur, um die Ideale einer Frau hochzuhalten, die auch bei euch Detektiv gespielt hat. Aber diese Ideale gehen uns alle an. Oder zumindest sollten sie das. Begriffe wie Moral, Verantwortung, Gemeinsinn – schon mal gehört? Nicht, nein? Na macht nichts, hatte ich auch lange verdrängt. Neuerdings wird in der Hauptstadt wieder dafür gestorben.

Jetzt griff Jonathan doch zur Schnapsflasche, füllte mit dem Inhalt seine mittlerweile leere Espressotasse bis zum Anschlag auf. Wider Erwarten war genau das der Auslöser, um für mehr Redseligkeit auf Seiten des Befragten zu sorgen.

»Mir war immer wichtig, keine schießwütigen Cowboys in der Schützengilde zu haben. Unser Sport ist auch so schon verrufen genug. Dabei geht es doch um innere Ruhe, den fairen Wettbewerb. Ich meine, sicher, es ist auch die

Faszination für Schusswaffen. Wer das verneint, ist ein Heuchler.«

Der Redefluss geriet ins Stocken. Plötzlich schwang Besorgnis mit: »Dieser Fechter machte einem Angst. Mit jedem Schuss wollte er mehr, kriegte nie genug. Wie diese Adrenalin-Junkies, mehr und mehr. Und nur Gewehre interessierten ihn, Gewehre aller Art.«

Als Armin Holoweit die Stimme vollends wegblieb, kippte der Partner von Melanie Holländer erst seinen Schnaps und spann dann den Gedankenfaden weiter: »Und irgendwann hat der Vereinsvorstand ihn zum Austritt bewegt oder die Mitgliedschaft aufgekündigt.«

Das zustimmende Nicken schrie nach einer schnellen Schlüsselfrage, solange der neue Zeuge noch kooperativ war: »Die Mordwaffen, wo könnte er die hergehabt haben?«

Holoweit musste nicht lange darüber nachdenken, zögerte aber dennoch.

»Von einem Waffendealer, vermutlich. Na ja, über ein Mitglied gibt es so Gerüchte. Aber wie gesagt, nichts als Gerüchte.«

»Und es bestand enger Kontakt zwischen den beiden?«

»Keine Ahnung.«

Völlig überraschend sprang Jonathan vom Hocker, der bei der Aktion krachend umkippte, und tobte: »Hör doch auf! Erst erzählst du mir, du willst deinen Laden sauber halten! Dann weißt du aber von einem Mitglied zu berichten, das womöglich Waffengeschäfte abwickelt! Mit wem der hier enger verkehrt hat, weiß der Herr Vorsitzende dann aber wieder nicht! Willst du mich verarschen?!«

»Also gut, ja, die haben regelmäßig die Köpfe zusammengesteckt. Aber frag mich nicht, worum es ging. Da muss ich passen.«

Der Wüterich stellte den Hocker wieder hin und setzte die Befragung gereizt fort: »Okay, weiter, wer ist dieser hochinteressante Geschäftsmann in Waffen?«

Nervös goss sich der Vereinschef noch einen Schnaps ein und starrte darauf, ohne zu trinken.

»Im Schnapsglas wird er wohl kaum sitzen.«

»Norman Vogt. Sie haben vorhin mit ihm gesprochen.«

»Ach nee. Ich habe euch vorhin beobachtet – ziemlich vertraut. Was soll das sein, Kameradschaft unter Vereinsbrüdern? Und das Motto lautet: Lieber wegsehen und dulden, als die Tatsachen zur Kenntnis nehmen und Konsequenzen ziehen? Am Ende seid Ihr Vereinsschützen doch nicht so verkannt.«

»Jetzt reicht's mir aber!«, zischte der an den Pranger Gestellte in verletztem Stolz.

»Und die Polizei? Ist die hier aufgetaucht, hat Fragen gestellt?«, ging es unbeirrt weiter.

»Polizei nicht ein einziges Mal.«

Das kann nicht sein. Die müssen hier gewesen sein. Es ist das einzige logische Vorgehen. Sie mussten herkommen, um hinter Paul-Theodor Fechter aufzuräumen. Oder willst du mich schon wieder hinters Licht führen, Holoweit?

Der erkannte die ungläubige Anspannung des Journalisten. Die Fragerei würde definitiv weitergehen. Sollte er den Rest besser für sich behalten? Nein, er hielt es für klüger, diesen jähzornigen Kerl nicht weiter zu provozieren. Der Tintenkleckser würde ihn sonst nie vom Haken lassen. Sollte sich sein Besucher doch lieber in etwas anderes verbeißen.

»Wie gesagt, nicht die Polizei. Dafür das BKA – gestärkte Hemden mit wichtigen Gesichtern. Die Ansage war knapp aber sehr deutlich: Vergiss Fechter, und dafür ermitteln wir hier nicht wegen illegalem Waffenhandel.«

»Sieh an, man wusste also vom Handel mit Waffen. Woher wohl?«

»Mal ehrlich, bevor die „Schnüffelbrüder“ uns auf die Hörner nehmen, leide ich lieber unter Amnesie.«

Eine letzte Frage brannte Jonathan unter den Nägeln, obwohl er die Antwort bereits ahnte: »Sie haben denen von Carmen Gerland erzählt?«

Darauf reagierte der unfreiwillige Informant bestürzt, so als wurde ihm schlagartig bewusst, was er mitzuverantworten hatte. »Ja. - Ich hätte auch eine Frage.«

»Nur zu«, kam es niedergeschlagen zurück.

»Warum sind Sie so verdammt hart und überzeugend?«

»Ich weiß einfach, wie Ihr Typen tickt: Wie viel soll ich diesem Pressefritzen verraten? Ist er schlau genug, um mich zu durchschauen? Wie halte ich meinen Laden sauber? - Schon gut, kein Grund überrascht zu sein. Ich war selbst so ein eitler Pfau. Und das eigene Spiegelbild lässt sich nicht betrügen.«

Der Zugangsweg zum Schützenverein war direkt idyllisch. Von Wald umgeben, hätte man sich die Nähe zu Waffennarren mit ihren mechanischen Adrenalin-Kitzlern eigentlich kaum vorstellen können. Nur die dumpfen Schüsse im Hintergrund zeugten von ihrer Existenz. Jonathan wollte sich lieber auf die Klänge der Natur konzentrieren – Vogelgezwitscher oder das Klopfen von Spechten. Doch da war nichts. Er blieb stehen und horchte angestrengt – nichts. Es war wohl tatsächlich so, dass Tiere unheilvolle Schwingungen registrierten und darauf mit stummem Entsetzen reagierten. Diese Theorie ließ ihn nicht los, als er auf dem Weg Richtung Parkplatz weiterging.

Von euren menschlichen Nachbarn kann man so viel Sensibilität nicht erwarten. Anscheinend werden sie von Impulsen getrieben, die euch gefiederten Freunden unbekannt sind. Oder würdet ihr einen von euch, einen Mörder an der eigenen Art, in eurer Mitte tolerieren?

Die Bewegung hinter sich nahm der Ermittler in eigener Sache zu spät wahr. Norman Vogt war hinter einem Baum hervorgesprungen und schlug mit einer massiven Holzlatte zu. Wütende Fußtritte gegen den zu Boden gegangenen Körper folgten. Schließlich hielt der Angreifer inne, um schwer atmend die frische Waldluft zu inhalieren. Verständnislos sah er zu, wie sein Opfer auf die Beine zu kommen versuchte. Mit einem Fausthieb ins Gesicht beendete er den Kraftakt vorerst.

»Bleib liegen, sonst schlag ich dir die Grütze aus dem Schädel! Du reißt dein Maul zu weit auf, willst was über Fechter wissen.« Begleitet von hysterischem Lachen schwenkte er die Holzlatte. »Aber mir kann keiner was. Ich bin unantastbar, verstehst du?! Geschützt von ganz oben.«

Unter rasenden Schmerzen aufstöhnend, setzte sich der Geschundene auf. »Diese Leute beschützen nicht, sie nutzen nur aus und exekutieren. Diejenigen, die zu viel wissen und diejenigen, die zu viel wissen könnten.«

»Pass bloß auf, du!«, brüllte ihn Vogt mit geballter Faust an, der die warnenden Worte zu ignorieren versuchte.

»Du hast eine Scheißangst, mein Freund. Seltsam für jemanden, der nichts zu befürchten hat. Vielleicht sollten wir darüber reden. Oder willst du auch mit einer Pumpgun am Schädel enden?«

»Da gibt es nichts zu bereden!«, schrie Vogt kopflos.

»Jedenfalls genug, dass du über mich hergefallen bist.«

Der Aggressor betrachtete das Holz in seiner Hand und warf es gemeinsam mit der verpuffenden Wut davon. Wortlos entfernte er sich in Richtung der geparkten Autos.

»Du hast dem Sohn des Kanzlerkandidaten Fechter Mordwaffen verkauft, verschiedene Gewehre. Und ich wette, eine Pumpgun war nicht dabei. Damit hast du nicht nur bei mehreren Morden sekundiert, du bist auch ein lästiger Mitwisser. Wenn ich Fechter Senior wäre, würde ich dich außerdem dafür verantwortlich machen, dass mein Sohn diese Taten überhaupt begehen konnte. Glaub mir, dein Tod ist längst beschlossene Sache.«

Nackte Angst beherrschte den Waffendealer, als der sich umdrehte und kleinlaut dagegenhielt:

»Ich lebe noch.«

»Noch.«

Melanies Partner hielt sich tastend die Rippen, während er sich vorsichtig aufrappelte.

»Hier geht es um die Herrschenden im Staat. Deine Henker kommen aus dem Kreis der bewaffneten Behörden, nicht von der Mafia. Zu viele Tote in zu kurzer Zeit werfen unangenehme Fragen auf. Also knipsen die dich einfach etwas später aus.«

Jonathans Stimme nahm Befehlston an: »Und jetzt bring mich verdammt nochmal zurück zu Holoweit! Du hast mich zusammengeschlagen, also kannst du mich genauso gut auch stützen! Und dort wird geplaudert, falls du eine echte Chance haben willst.«

Fremde Hilfe war nicht zwingend erforderlich, aber darum ging es nicht. Er wollte den wertvollen Zeugen locken. Und einen Moment lang sah es tatsächlich so aus, als würde die kombinierte Strategie aus schlechtem Gewissen und Angst aufgehen. Norman Vogt kam einige zaghafte Schritte auf ihn zu.

Doch die Enttäuschung folgte auf dem Fuße: »Netter Versuch, aber du kannst mich mal.«

Im Dauerlauf rannte der hagere Mann zu seinem Auto und fuhr wie ein Getriebener davon, wobei er fast noch einen ankommenden Wagen streifte.

Dem war nicht viel hinzuzufügen: »Armer Idiot. Ich wünsche dir einen halbwegs schmerzlosen Abgang.«

Duell auf und nahe der Spree

Bei warmem Wetter war die Spree in Höhe Spreebogen Hansaviertel trotz bedecktem Himmel gut befahren. Boote, Ausflugsschiffe und Privatyachten sorgten für Abwechslung auf dem Wasser. Auf einer der Yachten stand Karsten Fechter am Steuerrad. Mit offenem Kurzarmhemd, Sonnenbrille und Skippermütze war er so inkognito, wie es nur ging. Die Zigarre rundete das Bild eines Lebemanns überaus passend ab. Hinter ihm saß ungleich unscheinbarer Lutz Rennhart in Poloshirt und mit Basecap. Ein eisgekühltes Getränk rotierte sanft in der Hand des Staatsbediensteten. Lediglich die beiden Sonnenbrillenträger am Bug wirkten deplatziert. Zwar ebenfalls ungezwungen sommerlich gekleidet, war deren Auftreten insgesamt zu steif und insbesondere der permanente Rundumblick zu unentspannt.

»Klug von dir, auf die Yacht eines Freundes auszuweichen«, stellte der hohe Beamte des Inlandsgeheimdienstes anerkennend fest. Wie gewöhnlich sprach aus ihm der nüchterne Stratege mit der Aura eines peniblen Buchhalters.

Der FWD-Kanzlerkandidat zog genüsslich an seiner Zigarre. »Hier findet uns nicht einmal diese Holländer. Was ist mit dem Journalisten?«

»Wie vom Erdboden verschwunden. Aber beide sollen kurz am Hausboot von Ehrlichers Professorenfreund aufgetaucht sein.« Beiläufig brachte Rennhart das Eis im Glas zum Klingen.

»Man hat sie eventuell gesehen, na wie hilfreich«, entgegnete Fechter schnippisch. »War kein Spezialteam vor Ort?«

»Zwei Mann – tot.«

»Und dieser Professor?«

»Auch tot.«

Verärgert spuckte der Mann am Steuerrad die kaum gerauchte Zigarre über Bord. »An Effizienz nicht zu überbieten!« Er nahm Tempo weg und blickte den Mitverschwörer direkt an. »Lass mich raten: Auf dem Kahn war nichts zu finden. Unsere sogenannten Spezialisten produzieren Leichen aber keine Ergebnisse.«

»Denkst du, heikle Fragen lassen sich immer mit einem Fingerschnippen aus der Welt schaffen?«

»Aber ich habe den Hut auf, mir wird der Kragen immer enger. Es ist eine schlechte Hypothek auf Operation „Reiner Tisch".«

Jetzt war es um die stoische Ruhe Rennharts geschehen, der erbost aufsprang. »Moment mal! Weshalb denn das Ganze?! Alles nur, um hinter deinem Sohn aufzuräumen! Damit der Herr Papa nicht von der goldenen Stange der Macht gefegt wird! Und dieses arme Schwein Markus Holländer wurde dafür post mortem geteert und gefedert!«

»Ein Preis, den wir alle bereitwillig bezahlt haben«, wischte Fechter den Einwurf ohne jede Reue beiseite.

Er nahm wieder Fahrt auf und verfiel gleich darauf ins Grübeln. »Wenn nur dieses verdammte Weib nicht aufgetaucht wäre.«

Wie auf Stichwort sprang Melanie Holländer von einer niedrigen Brücke auf den vorderen Teil der Yacht und landete zwischen den Leibwächtern. Das Poltern reichte bis zu den beiden Machtmenschen, die hinten vor Schreck zusammenzuckten. Vorne nahm der kalkulierte Überraschungseffekt dem ersten Mann indes jede Chance. Die Gegenspielerin eröffnete mit einer brachialen Choreografie: eine schnelle Folge von Kettenfauststößen zum Kopf, gefolgt von einem Frontkick auf den Solarplexus sowie einem abschließenden Drehtritt gegen den Kopf. Letzterer beförderte den taumelnden Personenschützer über Bord. Dessen Partner hatte seine Pistole zwischenzeitlich zwar gezogen, zeigte sich jedoch noch unschlüssig, als er plötzlich selbst in die Mündung einer großkalibrigen Automatik blickte. Mit großer Fingerfertigkeit war ihm „der Schatten“ zuvorgekommen und wies ihn nun mit eindeutiger Geste an, seine Waffe über Bord zu werfen.

Anschließend musste er sich ebenfalls in die Spree verabschieden.

Auf dem Weg zum hinteren Teil der Yacht ließ die ehemalige Eliteagentin des Auslandsgeheimdienstes ihre Pistole lässig herunterhängen. Die Zielpersonen hatten der Demonstration teils fasziniert, teils fassungslos beigewohnt.

Endlich stand sie leibhaftig vor ihnen. »Ich wollte nicht unterbrechen, meine Herren. Was war gerade Thema, vergangene oder künftige Morde?«

Lutz Rennhart dachte gar nicht daran, dieser Abtrünnigen eine Genugtuung zu verschaffen und wirkte bemerkenswert gefasst: »Ach, kommen Sie, was soll das werden? Sie sind längst im Visier eines Scharfschützen.«

Mit der Waffe in der Hand winkte Melanie provokant in Richtung eines aufschließenden Bootes.

»Aber er wird nicht schießen, Ihr Scharfschütze. Sehen Sie, das Boot und diese Yacht hier schwanken. Ich wiederum halte eine Waffe in der Hand, die auf kurze Distanz verheerend wirkt. Als kleiner Beamter muss der Schütze immerhin an seine Pension denken.« Sie begann süffisant zu lächeln. »Nein, ich denke, wir können davon ausgehen, dass er nicht abdrücken wird.«

Karsten Fechter empfand Respekt, selbst wenn die Aktion gegen ihn gerichtet war, Angst hingegen keine. Holländer trieb ein Spiel, das sie nicht gerade jetzt beenden würde. Er verstand instinktiv, dass dieser Auftritt lediglich einen weiteren Akt darstellte.

Sein Nebenmann betrachtete die Situation weniger entspannt. Ins Hintertreffen zu geraten und jemandem ausgeliefert zu sein, faszinierte ihn nicht im Geringsten. Allerdings bestätigte es seine Einschätzung zu dieser Frau. »Woher wissen Sie von der Yacht und dem Treffen?«

»Herr Rennhart, Sie füttern Ihr Fußvolk mit zu vielen Detailinformationen.«

»Und wie wollen Sie unbeschadet von der Yacht runterkommen, wenn ich fragen darf?«

»Mit dem Wassertaxi«, blieb sie unkonkret. »Aber seien Sie doch nicht so ungemütlich, Herr Rennhart, Mitverschwörer und Organisator vom Verfassungsschutz. Weiß eigentlich der Präsident Ihrer Behörde, was Sie hinter den Kulissen so treiben?«

Spöttisch ging nun Karsten Fechter in die Offensive: »Das ist also die Superagentin Melanie Holländer, alias „der Schatten“. Beeindruckend, höchst beeindruckend. Trotzdem, eine Kugel trägt schon Ihren Namen.«

»Ach, wissen Sie, der Tod und ich sind alte Freunde. Mal tue ich was für ihn, mal er für mich.« Sie zeigte nach vorne aufs Wasser. »Schön den Kurs halten, Kapitän. - Carmen Gerland hat wirklich gut gearbeitet. Ziemlich kompromittierende Lektüre, ich würde sogar sagen, vernichtend – selbst für einen Mann wie Sie. Die Öffentlichkeit darf sich da auf was freuen. Verständlich, dass Sie die Unterlagen beiseite schaffen wollten.«

Angespannt studierte Lutz Rennhart die Gesichtszüge des Spitzenpolitikers.

Dessen siegesgewisses Grinsen schien eingemeißelt zu sein und die direkte Konfrontation ihn nur umso mehr anzustacheln: »Und, was kommt jetzt? Ein Attentat aus Rache für Ihren Bruder? Eine Exekution zum Schutz Deutschlands vor antidemokratischen Umtrieben?«

»Sie wissen es, oder?«, kommentierte die Angesprochene ungerührt und sah dabei dem Verfassungsschützer in die Augen. »Ihr Mitstreiter ist ein Soziopath. Wie der Vater, so der Sohn. Null Empathie, kein Mitleid, nur Karsten Fechter zählt. Mit ihm als Kanzler wird es auch keine blühenden Landschaften geben. Offen gesagt, ich an Ihrer Stelle würde dieses Pulverfass von einem Politiker lieber heute als morgen beerdigen.«

Ob sich der Oppositionspolitiker nun ertappt fühlte oder nur in seinem überhöhten Ego verletzt, seine nächsten Worte hatten jedenfalls eine deutlich aggressive Note: »Ich kenne dich genau, Holländer. Familie interessiert dich im Grunde doch einen Dreck, und den Glauben an dieses Land hast du längst verloren. Ich weiß genau, worum es dir geht: Rampenlicht und das Gefühl von Macht durch Überlegenheit. Allen zeigen, was du gelernt hast. Ja, genau, im offenen Kampf mit einem ebenbürtigen Gegner. Endlich gibt es eine Legitimation, deine Fähigkeiten hemmungslos auszuleben – stimmt das etwa nicht? Du und ich, wir sind uns sehr ähnlich. Wenn ich also ein Soziopath bin, dann du genauso.«

Von der mit Edelholz verschalten Sitzbank aus starrte Rennhart zwischen den Verbal-Duellanten hin und her. Seine Gedanken kreisten um etwas, das war nicht zu übersehen. Doch welche Konsequenzen er aus dem Disput zog oder ziehen würde, das blieb im Verborgenen.

Langsam hob „der Schatten" die Automatik und zielte damit zwischen die Augen des Politikers. »Wir sind uns also ähnlich.« Ihre Augen ließen Fechter in ein dunkles Nichts blicken und selbst ihn vor Todesangst erstarren.

Aus dem Augenwinkel registrierte sie das sich von der Seite nähernde Begleitboot.

Auf diesem brachte sich gerade der Scharfschütze in Stellung, noch nach optimalem Halt für einen gezielten Schuss suchend.

»Du wirst das Höllentor noch früh genug durchschreiten, Fechter. Schon mal die ‚Göttliche Komödie' gelesen?«

Mit dem Pistolengriff schlug sie ihn hart zu Boden und übernahm das Steuerrad in geduckter Haltung.

»Was wollt Ihr eigentlich mit dem amtierenden Bundeskanzler machen? Die einzige ernsthafte Konkurrenz auf die nächste Kanzlerschaft. Bei dem ganzen Aufwand habt Ihr den wohl kaum vergessen.«

Sie spähte über die Reling und drehte das Steuerrad scharf nach Backbord, sodass die Yacht das wesentlich kleinere

Begleitboot rammte. Sowohl der Präzisionsschütze als auch eine Frau, die gerade im Begriff war ihre Pistole zu ziehen, gingen über Bord. Melanie passte die Geschwindigkeit an, hielt Boot und Yacht auf Parallelkurs. Vor den Augen der beiden verdutzten Verschwörer, denen sie zum Abschied zuzwinkerte, sprang sie mit einem beherzten Satz hinüber. Dort angekommen, rutschte sie aufgrund des nassen Untergrundes jedoch von Bord. Mit einer Hand bekam die Ex-Agentin gerade noch die Reling zu fassen, schrie aber unter der enormen Zugkraft auf die Schulter laut auf. Unkontrolliert pflügte ihr Körper durch das Wasser.

An und für sich hätte der Steuermann des Begleitbootes die Zielperson überfahren. Das wäre getarnt als Unfall unverfänglicher gewesen. Aber zum Teufel, die wollte einfach nicht loslassen. Auch gut, würde er ihr eben eine Kugel verpassen. In dem sicheren Glauben, eine hilflose Gegnerin vor sich zu haben, stoppte der Beamte die Motoren. Mit gezogener Dienstwaffe trat er nach draußen und legte ohne zu zögern auf Melanies Kopf an. Die Mündung der fremden Handfeuerwaffe verblüffte ihn noch, bevor drei Volltreffer gegen die schusssichere Weste ihn rücklings in die Ecke am Heck schleuderten.

Mit einem letzten schmerzhaften Kraftakt hievte sich die Schützin über die Reling und steckte die Pistole zurück ins Gürtelholster.

Dass sie vor Nässe triefte, ignorierte sie völlig. Problematischer war die lädierte Schulter, aber auch die musste warten. Stattdessen hob der Profi die fremde Dienstwaffe vom Boden auf, prüfte das Magazin.

»Ein volles Gedeck. Die Firma dankt.«

Nach dem Entsorgen des benommenen Gegners in die Spree fuhr Melanie Holländer mit voller Motorleistung weiter und passierte dabei die mittlerweile gestoppte Yacht mit Karsten Fechter und Lutz Rennhart. Noch immer lief Blut über Fechters Gesicht. Mit weit aufgerissenen Augen starrte er dem davonjagenden Boot hinterher.

»Operation „Reiner Tisch" darf kein Misserfolg werden!«

Von ihm unbemerkt musterte Rennhart den Kanzlerkandidaten mit kühl berechnendem Blick.

Das Areal zwischen Spreeufer und dem majestätisch aufragenden Rathaus Spandau wurde jäh aus seinem beschaulichen Dornröschenschlaf gerissen, als Hundertschaften der Polizei wichtige strategische Punkte besetzten und Spaziergänger nachdrücklich zum Verlassen des begrünten Uferstreifens bewegten.

Die nahegelegenen Schlüsselpositionen Juliusturmbrücke und Charlottenbrücke wurden zum Aufmarschgebiet für schwerbewaffnete Polizeieinheiten, die Brückenzufahrten von Streifenfahrzeugen gesperrt. Unter den eingeschränkten Verkehrsteilnehmern gewannen Neugier und gespannte Aufregung schnell die Oberhand über Verärgerung und Termindruck. Weitere neuralgische Uferabschnitte der Spree standen unter polizeilicher Beobachtung, wenngleich nicht derart waffenstarrend.

Aus der Luft näherte sich dem flüchtenden Begleitboot ein Polizeihubschrauber. Entfernung und Höhe verringerten sich schnell. Die spektakulär anmutende Verfolgungsjagd zog unweigerlich weiteres öffentliches Interesse auf sich, befriedigte es doch auf vortreffliche Weise den unstillbaren

Sensationshunger einer entsprechend konditionierten Bevölkerung.

Melanie Holländer sah bereits das Lindenufer zwischen Juliusturmbrücke und Charlottenbrücke auf sich zukommen. Sie gab mehrere Warnschüsse in Richtung des Hubschraubers ab, der augenblicklich hochzog und abdrehte.

An ihrem frontalen Kurs hielt sie fest, wohl wissend, dass Polizeikräfte mögliche Zivilisten bereits evakuiert hatten. Der Aufprall kurz darauf hatte neben umherfliegenden Wrackteilen auch weittragenden Lärm und eine Feuersäule zur Folge, die alle Aufmerksamkeit der Umgebung auf sich zogen.

Das Feuer war mittlerweile gelöscht und die Einsatzkräfte teilweise abgezogen. Selbst die beiden Brücken waren wieder in den Besitz des fließenden Verkehrs übergegangen.

Zwei Polizeibeamte in der dunklen Einsatzmontur der Bereitschaftspolizei sicherten auf ihrem Weg Richtung Juliusturmbrücke die Uferpromenade.

»Vielleicht ist sie ja doch über Bord gesprungen. Ist doch allemal besser, als zerfetzt zu werden oder zu verbrennen«, spekulierte die Beamtin.

Ihr Kollege musste schmunzeln. »Na klar, bei voller Fahrt, wie in einem Actionfilm.«

»Was, denkste, nur Kerle können das?«, erwiderte sie pikiert.

»Nee, ich denke, das hätte sie genauso umgebracht.«

Plötzlich wirkte er gequält. »Mach mal alleine weiter. Mist Dünnpfiff.«

Grinsend sah sie dem davoneilenden Kollegen hinterher und begann ein Selbstgespräch: »Das haste jetzt davon. Wer Frauen unterschätzt, kriegt eben die Scheißerei. Und ich bleibe dabei, die hat es geschafft. Die ist so taff. Oder hat vielleicht jemand ihren toten Körper gefunden?«

Ein Stück weiter sah die junge Frau etwas im Schatten unter der Brücke liegen – möglicherweise ein Mensch. Andere Uniformierte waren keine in der Nähe, also schob sie sich alleine Schritt für Schritt vor. Mit entsicherter Dienstwaffe im Anschlag erreichte sie schließlich die Unterführung.

»Hier spricht die Polizei! Ganz ruhig, machen Sie keine hastigen Bewegungen!«, ordnete sie mit fester Stimme an.

Als die Beamtin noch näher herantrat, erkannte sie die vertraute Uniform, kam aber nicht mehr dazu, eine Meldung abzusetzen. Von hinten wurde ihr eine Pistole an den Hals gehalten. Zeitgleich begann sich der Mann am Boden und in Handschellen zu rühren. Dahinter lag noch jemand an der Wand, jedoch weiterhin reglos.

»Umdrehen!«

Vor der Folge leistenden Gefangenen stand triefend nass Melanie Holländer.

»Sieht aus, als hätten wir dieselbe Konfektionsgröße.«

Tief zog sich Melanie das erbeutete Basecap ins Gesicht. Das Schicksal hatte ihr in die Hände gespielt. Die Klamotten passten wie angegossen. So sollte es ihr eigentlich möglich sein, das nahe Einkaufscenter zu erreichen und sich neu einzukleiden. Nicht mehr lange, und die Polizeikluft würde verräterisch sein, nämlich wenn man die Drei in

Handschellen unter der Brücke finden würde. Das Handicap einer arg angeschlagenen Schulter und diverser Prellungen machte die Sache auch nicht gerade leichter. Die Ex-BND-Spezialistin auf Kriegspfad schleppte höllische Schmerzen mit sich herum. Nur der unbändige Wille hielt sie in Bewegung. Weitere körperliche Auseinandersetzungen und Strapazen galt es unbedingt zu vermeiden. Zum Glück hatte die Polizei noch immer alle Hände voll damit zu tun, Zivilisten weiträumig vom Lindenufer fernzuhalten. Das und die Summe ihrer Erfahrungen ließen Melanie die Altstadt von Spandau und schließlich das Einkaufscenter unbehelligt erreichen.

Mit diversen Kleidungsstücken in der Hand hatte sie es bis an die Kasse eines Damenausstatters geschafft. Dort betrachtete eine jugendliche Angestellte die martialische Aufmachung mit Skepsis.

Als Melanie an die Reihe kam, lächelte sie gewinnend. »Was willste machen, Überstunden ohne Ende. Da bleiben bloß noch die Pausen.« Und hinter spielerisch vorgehaltener Hand schob sie eine Ergänzung nach: »Mein Tipp: Werden Sie nie Polizistin. Da weiß man nie, was als Nächstes auf einen zukommt.«

In neuer Kleidung einschließlich Kopfbedeckung – die Uniform lag entsorgt in einem Abfallbehälter – bewegte sich die Partnerin von Jonathan Ehrlicher gemächlichen Schrittes auf die U-Bahnstation „Rathaus Spandau" zu. Sie wog sich keineswegs in Sicherheit und behielt ihre Umgebung aufmerksam im Blick. So entging ihr auch nicht die an sich unauffällige Limousine, welche jedoch abrupt die Fahrspur wechselte und auf ihrer Höhe anhielt. Noch bevor zwei Männer aus dem Fahrzeug sprangen, spurtete die Verfolgte zur stark frequentierten S-Bahnunterführung zurück. Vergessen waren die Schmerzen, jetzt, wo Adrenalin ihren Körper flutete.

Als sie unter der S-Bahnbrücke ausgerechnet ein Wahlplakat mit dem Konterfei Karsten Fechters und dem Slogan „Für Sie in vorderster Linie" passierte, hallte ein Schuss, der zwischen den Plakat-Augen Fechters einschlug. Der flüchtige Blick zurück offenbarte, weshalb die Kugel sie so deutlich verfehlt hatte: Der zweite Mann hatte den Schuss in die Menge verhindern wollen.

Während Melanie gerade noch so zwischen den in Panik verfallenden Passanten durchmanövrieren konnte, gab sie dem Eingreifenden in Gedanken recht. Die Kugel hätte mit an Sicherheit grenzender Wahrscheinlichkeit einen Unbeteiligten erwischt. Einen gezielten Schuss in eine sich bewegende Gruppe von Menschen abgeben zu wollen, entsprach russischem Roulette. Die Aktion bewies ihr aber, wie verzweifelt der Feind mittlerweile sein musste, um solche Kardinalfehler zu begehen. - Die andere Seite der Unterführung war erreicht, und vor ihr erhoben sich erneut die Spandauer Arkaden. Was jedoch entscheidender war: Auch der S-Bahneingang lag in unmittelbarer Nähe.

Als die beiden Verfolger dieselbe Stelle erreichten, war ihre Zielperson bereits spurlos verschwunden. Fluchend eilten sie zu der wartenden Limousine.

Golfclub der Ehrenmänner

Der Fahrer des zivilen Dienstwagens staunte nicht schlecht, als eine Gruppe scheinbar angetrunkener Stadtstreicher ausgerechnet den Weg zu dem renommierten Golfclub in einem ebenso vornehmen Außenbezirk entlang torkelte. Dabei sangen und krakeelten die vier Männer laut und ungezwungen.

»Jetzt guck dir mal die Penner an. So besoffen möchte ich auch mal wieder sein«, stellte er erheitert fest.

Auf dem Beifahrersitz in Schlafposition öffnete sein Kollege die Augen und gähnte. »Penner, hier im stinkvornehmen Grunewald? Nicht dein Ernst.« Er brachte seinen Sitz in aufrechte Position und sah die Gruppe nun ebenfalls. »Das kann ja wohl nicht wahr sein«, blieb er humorlos. »In Berlin ist inzwischen wohl jede Gegend eine Drecksgegend. - Na, lass die Wermutbrüder mal machen. Die werden ja nicht gerade zu Richter Schönlein wollen.«

Die Toleranz der Beamten fand ein jähes Ende, als die Unruhestifter am Eingang vorbei direkt auf ihr Fahrzeug zusteuerten und dort in Streit gerieten. Jonathan Ehrlichers alter Freund Friedrich verpasste einem der übrigen Männer einen kräftigen Stoß, sodass dieser rücklings auf die Motorhaube krachte.

»Und jetzt will ich meinen Schnaps! Das ist nämlich mein Schnaps, nicht dein Schnaps!«, lallte er aufgebracht.

Der Dritte im Bunde zerschlug eine leere Bierflasche auf dem Autodach. Das war endgültig zu viel, immerhin ging es vor Ort um eine geheime Observierung. Mit einem kraftvollen Ruck öffnete der Beifahrer die Tür und erwischte damit den vierten Störenfried, der theatralisch aufschrie. Augenblicklich konzentrierte sich der kollektive Ärger auf den aussteigenden Aggressor.

Friedrich kam empört auf ihn zu. »Hey, du Pinsel, wieso schlägst du meinen Kollegen?!«

Der Zivilbeamte stieß die beiden Nächststehenden in seine Richtung. »Pack deine stinkenden Kollegen mal ganz schnell ein und mach dich vom Acker. Ist sowieso nicht euer Viertel hier.«

»Ist eine freie Stadt in einem freien Land. Pack du doch deinen Kollegen ein«, reagierte Friedrich trotzig.

Derweil rutschte der in Vergessenheit geratene Mann von der Motorhaube und torkelte auf die Fahrerseite, wo er penetrant an die Scheibe klopfte. Seinem aussteigenden Gegenüber entgegnete er plump: »Bin müde, mach ma' Platz.«

Schon drängte er mit ganzem Gewicht ins Wageninnere und klemmte den verblüfften Staatsdiener damit ein, der verzweifelt zu seinem Partner hinübersah.

»Mensch, hilf mir doch, das Arschloch quetscht mich zu Tode!« Wütend schlug er auf den Mann über sich ein. »Hau ab, du verlauste Missgeburt!«

Das gesamte Geschehen verlagerte sich daraufhin auf die Fahrerseite.

»Gar nicht mal schlecht«, kommentierte Melanie Holländer leise, die das Spektakel aus einem Gebüsch unweit des Golfclubs beobachtete. Es war abgesprochen, dass ihr

Partner am Abend aufkreuzen würde, um Berufsrichter Schönlein auf den Zahn zu fühlen. Für sie hatte es keinen Zweifel daran gegeben, dass der Verschwörerkreis um Fechter die entscheidenden Beteiligten observieren lassen würde. Natürlich in der Annahme, Jonathan Ehrlicher oder sie früher oder später stellen zu können. Deshalb war sie ohne Wissen ihres Partners hier, um ihm den Rücken freizuhalten.

Ahnungslos, so ihr Kalkül, würde der Journalist überzeugender agieren. Beeindruckt stellte sie nun jedoch fest, dass er über mehr Talent verfügte, als sie erwartet hatte. Und was für Kerle er da aufgeboten hatte …

Melanie löste sich von der Darbietung und blickte zu der verglasten Eingangsfront mit der Empfangshalle dahinter. Von drinnen lugte eine weitere Beobachterin kurz hinter einer großen Grünpflanze hervor, der das Dilemma ihrer beiden Kollegen nicht entgangen war.

»Die habt Ihr doch bestimmt übersehen, Jungs«, stellte sie unaufgeregt fest. »Bist du allein? Was soll's, ich finde es gleich heraus.«

Die andauernden Schmerzen ließen sie vorsichtige Aufwärmbewegungen ausführen, bevor sie sich ganz ihrer nächsten Kontrahentin widmete. Noch immer den Disput der Streithähne im Ohr, schüttelte sie ungläubig den Kopf. »Was lernt ihr in eurer Behörde?«

So weit möglich nutzte „der Schatten" das dichte Gebüsch als Deckung und überbrückte so die verbliebene Distanz bis zum Eingang des Golfclubs. Dem arglosen Observierungsprofi in der Halle blieb keine Zeit zu reagieren. Die gegen den unteren Rücken gedrückte Automatik schien ebenso aus dem Nichts zu kommen wie die weibliche Stimme an ihrem Ohr.

»Schön ruhig, du willst doch nicht verbluten.«

Mit schnellen Fingern wurden alle Taschen durchsucht und der Überrumpelten Ausweise, Pistole und Handschellen abgenommen.

»Aha, zur Abwechslung mal vom LKA.«

Die gestandene Empfangschefin verfolgte die Szene sichtlich ungehalten. »Wer sind Sie, und warum bedrohen Sie diese Frau?!«

Aus der Distanz wurde ihr von Melanie kurzerhand der abgenommene Dienstausweis entgegengestreckt. »Keine Panik, ich bin vom LKA. Und das hier ist eine gesuchte Kriminelle. Der Golfclub ist bereits umstellt. Wir gehen davon aus, dass sich noch ein Komplize hier versteckt hält oder er sich innerhalb der nächsten Stunde hier einfinden wird.«

»Aber hier ist sonst kein Fremder, und diese Person hat mir doch ihren Dienstausweis gezeigt.«

»Gefälscht – leider sehr gut.«

»Um Gottes Willen. Was passiert denn jetzt?«, rang die Club-Mitarbeiterin um Fassung.

»Wie gesagt, ganz ruhig. Sie machen ganz normal weiter, unternehmen nichts und sagen vor allem niemandem etwas. Ich müsste die Festgenommene aber vorübergehend hier unterbringen. Eine Besenkammer reicht.«

»Besenkammer, wirklich?« Die schicke Mittvierzigerin kam hinter dem Empfangstisch hervor und eilte auf High Heels voran in einen Nebenflur. »Ein Abstellraum. Den kann man sogar abschließen.«

Derweil redete die LKA-Beamtin leise auf die Ex-BND-Agentin ein: »Respekt, gegen Sie ist Baron Münchhausen ein Scheißdreck. Sie sind gut, keine Frage. Aber so gut auch wieder nicht. Draußen warten schon Kollegen von mir.«

»Ach die, ja, die haben selber alle Hände voll zu tun. Und hier im Club, meine Liebe, werden Sie es in Handschellen und ohne Dienstausweis schwer haben, sich glaubhaft zu erklären.«

»Wer sind Sie eigentlich? Und wozu das ganze Theater? Mann, das gibt eine saftige Haftstrafe.«

Ungerührt wies Melanie in Richtung der Empfangschefin. »So, wenn ich bitten darf.«

Es war die Art Golfclub, die ein ordinärer Bürger niemals als Mitglied würde betreten können: der besseren Gesellschaft vorbehalten. Entsprechend war auch der abendliche Besuch der angegliederten Pianobar den illustren Clubmitgliedern vorbehalten. Wie gut, wenn man einen Presseausweis zur Hand hatte, mit dessen Hilfe überzeugend ein verabredetes Interview erfunden werden konnte. Aber seltsamerweise war die Dame am Empfang auch so überaus freigiebig mit dem Einlass gewesen. Einen nervösen Eindruck hatte sie auf Jonathan Ehrlicher außerdem gemacht. Irgendwie befremdlich, das Ganze, befand er.

Beim Anblick von Berufsrichter Schönlein wischte er diese Gedanken augenblicklich beiseite.

Der und Berufsrichter Kruse, beide aus der Strafrechtsverhandlung gegen Paul-Theodor Fechter, genossen die elitäre Gesellschaft. Mit gefühlvoll jazzigen Klängen trug ein Könner am Klavier maßgeblich zur Atmosphäre bei, und zweifellos hatten auch die alkoholischen Getränke ihren Anteil daran.

Jonathan brannte darauf, das Beisammensein der beiden Juristen nachhaltig zu stören, als er an die „ehrenwerten“ Herren herantrat und sich betont gutgelaunt in Szene setzte: »Die Richter Schönlein und Kruse gemeinsam an diesem gediegenen Ort. Sie sehen mich hocherfreut.«

Wie erwartet fiel die Reaktion Schönleins nach erster Überraschung frostig aus: »Mag sein, aber wir sind es nicht, Herr Ehrlicher.« Dann fielen ihm die notdürftig behandelten Blessuren im Gesicht des Journalisten auf, die seinem Hochmut zusätzliche Nahrung gaben: »Sie scheinen sich allgemein keiner großen Beliebtheit zu erfreuen. Würden Sie uns jetzt wohl entschuldigen?«

Die Aufforderung charmant übergehend, zog sich Jonathan stattdessen einen Sessel heran. Unterdessen zog Richter Kruse es vor, ihn gänzlich zu ignorieren.

»Ich fühle mich geehrt, dass Ihnen mein Name so geläufig ist, Richter Schönlein.«

»Sie werfen einen langen Schatten. Allerdings einen unheilvollen, junger Mann.«

»So wie Kanzlerkandidat Fechter?«

Dafür erntete der ungebetene Besucher den feindseligen Blick Schönleins. Berufsrichter Kruse hingegen fühlte sich genötigt, mit seinem Sessel abzurücken.

»Eine geschmacklose Bemerkung. Im Übrigen interessiert Ihre parteipolitische Orientierung hier niemanden.«

Der getriebene Journalist reagierte darauf kühl: »Ach wirklich. Dafür bringt mir Fechters Umfeld umso mehr Aufmerksamkeit entgegen. Ich dachte mir, vielleicht haben

Sie dafür eine Erklärung.« Bekräftigend schaute er sich in der gut besuchten Pianobar um. »Wäre doch möglich, wo Herr Fechter und Sie sich doch so gut kennen oder wie man unter Ihresgleichen sagt, gesellschaftlich miteinander verkehren.«

Schönlein winkte nach dem Barmanager. »Ihr Ton gefällt mir nicht. - Ja, wir verkehren gesellschaftlich miteinander, gelegentlich auf dem Golfplatz.«

Jonathan entnahm dem mitgeführten Rucksack ein vergrößertes Foto und legte es vor den Gesprächspartner auf den Tisch. »Kennen Sie folgende Redewendung: „Je höher der Pavian klettert, desto eher entblößt er seinen Arsch"?«

Aufgerüttelt von der derben Wortwahl, widmeten sich nun beide Richter der vorgelegten Aufnahme. Diese zeigte Richter Schönlein mit einer offensichtlich Minderjährigen, wie sie lachend und Arm in Arm aus einem Altbaugebäude kamen. Richter Kruse zeigte sich ehrlich entsetzt.

»Peter, Mensch, du … du denkst doch nicht, dass … – das ist nämlich meine Enkelin«, stammelte der bloßgestellte Richterkollege.

Das sind Leute wie du gar nicht gewohnt, was? Da steigt man über Jahrzehnte in Sphären auf, die kaum ein anderer mit einem erklimmt. Nach und nach gibt es keine wirklichen Vorgesetzten mehr, keine echten Kontrollinstanzen mehr. Niemand wagt es mehr, dich in Frage zu stellen, denn das käme ja einer Majestätsbeleidigung gleich. Gesellschaftlich hochgeachtet und von deinem Umfeld gefürchtet, stehst du in der ersten Reihe am Futtertrog. Aber dann, wenn du dich schon für gottgleich hältst, musst du feststellen, dass du straucheln kannst wie jeder andere Mensch auch. Das große Erwachen, Richter Schönlein. Du kackst auch nur in Braun, und selbst von dir können sich sogenannte Freunde abwenden. Ja, selbst du bist nicht unantastbar.

Genüsslich fuhr Jonathan ihm in die Parade: »Das Alter des blutjungen Fräuleins mag ja hinkommen. Aber erklären Sie Ihrem werten Kollegen noch, was Sie mit Ihrer Enkelin in einem Stundenhotel zu suchen hatten.«

Als der herbeigerufene Barmanager erschien, nahm Schönlein kaum noch Notiz von ihm: »Schon gut, danke. Nur ein Missverständnis.«

Der andere Berufsrichter am Berliner Landgericht schloss sich dem Angestellten auf dem Weg zur Bar an, ohne den langjährigen Kollegen noch eines Blickes zu würdigen.

»Jetzt warte doch! Lass mich doch erklären!«, rief der Geschmähte verunsichert hinterher.

Mit zufriedener Miene besetzte der Provokateur den freigewordenen Sessel.

»Das Lügengebäude bröckelt, würde ich sagen. Mal sehen, ob ich die Perlen aneinander gereiht bekomme: Sie und Fechter Senior spielen seit Jahren gemeinsam Golf. Und wie das eben so geht, man kennt und vertraut sich mit der Zeit. Er lässt Ihnen diskret minderjährige Gespielinnen zuführen und bezahlt die Ferkelei, Sie als angesehene Graue Eminenz am Berliner Landgericht revanchieren sich mit der Beeinflussung der beiden anderen Richter und vermutlich auch der Schöffen. Und siehe da, der gemeingefährliche Fechter Junior wird freigesprochen.«

»Das ist doch lächerlich. Wie kommen Sie auf diese haarsträubende Geschichte?«

»Was denken Sie, woher ich das Foto habe? Aus einer reichhaltigen Quelle.«

Der in die Enge Getriebene beugte sich bedrohlich über den Tisch. »Und wie weit kommen Sie wohl mit diesem Wissen? Sie legen sich da mit Kräften an, deren Macht Sie nicht im Entferntesten verstehen, junger Mann. Sie wären besser bei Fusel und Weltschmerz geblieben.«

»Und jetzt? Erleide ich jetzt auch einen Selbstmord?«

Ruhig steckte der investigative Journalist auf den Spuren von Carmen Gerland das Foto wieder ein und stand auf.

»Sie sind fertig, Ehrlicher. Ein Niemand wie Sie zerstört nicht, was ich mir aufgebaut habe.«

Was Jonathan Ehrlicher von seinem Widersacher am Tisch hielt, fasste er angesichts seines drängenden Zorns erstaunlich gefasst zusammen: »Deine Karriere ist auf zu vielen Todsünden aufgebaut. Du bist eine Schande für deinen Berufsstand und das Volk, das du zu repräsentieren hast, erbärmlicher Kinderficker. Ich wünsche dir die Pest an den Hals, Euer „Ehren".«

Noch immer wurde das Fahrzeug des Observationsteams von den vier Stadtstreichern belagert. Mittlerweile waren beide LKA-Beamten ausgestiegen. Die Stimmung befand sich auf dem Siedepunkt.

»Zum letzten Mal, Ihr stört den Einsatz einer Landesbehörde«, drohte der Beifahrer gerade in die Runde, wobei er zum wiederholten Mal seinen Dienstausweis hochhielt.

»Lesen werdet Ihr ja wohl können.«

»Jetzt werd mal nicht persönlich, du Behördenfatzke«, ereiferte sich Friedrich und entriss dem Mann den Ausweis.

In dem Moment sah er Jonathan mit erhobenem Daumen die Stufen zum Golfclub heruntereilen und sich im Schein des diffusen Sonnenuntergangs auf dem Zufahrtsweg davonmachen.

»Nu' hol doch schon die grüne Minna, hier gefällt's mir sowieso nicht mehr.«

Damit schmiss der Vertraute des Journalisten den LKA-Ausweis unter den Dienstwagen.

»Du versoffener Idiot!« Der Ausweisbesitzer war einem Blutrausch nicht mehr fern, als er sich auf die Suche nach seiner Legitimation begab.

Der Fahrer nestelte indes unter seiner Jacke herum. »Haut ab, bevor ich euch über den Haufen schieße!«, schrie er entnervt und zog seine Pistole hervor.

Rädelsführer Friedrich sah die Mission ohnehin als erfüllt an und gab klein bei: »Kommt Jungs, wir weichen der rohen Gewalt.«

Als wäre nichts vorgefallen, ging die Vierergruppe wie sie gekommen war: singend und krakeelend.

»Jetzt erklär mir mal, wo die eigentlich ursprünglich hin wollten?«, fragte der Fahrer irritiert.

Sein Partner kniete mürrisch neben dem Auto und suchte noch immer. »Ist mir doch so was von egal. Wir hätten hier genauso gut mit Blaulicht warten können. Der Zirkus hat unsere Zielpersonen doch auf 500 Meter abgeschreckt. Und wer die Frau sein soll, wissen wir nicht mal. Also erklär du mir lieber, warum wir mit solchen Überwachungen bestraft werden. Was geht das LKA ein Richter am Landgericht an? Wetten, die Scheiße haben wir wieder mal dem BKA zu verdanken?«

Sein Blick fiel auf die eigene verschmutzte Hose. »Jetzt guck dir mal diese Sauerei an!«

Verständnislos umrundete der Fahrer die Motorhaube. »Hör endlich auf zu motzen! Wieso fährst du die Karre nicht einfach ein Stück vor?«

»Wieso machst du das nicht, Mister „Ich schieße euch über den Haufen"?!«

Frostiges Schweigen machte sich breit.

Wettlauf der Jäger

In der Potsdamer Straße, vis-a-vis des „Wintergarten Varieté“, wartete der LKA-Beamte Paul Ehrenberg. Das Traditionshaus, welches an das weltoffene glamouröse Berliner Nachtleben der 20er Jahre anknüpfte und dessen Varieté-Shows Ehrenberg in regelmäßigem Abstand besuchte, war für ihn momentan nicht von Interesse.

Stattdessen widmete er sich seiner Currywurst mit Pommes und übermäßig viel Ketchup, während er nach einem altersschwachen Volvo Kombi Ausschau hielt.

Als ein solches Fahrzeug die Lichthupe betätigte und am Straßenrand anhielt, stieg er ein.

»Weshalb hast du mich in der Sache Paul-Theodor Fechter herzitiert? Du sagtest doch, der Tipp an die Presse war das Äußerste, was du riskieren willst«, grummelte Gerd Tanner von der Fahrerseite aus.

Als hinter ihm aufdringlich gehupt wurde, streckte er seinen Kopf zum offenen Fenster hinaus. »Die paar Sekunden wirst du ja wohl haben! Sind sowieso überall Baustellen!«, machte der Kriminalhauptkommissar beim LKA 4, Organisierte Kriminalität, seinem Ärger lautstark Luft.

»Jetzt fahr schon los, wir haben es eilig. Reden können wir auch, während du fährst«, drängte Ehrenberg.

Wie geheißen, fädelte der Volvo in den Verkehr ein.

»Also, wohin soll es gehen?«

»Zur Privatadresse von Chefredakteur Lars Renzig.«

Der Beifahrer reichte dem Freund und Kollegen einen Zettel.

»Teure Adresse.«

»Das ist der Chef von Jonathan Ehrlicher, der wiederum bis zum Schluss Kollege und Liebhaber der verstorbenen Schlüsselzeugin Carmen Gerland war und aktuell von der Bildfläche verschwunden ist.«

»Deine SoKo „Kreuzberg-Sniper" wollte ihn befragen? Es geschehen noch Zeichen und Wunder.«

Ehrenberg lachte bitter auf und zündete sich eine Zigarette an. »Rate mal, wer uns dabei in die Suppe gespuckt hat?«

»Mach dein Fenster auf. - Das BKA?«

»Exakt.«

Misstrauisch suchte Gerd Tanner Blickkontakt. »Deshalb bist du jetzt hier?«

Der Erste Kriminalhauptkommissar schmunzelte. »Ich habe mich heute sogar krankgemeldet. - Zunächst einmal: Soweit ich die Gerland-Beweisakte einsehen konnte, steht jetzt kaum mehr drin als das, was dem Staatsanwalt bereits vorgelegen hatte und auch in unsere Ermittlungsarbeit eingeflossen ist. Also, warum diese Einflussnahme durch das BKA?«

»Das ist die Frage.«

»Oh, ich habe noch mehr«, fuhr Paul Ehrenberg genüsslich fort und sah dabei demonstrativ auf seine Uhr. »Gerade sind die Kollegen vom LKA 6 dabei, Berufsrichter Schönlein vom Landgericht I Berlin-Moabit zu observieren. Einer der Richter, die Fechter Junior freigesprochen haben.«

»Observation oder Personenschutz?«, fasste der nachdenkliche Fahrer nach.

»Sag du es mir. - Dann noch dieser Rieseneinsatz in Spandau. Ebenfalls vom BKA angestoßen, musste ein Präzisionsschützenkommando des LKA 6 ausrücken, um einen mutmaßlichen Attentäter zu stellen. Die Identität vom Attentäter und dessen Zielperson sind aber ebenso Top Secret wie die Begleitumstände. - Wir werden verarscht ohne Ende, und das stinkt mir gewaltig!«

»Paul, Ich wette, die Anordnungen kamen jedes Mal von demselben madigen BKA-Bonzen.«

»Einer, der einen Vorgesetzten hat, der am Tropf eines Mächtigen hängt, der sogar das Unmögliche einfordern kann. Leider bekommt unsereins solche Anordnungen nie zu sehen.«

»Zwei altgediente LKA-Beamte – einer auf Urlaub und der andere krankgeschrieben – klammern sich an den einzigen wackligen Strohhalm namens Jonathan Ehrlicher«, verkündete Gerd Tanner belustigt. »Wir sind bekloppt, weißt du das?«

»Und demnächst wahrscheinlich ohne Pensionsanspruch«, ergänzte der Freund und nahm einen tiefen Zug. »Was soll's. ‚Ein Mann muss tun, was ein Mann tun muss.'«

»John Wayne.«

»Gary Cooper.«

Sichtlich verunsichert starrte Chefredakteur Lars Renzig auf die beiden Dienstausweise. »Mit dem Landeskriminalamt hatte ich bisher noch nicht zu tun. Worum geht es, bitte?«

KHK Tanner übernahm die Gesprächsführung: »Wir suchen Ihren Mitarbeiter Jonathan Ehrlicher. Es gibt noch offene Fragen zum Tod von Carmen Gerland.«

»Ex-Mitarbeiter«, beeilte sich Renzig klarzustellen.

Eine Spur zu flink, befand der Beamte. »Ja, wollen wir das hier draußen besprechen oder bitten Sie uns herein?«

Der Hausherr konnte sein Unbehagen nur unzureichend unterdrücken, als er beiseite trat.

Paul Ehrenberg sah sich beeindruckt um.

»Respekt. Ein wirklich schönes Haus. So ein Verlagsjob wirft was ab, wie es scheint.«

»Meine Ehefrau ist die Vermögende in der Familie. Aber deswegen sind Sie ja nicht hier.«

»Ist Ihre Familie nicht zu Hause?«

»Meine Frau hat sich schon zurückgezogen, die Mädchen schlafen bei Freundinnen.«

Der Verlagsmann führte die Besucher ins Wohnzimmer, wo man sich auf einer bequemen Ledercouch in U-Form niederließ.

»Kaffee, Tee oder vielleicht etwas Kühles?«

Doch Tanner war an schnellen Informationen gelegen. »Danke, wir haben wenig Zeit. - Weshalb arbeitet Herr Ehrlicher nicht mehr für Sie?«

Die Antwort kam zögerlich und überraschend reuevoll, wie die Kriminalisten sich per Blickkontakt gegenseitig bestätigten: »Er war der Meinung, hinter dem Unfalltod von Carmen Gerland steckte mehr. Ich zwang ihn, den ganzen Fall „Paul-Theodor Fechter“ nicht weiterzuverfolgen.«

»Und warum?«

»Wie Ihre und andere Experten festgestellt haben, war es doch zweifelsfrei ein Unfall. Und der junge Fechter war laut Gerichtsurteil nicht der Kreuzberger Serienmörder. Eine

Weiterverfolgung wäre Ressourcenverschwendung gewesen. Aber Herr Ehrlicher sah das eben anders.«

»Ist er ein guter Journalist?«

Der Befragte stand auf und öffnete eine Schranktür, hinter der sich eine reichhaltige Kollektion von Spirituosen nebst Gläsern verbarg.

»Einer der besten, die ich kenne.« Dem Kühlfach entnahm er eine Wodkaflasche und goss sich ein. Auf einmal hielt er inne. »Mit Instinkt für die große Schlagzeile. Zu impulsiv vielleicht, und seit einiger Zeit machte ihm der Alkohol besonders zu schaffen.«

Wieder sahen sich die Ermittler flüchtig an, und Paul Ehrenberg formulierte ihren Eindruck: »Nehmen Sie es mir nicht übel, aber etwas bedrückt Sie doch. Ist Herr Ehrlicher in Gefahr?«

Am Glas nippend nahm Lars Renzig wieder Platz und starrte vor sich hin. »Ich denke, ja.«

»Dann brauchen wir jetzt Ihre Hilfe. Wo könnte er sein?«, baute Gerd Tanner sofort Druck auf. »Kennen Sie einen Ort, an dem er ab und an mal abgetaucht ist oder wo er vielleicht Informanten untergebracht hat?«

»Joe ist ein Eigenbrötler, der war nie besonders redselig. Hat immer sein eigenes Ding durchgezogen – außer bei seiner Carmen«, folgte die Antwort geistesabwesend. »Woher weiß ich, dass ich Ihnen vertrauen kann?«

Sein Gegenüber herrschte ihn ungeduldig an: »Wir können jetzt darüber diskutieren und kostbare Zeit verlieren. Oder Sie versuchen Ihr Glück mit uns. Ihre Entscheidung, aber sollte Jonathan Ehrlicher irgend etwas zustoßen, haben Sie uns am Hals. Das ist ein Versprechen!«

»Er erwähnte mal den Namen einer Pension: „International", glaube ich. Aber ob er sich da verstecken würde, da bin ich überfragt.«

Ohne ein Wort des Abschieds eilten die LKA-Profis Richtung Haustür.

Die überraschende Frage des Chefredakteurs ließ sie jäh stoppen: »Im Fall Fechter, haben Sie da einen guten Draht zum verantwortlichen Staatsanwalt?«

»Nicht direkt, aber es ließe sich sicher was arrangieren«, stellte Ehrenberg gespannt in den Raum. »Was haben Sie denn für ihn?«

»Eventuell ein Tauschgeschäft.«

»Wir melden uns bei Ihnen. Und unseren Besuch hier behalten Sie unbedingt für sich.«

Die untergehende Sonne tauchte den Pariser Platz mit Brandenburger Tor, US-Botschaft und Hotel Adlon in blutrotes Licht. Es erschien dem Waffendealer Norman Vogt ein sicherer Ort zu sein, um die Leute zu treffen, die ihn laut diesem aufdringlichen Journalisten töten wollten. Tatsächlich war seine Zuversicht, was die getroffene Vereinbarung anging, mehr als nur verflogen. Entsprechend unruhig rutschte er auf der Sitzbank hin und her, wenngleich die vorbeiziehenden Touristen ihm ein bedingtes Gefühl der Sicherheit vermitteln konnten.

Das Brandenburger Tor zur Linken zog seinen Blick nicht wirklich auf sich. Eigentlich verlor er sich mehr in seinen Gedanken. Der erhaltene Anruf: Wozu wollten die ihn noch ein weiteres Mal treffen? Es war doch alles besprochen und klar. Na gut, solange es nur ums Reden und den Austausch von Informationen ging, sollte es ihm recht sein. Wollten die ihm aber ans Leben, dann vertickte er nicht umsonst Schusswaffen aller Art. Er würde ihnen notfalls seine Micro-Uzi vorstellen, die er verdeckt bei sich trug. 28 Schuss pro Sekunde waren schon ein mächtiges Feuerwerk.

Der Schütze vom S-Bahnhof Spandau tauchte aus der Menge auf. Entspannt setzte er sich zu Vogt und legte diesem den Arm um die Schultern. »Ein schöner Touristenort. Nur etwas zu viel Publikum für eine intime Unterredung.« Er sah zu einem zweiten Mann hinüber, der sich in einigem Abstand vor ihnen platziert hatte. »Unser Wagen steht vor dem Adlon.«

Vogt wurde schlagartig bewusst, dass der Journalist es mit der Warnung zurecht bitterernst gemeint hatte. Vor Ort war gerade eine Todesschwadron aufgelaufen.

»Alles, was zu besprechen ist, können wir auch hier bereden.«

»Das war keine Bitte«, nötigte der Agent den hageren Mann aufzustehen.

Auf dem Weg zum wartenden Fahrzeug folgte ihnen der zweite Agent in einigen Metern Abstand. Von innen wurde bereits die Beifahrertür geöffnet, als die Zielperson dem Nebenmann eine volle Breitseite mit dem Ellbogen ins Gesicht verpasste. Der Flüchtende stürmte auf den nahen Haupteingang des Traditionshotels zu, mitten durch eine quirlige Gruppe gerade eingetroffener Chinesen. Während der nachfolgende zweite Agent über die umgestoßenen Neuankömmlinge samt Gepäck strauchelte und sich wüsten kantonesischen Beschimpfungen ausgesetzt sah, endete die Flucht des Waffendealers direkt auf den Eingangsstufen. Als unüberwindliches Hindernis hatte sich der Brustkasten eines stattlichen dunkelhäutigen Mannes in Hoteluniform erwiesen, dem bei der Wucht des Zusammenpralls lediglich die Kopfbedeckung verrutscht war. Norman Vogt hingegen musste sich benommen aufrappeln und wurde das letzte Stück von dem Hünen hochgewuchtet. Die Ereignisse überstürzten sich vollends, als uniformierte Polizeibeamte aus Richtung der nahen Britischen Botschaft aufmerksam wurden.

»Loslassen, Dachpappe!«, schrie er den Hotelangestellten an, der beim Anblick der gezogenen Maschinenpistole erstarrte.

Dem Agenten, der sich gerade mühsam aus dem chinesischen Pulk löste, versetzte Vogt im Vorbeihetzen einen Hieb mit der Waffe, sodass dieser erneut zu Boden ging und wiederum schrill protestierende Chinesen mitriss.

Der noch immer vor der wartenden Limousine stehende S-Bahnschütze wich mit erhobenen Händen souverän zurück. »Ja, bitte, nimm das Auto. Wir sehen uns später.«

Diese Gelegenheit ließ der Flüchtende nicht ungenutzt und zwang den Fahrer, eiligst loszufahren.

Um den aus dem Ruder gelaufenen Zugriff schnell und vor allem ohne weiteres Aufsehen zu bereinigen, zückte der befehlshabende Agent den Dienstausweis, während er den herbeieilenden Polizisten entgegenging.

»Verdeckte Operation. Wir haben alles im Griff.«

Norman Vogt konnte seine Emotionen kaum im Zaum halten. Immer wieder starrte er durch Außenspiegel und Heckfenster zurück zum Ort des Geschehens, badete förmlich in seinem erzwungenen Erfolg.

»Du fährst nur! Kein einziges Wort will ich von dir hören!«, herrschte er den Fahrer aufgekratzt an. »Du weißt bestimmt, was eine Uzi anrichten kann. - Habt Ihr echt gedacht, ich lasse mich so leicht aus dem Weg räumen? Du kannst ja mal raten, wie viele Ersatzmagazine ich dabei habe. Junge, bevor ich den Löffel abgebe, schicke ich noch reichlich von euch zum Teufel. - Denkt Ihr etwa, ich will auspacken? Ich habe doch selbst genug Schmutz am Hacken. Das wisst Ihr genau. Sag das deinem Boss.«

Nervös behielt er die Straße vor ihnen im Blick. »Okay, Alexanderplatz ist gut. Anhalten, da vorne! Wenn wir stehen, schmeißt du Knarre, Handy und Verkabelungsgedöns nach hinten. Dann raus aus der Kiste. Deine Dienste sind nicht länger gefragt.«

Zwischen Leben und Tod

Pension „International“ bei Nacht, hoffentlich ein sicherer Hafen für einen zum Abschuss freigegebenen Journalisten, ging es Jonathan Ehrlicher durch den Kopf.

Mensch, wie oft bin ich schon hier abgestiegen. Die ganzen Male, wenn mir die Decke auf den Kopf fiel oder ich mir ungestört und kritiklos die Promille reinknallen wollte. Sogar vor dir, Carmen, bin ich hierher geflüchtet, wenn du mich mit deiner entwaffnenden Ehrlichkeit zu sehr vor dir hergetrieben hast. Aber zum ersten Mal bin ich auf der Flucht vor Staatsbeamten. Eine Killerbrigade außerhalb des Gesetzes aber dennoch von hoher Stelle auf mich angesetzt. Es kann einen wahnsinnig machen, wenn man so darüber nachdenkt.

Die Initiatoren der Treibjagd schlafen in den warmen Betten ihrer luxuriösen Eigenheime den Schlaf der Machthungrigen, während ich mich mit einem Rattenloch begnügen muss. Aber das kommt alles mit auf die Abschlussrechnung, und die wird gepfeffert und gesalzen sein.

Die Seitenstraße wirkte nach Mitternacht noch trostloser und verlassener als sonst. Es hatte zu regnen begonnen und die Luft sich merklich abgekühlt. Fraglich, ob das Frösteln nur daher rührte.

Einzig die Außenbeleuchtung des glanzlosen Etablissements gegenüber war im wahrsten Sinne des Wortes ein Lichtblick – jedenfalls für ihn. Also trat er aus der dunklen

Fassadennische heraus und überquerte nach einem letzten prüfenden Rundumblick die Fahrbahn.

Unter den geparkten Autos in Sichtweite der Pension stand der Volvo des LKA-Beamten Gerd Tanner. Aufmerksam verfolgten er und sein Kollege, wie ihr möglicher Zeuge den Eingang betrat.

»Wenn der keine Angst hat …«

»Angst um sein Leben«, vollendete Paul Ehrenberg den Gedanken. »Kein Wunder, wenn ich an den obskuren Selbstmord in der Markthalle denke und dass Berichte und Beweise offensichtlich manipuliert worden sind. Reingehen oder warten, das ist jetzt die Frage.«

»Nicht wirklich. Unsere Ärsche fahren sowieso schon auf sehr dünnem Eis Schlittschuh. Solange keine Gefahr in Verzug ist, beobachten wir nur, würde ich sagen.«

»Okay«, willigte der Beifahrer ein und brachte seinen Sitz in Liegeposition. »Du übernimmst die erste Wache.«

Das Interieur der Absteige wirkte durchweg verlebt. Am Ende eines diffus beleuchteten Empfangsbereichs saß ein dürrer älterer Mann mit fettigem, schütteren Haar und einer aus der Zeit gefallenen Hornbrille.

Die fleckige Strickjacke in Mausgrau hätte sich kein Requisiteur bei Film und Fernsehen besser ausdenken können – wie ein Erbstück aus Opas Mottenkiste. Wie auch immer, dieses „Original“ war über eine Zeitung gebeugt und schaute desinteressiert auf, als der neue Gast auf ihn zusteuerte.

Dort angekommen, war der Rezeptionist bereits wieder in seine Zeitung vertieft und blieb es zunächst auch.

Geduldig wartete Jonathan ab und folgte damit einem vertrauten Ritual.

»Bist du zum Staatsfeind erster Klasse aufgestiegen?«, klang es monoton über den Zeitungsrand.

»'n Abend Karlchen, was war denn los?«

»Steuergeldverkoster fragen in sämtlichen Absteigen der Stadt nach dir. Als die Filzläuse weg waren, habe ich ein bisschen das Telefon kreisen lassen.«

»Bullen?«

»Nee, rochen nach LKA plus. Vielleicht Staatsschutz.«

Der Mann namens Karlchen blickte endlich auf. »Joe, siehst aus wie der Tod auf Latschen.« Der Stammgast wollte ihm einen Geldschein zustecken, wurde aber per strikter Handgeste davon abgehalten. »Diskretion inklusive.«

Der dem äußeren Schein nach so gleichgültige Rezeptionist stand auf und entnahm dem einsehbaren Getränkeangebot zwei kleine Flaschen Rum.

»Karibiksonne aufs Haus.«

Mit diesen Worten reichte er die Spirituosen zusammen mit einem Zimmerschlüssel rüber und vertiefte sich erneut in die Zeitung.

Jonathan zögerte, bevor er eine Flasche zurück auf die Theke stellte.

»Einmal genügt.«

An der Treppe angekommen, drehte sich der späte Gast noch einmal um.

Von Zeit zu Zeit bewahrheitet sich, dass man seine Freunde erst in der Not zählen sollte. Schon erstaunlich, in normalen Zeiten sind gerade die oft die Unscheinbarsten.

»Danke, Karlchen.«

Im Zimmer angekommen, ging er direkt zum Bett und schaltete die Nachttischlampe an. Sein Jackett landete auf einem Stuhl, die Schuhe fielen achtlos zu Boden. Endlich ausgestreckt auf dem Nachtlager, hielt er den Rum vor sich.

Möchte wissen, was du gerade machst, Holländer. - Die Kampfmaschine Melanie Holländer und der um Seelenfrieden ringende Jonathan Ehrlicher. Verrückt eigentlich, aber wer außer uns könnte es noch richten? Und tatsächlich, gemeinsam lehren wir sie wirklich das Fürchten. Selbst, wenn ich draufgehen sollte, schon alleine dafür hat es sich gelohnt.

»Nur zum Einschlafen. Prost, Joe.«

Er sank aufs Kissen und spürte wohlige Wärme die Kehle hinunterrinnen, während ihm bereits die Augen zufielen.

Die Melodie des eingehenden Anrufs holte ihn noch einmal zurück. Er nahm eines der zwei Mobilgeräte vom Nachttisch. »Ja?«, hauchte er schlaftrunken. Das Gehörte ließ ihn jäh die Augen öffnen. »Die Leibwächter des Bundeskanzlers überprüfen?« Beiläufig stellte er die geleerte 50ml-Flasche ab. »Und woher willst du wissen, dass die … – ach komm, egal, ist ja dein Handwerk. Wo und wann?« Er nickte zufrieden. »Das ist gut, ich will vorher noch auf den Friedhof.« Ein knappes Lächeln huschte über sein Gesicht. »Ja, Mama, ich bin vorsichtig. Und jawohl, Mama, ich benutze nur noch die beiden jungfräulichen Handys. Gute Nacht.«

Jonathan legte das Gerät beiseite und schloss die Augen. Sein Selbstgespräch wiegte ihn in den Schlaf: »Schläft wohl nie, diese Superagentin. Aber mit ihr braucht man kein Bungeejumping oder „Hochhaus-Hopping“, um an die Extradosis Adrenalin zu kommen. Eine Melanie Holländer genügt völlig …«

Als die Deckenbeleuchtung anging, wurde das in der Dunkelheit der Nacht verborgene Treppenhaus eines Altbaus sichtbar, welches sich nicht in bestem Zustand befand. Das galt auch für die Stufen, die unter dem Gewicht des hinaufsteigenden Norman Vogt knarrend ächzten. Der ließ sich zwar Zeit, war dabei aber nicht übermäßig vorsichtig, wähnte er sich doch in Sicherheit. Schließlich hatte er dort eine geheime Zweitwohnung unter dem Namen eines Strohmannes, von der niemand sonst wusste. Das entwendete Auto hatte er in einem anderen Bezirk am Straßenrand abgestellt und war in die Öffentlichen umgestiegen. Keine Spur führte zu der Adresse.

Frischmachen, etwas anderes anziehen, Bargeld aus dem Versteck holen – anschließend würde er durchaus gewillt sein, als Kronzeuge auszusagen. Nachdem, was am Abend geschehen war, ging es immerhin ums nackte Überleben. Irgendwie würde er diesen Journalisten Ehrlicher schon auftreiben. Sonst konnte man ja niemandem vertrauen.

An der Wohnungstür angekommen, untersuchte der Waffendealer das Schloss nach Einbruchsspuren, sicher war sicher – nichts. Auch im spärlich mit ausrangiertem Mobiliar eingerichteten Flur offenbarte die Beleuchtung nichts Verdächtiges.

Er ging in die Küche, trank Wasser aus dem Hahn. Danach sollte es ins Wohnzimmer gehen. Zu seinem Schrecken wurde dort der Lichtschalter betätigt – noch bevor er ganz angekommen war.

»Kommen Sie ruhig näher, Herr Vogt.«

Die Stimme gehörte zu keinem Fremden, es war eindeutig die des Mannes vom Pariser Platz. Zudem trat jener Agent aus dem Badezimmer, der mit den Chinesen im Clinch gelegen hatte und von ihm niedergeschlagen worden war. Angesichts der schussbereiten Automatik übergab Norman Vogt seine Maschinenpistole. Das Gesicht des Gegenübers war von dem Hieb mit der Micro-Uzi noch immer arg in Mitleidenschaft gezogen. Trotzdem eskortierte dieser den dafür Verantwortlichen ohne jede Gefühlsregung ins angrenzende Wohnzimmer.

Der Wortführer saß in einem Sessel, ein weiterer Agent stand am Lichtschalter neben der Tür. »Ich habe das Gefühl, Sie fürchten sich vor uns. Sie verstehen, die unerquickliche Situation vor dem Hotel: Mein Kollege und ich werden von Ihnen geschlagen, Sie flüchten mit unserem Wagen. Wie ist es nur zu diesem Missverständnis gekommen?«

Überfordert stand Vogt mitten im Raum.

»Die Wohnung hier kennt doch keiner. Ich verstehe das nicht.«

»Jetzt reden Sie auch noch wie einer vom Dorf«, sprach der Mann im Sessel weiterhin mit sanfter Stimme. »Weshalb unterhalten Sie denn dieses schäbige Loch unter fremdem Namen, das bestimmt seit Kriegsende nicht mehr renoviert worden ist? Um sich die Polizei und Ihre Konkurrenz vom Hals zu halten, richtig?! Aber wir sind weder das eine, noch das andere. Für uns sind Sie Norman Vogt, der gläserne Bürger und drittklassige Kriminelle. Man sollte immer wissen, mit wem man Vereinbarungen trifft. - Zurück zur Ausgangsfrage: Wie konnte es zu diesem Missverständnis zwischen uns kommen? Hat jemand Schlechtes über die Familie Fechter verbreitet? Hat vielleicht irgend jemand behauptet, dass Auftragsmörder umgehen und Mitwisser mundtot machen?«

Erst jetzt fiel dem Befragten auf, dass die Männer Latexhandschuhe trugen.

In Todesangst begann er zu schwitzen. Auf der fieberhaften Suche nach einem Ausweg klang seine Stimme brüchig: »Nein, überhaupt nicht. Es war nur Ihr Auftreten vorhin. Das hat mich nervös gemacht.«

Mit der flachen Hand versetzte ihm der lädierte Agent einen Schlag gegen den Hinterkopf. »Jetzt mach das Maul auf oder du und ein Rollstuhl werdet zu besten Freunden!«, brüllte der Hintermann wie ein Spieß auf dem Kasernenhof.

Daraufhin stand der Wortführer auf und hob beschwichtigend die Hand. »Nicht doch, das ist doch nicht nötig. Unser Freund hier von der illegalen Waffenhändlerinnung wird uns nichts vorenthalten.« Er legte seine Hände auf die Schultern des eingeschüchterten Vogt und sah ihn dabei eindringlich an. »Er weiß nämlich, dass ein gutes Verhältnis auf Ehrlichkeit beruht. Ansonsten könnten wir ihm ja nicht mehr vertrauen. Tja, und dann …«

»Okay, okay«, wimmerte der Betreffende. »Es war dieser Journalist. Der kam in den Schützenverein, um Armin Holoweit auszufragen. Keine Ahnung, was die alles besprochen haben. Aber draußen habe ich ihm eine Abreibung verpasst. Erzählt habe ich ihm nichts.«

»Ja und?!«, drängte der Agent hinter ihm aggressiv.

»Er hat gesagt, Fechter würde mich für den Tod des Sohnes verantwortlich machen und dass ich ein zu gefährlicher Zeuge bin, um am Leben zu bleiben.«

Der tonangebende Agent gab sich als einziger amüsiert: »Was der nicht alles weiß. - Von der Abreibung haben wir übrigens gehört. Ganze Arbeit, gratuliere. - Bestimmt hat er dir auch genau erklärt, wie du sterben wirst.«

Aus einem unerfindlichen Grund drehte Norman Vogt sich zur Wohnzimmertür um. Der dritte Agent war verschwunden. Dass er plötzlich geduzt wurde, alarmierte ihn außerdem.

»Wo ist der Dritte?«

»Weiß nicht, vielleicht die Hände waschen. - Und, hat er dir gesagt, wie du sterben wirst?«

»Durch eine Pumpgun, wie Markus Holländer.«

»Siehst du, da lag er wirklich ganz falsch.« Der Auftragsmörder ließ den Blick kurz zum Untergebenen wandern, als würde er auf etwas Bestimmtes warten. Sein Tonfall wurde mitleidig: »Tut mir übrigens leid, dass du wieder an der Nadel hängst. Seit wann eigentlich?«

Dem hageren Waffendealer versagten die Knie, er sank zitternd und weinend zu Boden. »Ich bin seit drei Jahren clean. Bitte, das könnt Ihr doch nicht machen.«

Auch ein Nervenzusammenbruch konnte seinen Henker nicht erweichen: »Dann erleidest du heute einen Rückfall. Verständlich, dein labiler Charakter hat die Begegnung mit dem Journalisten Ehrlicher nicht schadlos überstanden. Der Mann bedeutet einfach den Tod.« Er hockte sich vor sein angehendes Opfer. »Okay, ich erkläre dir, wie es läuft: Wir helfen dir beim Ausziehen und setzen dich in die wohlig warme Badewanne, wo wir dir …, also wo du dir den goldenen Schuss setzt. Das Wasser müsste eigentlich gleich so weit sein. Du wirst ertrinken, nicht erschossen.«

»Ich will nicht! Was habe ich euch denn getan?!«, begehrte Vogt ein letztes Mal auf.

»Wir empfinden kein Vergnügen dabei. Es geschicht zum Wohl der Gesellschaft. Mach dir einfach mal klar, wie viele Menschen durch deine Waffengeschäfte gestorben sind, wie viele Familien du ins Unglück gestürzt hast. Betrachte es als Wiedergutmachung.«

Auf dem Weg ins Badezimmer wurde dem Todgeweihten freundschaftlich auf die Schulter geklopft. »Und dass du uns geschlagen hast – Schwamm drüber.«

Von Neonazis gekidnappt

Der Morgen bot so ziemlich alles auf, um das sprichwörtliche Licht am Ende des Tunnels für null und nichtig zu erklären.

Das kühl diesige Wetter hatte dem frühen Besucher des Waldfriedhofs Zehlendorf ohnehin schon eine melancholische Note beschert, als sich beim Verlassen des Ortes auch noch zwei junge Männer an die Fersen des in sich gekehrten Jonathan Ehrlicher hefteten. Ihre Gesichtszüge waren hart, der Haarschnitt streng kurz. Sie trugen Bluejeans, schwarze Lederjacken und robustes Schuhwerk, das verdächtig nach Stahlkappen aussah.

Ein unauffälliger DB Vito hielt am Straßenrand. Von innen wurde die seitliche Schiebetür geöffnet, und der Journalist blickte in das rötliche Gesicht eines schwergewichtigen Mannes mit kahlrasiertem Schädel.

»Einsteigen!«, befahl dieser grob.

In einer Gefühlslage irgendwo zwischen niedergeschlagen und rebellisch, fiel die Antwort schnippisch aus: »Na bestimmt.«

Jonathan machte auf dem Absatz kehrt und stolperte geradewegs in die Arme der beiden Verfolger, die ihn kurzerhand wieder herumdrehten. Erneut mit dem feisten Kahlkopf konfrontiert, reagierte er bärbeißig: »Was soll das werden, eine Entführung?«

»Maul halten! Einsteigen!«

»Grandioser Wortschatz.«

Die flankierenden Männer drängten ihn vorwärts, was sein Temperament reizte: »Loslassen, bleibt mir von der Wäsche!«

Vom Friedhof aus konnte der LKA-Beamte Paul Ehrenberg alles gut beobachten. Gerd Tanner war derweil im Wagen geblieben, um den Friedhofseingang und die vorbeiführende Straße im Blick zu behalten. Aufgrund der sich zuspitzenden Situation spielte Ehrenberg mit dem Gedanken, den Kollegen per Mobiltelefon zu kontaktieren. Stattdessen lud der Profi seine Dienstwaffe durch und hielt sie im Anschlag, während er zum Friedhofsausgang eilte. Er verließ sich darauf, dass der ebenso erfahrene Tanner die Situation erfassen und ihm zu Hilfe eilen würde. Noch immer hatten die Kidnapper ihn nicht bemerkt, als der Klang des eigenen Smartphones den Ersten Kriminalhauptkommissar einen überstürzten Hechtsprung neben das Ausgangstor vollführen ließ.

An die Mauer gedrängt, nahm er den Anruf flüsternd entgegen und horchte angestrengt. »Was?!«

Der vorsichtige Blick durch die eisernen Torverzierungen ließ ihn erstarren: Männer in wehenden Regenmänteln stürmten aus verschiedenen Richtungen auf den DB Vito zu, was dazu führte, dass Jonathan Ehrlicher umso rücksichtsloser hineingestoßen wurde. Einer der Entführer sprang hinterher. Der andere wuchtete sich nach vorne auf den Beifahrersitz, während der Transporter bereits anfuhr. Den zu spät eintreffenden Verfolgern streckte der Beifahrer den Mittelfinger entgegen.

Paul Ehrenberg hatte genug gesehen. »Okay, Gerd, ich komme zum nächstgelegenen Nebeneingang.«

Erst steckte er Telefon und Pistole weg, dann machte er sich unbehelligt auf dem Friedhofsgelände davon.

Erwartet wurde er von einem aufgekratzten Gerd Tanner: »Keine Ahnung, wer das war – vielleicht BKA, vielleicht Verfassungsschutz. Die Bengel im Vito haben jedenfalls wie lupenreine Neonazis ausgesehen. Eine blitzsaubere Entführung.«

Mit einem Ausdruck des Ekels begutachtete er die Kleidung des Partners. »Sag mal, hast du dich im Dreck gesuhlt?! Du saust mir mein Auto voll!«

Der Angeblaffte sah misslaunig an sich runter. »Die Krücke ist doch längst abgeschrieben. - So sehen die Klamotten halt aus, wenn man bei Regen Dreck fressen muss – wegen deines Anrufs! - Wieso hast du dich eigentlich nicht an den Vito drangehängt?«

»Sinnlos, die Braunhemden waren doch alarmiert. Außerdem saß ich gar nicht im Wagen. Ohne die Regenmantelfraktion hätten wir womöglich noch zugreifen können. Aber die Grobmotoriker mussten ja alles versauen.«

Mit fuchtelnden Armen kommentierte der Fahrer des Volvo die Reinigungsversuche an der Kleidung: »Lass um Himmels willen deine Taschentücher, Paul, das bringt nichts! Du verteilst den Dreck nur!«

»Ich komme da nicht mehr mit.« Ehrenberg warf das verdreckte Taschentuch in den Fußraum und fuhr sich verzweifelt durch das schüttere Haar. »Weshalb sind diese „Adolfs“ hinter dem Journalisten her? Und womit lässt sich der Wahnsinn rechtfertigen, überall Observierungen durchzuführen – im Golfclub, hier am Friedhof und weiß der Himmel, wo sonst noch?«

Der Mitstreiter am Steuer schlug einen besonnenen Ton an: »Uns bleibt ja noch der Chefredakteur. Bin gespannt, was er mit dem Staatsanwalt aushandeln will. Das Kennzeichen des Vito habe ich auch. Mal sehen, was die Halterabfrage ergibt.«

Nächster Halt des DB Vito war der Innenhof eines allem Anschein nach stillgelegten Fabrikkomplexes. Von außen öffnete der Beifahrer die Seitentür. Mit verbundenen Augen wurde der gekidnappte Journalist einige Stufen hinauf und durch eine unverschlossene Metalltür geführt. Über ein schmutziges Nottreppenhaus aus nacktem Beton, reichlich mit sinnfreien Parolen und Graffiti beschmiert, ging es mehrere Etagen hinauf. Modriger Geruch und Zugluft unterstrichen die verwahrloste Einsamkeit des Ortes.

Wer seid ihr Vögel? Nach einer Behörde seht ihr nicht gerade aus. Besonders nicht dieses kahle Untier. Die anderen Typen vor dem Friedhof schon eher. Mein lieber Mann, so müssen sich die Entführungsopfer der RAF gefühlt haben. Nur waren das andere Zeiten. Und durch mich kann man ganz sicher niemanden freipressen oder ein politisches Statement abgeben, geschweige denn Lösegeld erzwingen. Ganz im Gegenteil, alle wären doch froh, wenn ich von der Bildfläche verschwinden würde.

Mitten in der leeren Fabrikhalle befand sich ein einfacher Holzschreibtisch. Auf dem Stuhl dahinter saß ein gepflegter Mann von etwa vierzig Jahren. Die dunklen Haare waren kurz gehalten, was die ungewöhnlich langen Koteletten noch hervorhob. Seinen Mund umrahmte ein schmal gestutzter Bart, den er geradezu zärtlich kraulte. Strahlend blaue Augen musterten Jonathan Ehrlicher neugierig. Von dem Beifahrer ließ er sich vertraulich etwas ins Ohr flüstern. Dann signalisierte seine Handbewegung dem kahlköpfigen Schwergewicht, die Augenbinde zu entfernen. Die beiden übrigen Entführer verließen die Halle derweil.

Drei weitere Männer blieben vor Ort postiert, einer davon stand mit verschränkten Armen an der Wand hinter dem Rädelsführer.

»Schön, dass wir Sie überzeugen konnten«, eröffnete der charismatische Gesprächspartner freundlich.

Die vorgetragene Höflichkeit steigerte den Unwillen des unfreiwilligen Gastes noch: »Ja, ich lache dann später. Wer seid Ihr denn nun? Staatsdiener doch wohl nicht.«

»Willkommen im sogenannten Rechten Untergrund.« Jonathans fragender Gesichtsausdruck verwunderte sein Gegenüber: »Ach, nun kommen Sie schon. Ich dachte eigentlich, hier steht ein schlauer Journalist vor mir. Kombinieren Sie. Ein Tipp: Ich soll in der Wohnung von Markus Holländer gewesen sein, weil die verlogenen Wichser vom Verfassungsschutz dort DNA-Spuren von mir entdeckt haben wollen.«

Jetzt dämmerte es dem Entführten, der sich gegen die Stirn schlug. »Sie erlauben doch.« Aufgeregt zog er sich einen zweiten Stuhl heran und wischte sich über den Mund. »Konopka, Achim Konopka. Einer der wichtigsten Drahtzieher der ultrarechten deutschen Szene. Derzeit auf der Flucht.«

»Sagen wir einfach, vorübergehend untergetaucht. So ähnlich, wie Sie zur Zeit.«

»Gut, also untergetaucht. - Ich weiß ja nicht, was für Typen euch da vorhin auf den Fersen waren, aber euer Autokennzeichen ist sicher schon überprüft.«

»Bestimmt sogar, da ist die Staatsmacht fix«, sprach Konopka unbeeindruckt weiter. »Bemerkenswert, was man mit schwarzem Klebeband alles verändern kann: Buchstaben, Ziffern ... Ich denke aber, die waren hinter Ihnen her. Sie scheinen jemanden ziemlich nervös zu machen.«

Jonathan überging die letzte Bemerkung: »Die ganze Aktion, um mich hier zu treffen? Wir haben nichts gemeinsam. Also warum die Entführung?«

»Sie sind mein Held.«

Die herbeigeredete Nähe, zudem genüsslich grinsend vorgetragen, brachte die Stimmung augenblicklich zum Sieden: »Blödsinn! Faschisten, Antifaschisten – wenn es nach mir ginge, würde ich alle Extremisten in ein Stadion sperren und beim gegenseitigen Totschlagen zugucken! Neonazis, linksautonome Gewalttäter, Islamisten – Ihr kotzt mich alle an!«

Der Wutausbruch setzte den Kahlkopf in Bewegung, der den Gefangenen fraglos bestrafen wollte. »Wolf!«, hallte Konopkas knappe Order durch die Fabriketage, woraufhin sein Faktotum augenblicklich stehen blieb.

»Jetzt vergessen Sie das mal für die nächsten Minuten«, redete er mit Nachdruck auf den Journalisten ein. »Die Öffentlichkeit muss erfahren, dass wir mit den Morden in Kreuzberg nichts zu tun hatten, weder direkt noch indirekt. Ich war oft genug im Gewahrsam deutscher Behörden. Die hatten reichlich Gelegenheit, an meine DNA zu kommen und die bei Bedarf zu platzieren. Hinterrücks irgendwelche unbedeutenden Neger und Kameltreiber zu meucheln, ist nicht unsere Handschrift. Ich würde es nicht zulassen.«

Der Partner von Melanie Holländer ließ die Erklärung auf sich wirken, blieb skeptisch. »Rührt mich zutiefst. Ich schlage Sie und Ihre Organisation bei nächster Gelegenheit für den Deutschen Integrationspreis vor«, kommentierte er höhnisch. »Und Markus Holländer, was ist mit dem?«

»Nie kennengelernt, mir unbekannt. Und wenn er im rechten Milieu aktiv gewesen wäre, hätte ich ihn gekannt. Irgendwer spielt da sein Spiel, und alle wollen darauf reinfallen. Alle außer Sie und ich. Wie man sieht, wir haben durchaus etwas gemeinsam.«

»Und das würden Sie auch einem Staatsanwalt gegenüber zu Protokoll geben?«

Achim Konopka lächelte hintergründig. »Vielleicht noch mehr. Hängt davon ab, was der Staatsanwalt mir anbietet.«

»Verstehe. Wo ich schon mal hier bin, noch irgendwas?«

Zögernd sah der führende Neonazi aus einem der zerschlagenen Fenster. »Okay, immerhin habe ich Sie ja herbringen lassen. Gut zuhören: Sagt Ihnen der Name Lutz Rennhart etwas?«

»Nicht viel – ranghohe Verfassungsschutz-Charge.«

»Wenn die Chance dazu besteht, sollte jemand ihn und sein Umfeld zu „Braunspecht" befragen. Unter diesem Tarnnamen wollten seine Köter mich anwerben – als Scharfmacher. Die kamen damit nach den ersten Kreuzberger Morden.«

Der geweckte Jagdinstinkt ließ Jonathan sofort kombinieren: »Zu der Zeit wussten Fechter Senior und seine Leute schon, dass die Morde auf das Konto seines Sohnes gingen. Also setzte man auf das Lügengebäude vom mordenden Neonazi. Und ein medienwirksam geifernder Achim Konopka hätte das Bild natürlich perfekt gemacht.«

»Deshalb bin ich abgetaucht. Ich lass mich und meine Jungs nicht einspannen und anschließend einkassieren. Typen wie Karsten Fechter kenne ich genau. Uns ächtet man, aber so einen würde man zum Führer machen. Eine einnehmende Persönlichkeit, die vor der Kamera eine gute Figur macht und den Finger wortgewaltig in offene Wunden steckt. Eindeutig der aussichtsreichste politische Herausforderer. Da braucht den amtierenden Bundeskanzler im Wahlkampf nur etwas aus dem Sattel zu werfen – vielleicht eine Koks-Party mit Nutten oder ein tragischer Unfall. Seine Regierungspartei wäre kopflos, die Pfeifen haben doch sonst niemanden. Das würde Herausforderer Fechter zum Mann der Stunde machen. Deutschland würde den Bock zum Gärtner machen.«

»Wieso, der ist doch ganz nach eurem Geschmack – Rechts außen, wenn man den Leitmedien Glauben schenkt«, entgegnete Jonathan trocken.

»Der ist weder Rechts, noch Links, noch irgendwas dazwischen. Für den war das marode Deutschland als Geschäftsmodell einfach wie geschaffen, um sich einen verblendeten Hofstaat heranzuzüchten. Als narzisstischer Heilsbringer, der sogar über Leichen geht. Ein Mann ohne Ehre, ohne echten Nationalstolz …«

Konopka hielt nachdenklich inne, als ihm ein ganz neuer Gedanke kam. »Wenn Fechter seinen Sohn durchschaut hat, wieso hat er ihn nicht gestoppt?«

»Keine Ahnung, wirklich nicht«, musste der Presseprofi bedrückt einräumen. »Ich weiß nur, dass der Hass fatale Blüten trägt. Das sieht man an Leuten wie euch. - Konopka, dass das ganz klar ist: Ich lass mich nicht zu ihrem Fürsprecher machen.«

Der reagierte darauf gelassen: »Keine Sorge, mir geht es nur um die Fakten. Und Ihnen um Gerechtigkeit, nehme ich an. Meine Leute bringen Sie jetzt zurück.«

Mitverschwörern auf den Zahn gefühlt

Der Tennisclub war selbst am frühen Nachmittag und bei leichtem Nieselregen gut besucht. Erst vor wenigen Minuten hatte Jonathan Ehrlicher an einem der Tische mit ausladendem Sonnenschirm Platz genommen und nippte an einem frischgepressten Orangensaft. Nach der unappetitlichen Entführung tat ihm das besonders wohl. Allerdings musste er einräumen, dass der Informationsgehalt des abenteuerlichen Intermezzos einträglich gewesen war. Bei der Klientel vor Ort ging Jonathan von umtriebigen Geschäftsleuten, gehobenen Unternehmensmanagern und renommierten Rechtsanwälten aus. Wo ließ es sich schon angenehmer über Geldgeschäfte und rechtliche Winkelzüge parlieren als beim gemeinsamen Durchschwingen – höchstens noch beim Golf. Er konnte sich ein spöttisches Grinsen nicht verkneifen.

Wenn ihr Krawattenträger dann spätabends zu Mutti nach Hause kommt, könnt ihr Mitleid heischend über die Mühen und Plagen eines 14-stündigen Arbeitstages klagen. Schindet gleichermaßen Eindruck bei Freunden, Nachbarn und Gleichgesinnten. Das mit den Tennisstunden kann man ja geflissentlich weglassen.

Auch wenn er seinen Blick über alle Courts schweifen ließ, so war doch nur ein Mann von besonderem Interesse. Und gerade der verdiente seine Brötchen nicht in besagten

Berufsfeldern. Obwohl hochgewachsen und von athletischer Statur, konnte man den Betreffenden auch nicht als Tenniskoryphäe bezeichnen. Dem Gegner war er zumindest unterlegen.

Holländer, woher willst du eigentlich wissen, dass gerade der uns weiterbringt? Und wie konntest du wissen, dass er hier sein würde? Solche Leute leben doch mehr oder weniger inkognito. Und überhaupt, wo bist du? Spielst du wieder „den Schatten"?

Die Aufmerksamkeit konzentrierte sich wieder ganz auf die Zielperson, als diese sich von dem Tennispartner verabschiedete und fluchend an einem Nebentisch Platz nahm.

Ausgerechnet ein Leibwächter des Bundeskanzlers? Worauf soll das hinauslaufen, dass einer oder mehrere von denen auch mit drin hängen?

Nein, meine Liebe, da verrennst du dich.

»Ich würde es ja auf den Schläger schieben.«

Der soeben Besiegte blickte wenig angetan zu Jonathan auf, der nun direkt vor ihm stand.

»Und Sie sind?«

»Jonathan Schulz, freier Journalist. Ich möchte ein Buch über Personen Ihres Berufsstandes schreiben.«

Eine Clubmitarbeiterin hielt dezent an, um die Tischblumen samt Vase auszutauschen. Von keinem der Männer wurde sie mit besonderer Aufmerksamkeit bedacht.

»Ach bringen Sie mir doch bitte ein alkoholfreies Bier«, bestellte der Kanzlerleibwächter beiläufig.

»Ich sage Bescheid«, antwortete sie mit nasaler Stimme und verschwand.

»Jonathan Schulz – der Name sagt mir nichts. Wer hat Ihnen von mir erzählt?«

»Eine Ihrer Berufskolleginnen: Melanie Holländer.«

Der Angesprochene zeigte keine auffällige Reaktion, dafür jedoch gesunde Skepsis: »Ich kenne Sie nicht und auch keine Frau Holländer. Lassen wir es dabei bewenden. Wenn Sie sich nur ein wenig mit meinem Job beschäftigt haben, falls Sie den wirklich kennen sollten, dann ist Ihnen bekannt, dass ich dazu nichts sagen werde. Einen schönen Tag noch.«

Das Aufsetzen der Sonnenbrille trotz wolkenverhangenem Himmel markierte den Schlusspunkt.

Achselzuckend wandte sich der falsche Buchautor zum Gehen. »Schade.«

Gratuliere Holländer, grandioser Misserfolg. War ja klar. Irgendwann ist die Paranoia nicht mehr weit. Wer kann es ihr verdenken?

Die Betreiber der Berliner Szene-Bar setzten auf eine stattliche Anzahl außergewöhnlicher Cocktails, internationales Flair und die Attraktivität amüsierfreudiger Gäste. Das Konzept ging auf, die Lokalität war bestens besucht.

Inmitten koketter Balzrituale und lautstarker Selbstinszenierung gab auch ein farbenfroh gekleideter Mann mit kantigem Gesicht und ebenso geschnittenen roten Haaren sein Bestes, um eine attraktive Latina für sich einzunehmen. Jonathan Ehrlicher nutzte die glückliche Fügung und besetzte einen frei werdenden Barhocker neben ihm. Er konnte sich nicht helfen, dieser Kanzlerleibwächter erinnerte ihn an die skurril überzeichneten Gangstertypen in den kultigen „Tim und Struppi"-Comics. Ja, der sah wirklich irgendwie verdächtig aus.

»Ralf Köhler?«

Der Rotschopf reagierte unerwartet smart: »Jedenfalls nicht Horst Köhler. Und wenn schon, du bist nicht annähernd so attraktiv wie die Perle hier neben mir.«

Von hinten trat eine weibliche Barkraft dicht an den noch neuen Kanzlerleibwächter heran, um eine formschöne Schale mit Nüssen auf die Theke zu stellen. Ein geschäftiges »Verzeihung, bitte«, schon tauchte sie wieder zwischen den vielen Gästen unter.

Das entlockte dem Mann in geheimer Mission ein feines Lächeln, erkannte er in ihr doch seine Partnerin Melanie Holländer und gleichzeitig auch die Servicekraft aus dem Tennisclub.

»Worum geht es also?«, wollte Köhler mehr wissen.

»Mein Name ist Jonathan Schulz, freier Journalist. Ich interessiere mich für Ihre Arbeit als Leibwächter.«

»Soso«, reagierte dieser mit vorsichtiger Zurückhaltung.

»Ja, Melanie Holländer gab mir den Tipp. Die müssten Sie doch kennen.«

»Wenn ich von meiner Arbeit erzählen würde, müsste ich dich anschließend erschießen.«

Beide sahen sich lauernd an, bis die Zielperson die angespannte Situation mit einem herzhaften Lachen auflöste.

»Ich weiß, ein abgeschmackter Spruch, Pardon. - Ernsthaft reden sollten wir aber besser unter vier Augen.«

Er klemmte einen Geldschein unter die Schale mit Nüssen und tätschelte bedauernd die Wange der Latina an seiner Seite. »Tut mir leid, mi vida, nächstes Mal.«

Unter seiner Führung ging es durch einen schmalen Gang und an den Toiletten vorbei bis auf einen nur spärlich beleuchteten Hinterhof.

Kaum hatte sich die Nottür hinter ihnen geschlossen, versetzte er Jonathan einen schweren Fausthieb in die Magengrube, dass der zusammensackte. Köhler zerrte ihn wieder hoch, um ihn einer Leibesvisitation zu unterziehen.

»Schluss mit dem Versteckspiel, Ehrlicher. Sollte ich auf Ihren falschen Namen anspringen, oder wollten Sie mich mit Melanie Holländer locken? Gratuliere, hat beides geklappt. - Wo ist das Aufzeichnungsgerät?«

Noch immer nach Luft ringend, lehnte sich der Journalist gegen die Hauswand und blickte auf die gezogene Pistole. Zur Verwunderung Köhlers zeigte er sich trotz Schmerzen amüsiert. »Ich habe in letzter Zeit so viel auf die Socken gekriegt, langsam gewöhne ich mich daran.«

»Das macht die Nähe zu diesem verrückten Flintenweib. Die bekommt Ihnen nicht.«

»Euer mordender Herrenclub kommt mir wesentlich verrückter vor.«

Die Reaktion darauf offenbarte kalten Ekel: »Systemlingen wie dir ist doch gar nicht klar, worum es hier wirklich geht. - Ich hatte was gefragt. Oder brauchst du noch einen Nachschlag?«

Jonathan hob beschwichtigend die Hand. »Warum ich ohne Aufzeichnungsgerät aufkreuze? Weil Sie dafür ganz offensichtlich zu schlau sind. Quod erat demonstrandum.«

Die Erklärung schien den Mitverschwörer zufriedenzustellen. »Was brennt dir denn so unter den Nägeln, Ehrlicher? Nur raus damit.«

»Sind Sie das einzige faule Ei im Umfeld des Bundeskanzlers?«

»Er selbst ist das faule Ei!«, echauffierte sich Köhler. »In unserem Land verrottet die Infrastruktur, die innere Sicherheit ist ein Treppenwitz und reaktionäre Gutmenschen, Anarchisten und Deutschlandhasser haben sich wie Mehltau über die Institutionen gelegt! Jedes patriotische Gefühl wird zum kriminellen Akt degradiert! Und weil das noch nicht genug ist, spielt diese Regierung weltweit den sühnenden Weihnachtsmann und lässt unkontrolliert Sozialtouristen und Terroristen ins Land! Deutschland wird von innen gezielt zugrunde gerichtet!«

»Deshalb soll der amtierende Bundeskanzler zu Fall gebracht werden? Da müsste die Liste der zu Hängenden aber noch viel länger sein.«

»Er hat die Schlüsselposition inne. Es ist höchste Zeit für eine ordnende Hand, bevor das Land endgültig den Bach runtergeht.«

»Ich befürchte nur, die florierenden D-Mark-Zeiten holt Ihr so auch nicht zurück. Auf wessen Betreiben geschieht das Ganze, Karsten Fechter und Lutz Rennhart?«

»Es gibt noch andere. Wir reden von einem schlagkräftigen Netzwerk, Herr Journalist. Die entscheidenden Institutionen sind infiltriert. Operation „Reiner Tisch“ wird die Königsdisziplin sein«, ließ Ralf Köhler seiner Redseligkeit freien Lauf. »Zwischenzeitlich solltest du es eigentlich begriffen haben: Wir werden den Kanzler nicht einfach nur zu Fall bringen.«

Nach dem schweren Fausthieb war der bedrängte Interviewer endlich wieder in der Lage, sich von der Hauswand zu lösen.

Er stellte für sich fest, dass ihn mittlerweile nichts mehr erschüttern konnte.

»Selbst echte Patrioten würden bei diesem Wahnsinn aufheulen.«

Der Rotschopf quittierte die Bemerkung mit einem satten Hieb seines Handrückens, der eine blutende Unterlippe verursachte und Jonathan rückwärts stolpern ließ.

»Noch irgendeine geistreiche Bemerkung?«

»Operation „Reiner Tisch“ soll also die Ermordung des Kanzlers beinhalten?«

Sein Gegenüber gab den Empörten: »Wo denkst du hin! Dem Ärmsten werden zwei Dinge zum Verhängnis werden: die Leidenschaft für Erdbeeren und sein Herzleiden.«

Das ließ den Journalisten überrascht aufhorchen: »Was für ein Herzleiden?«

»Staatsmännern stehen Gebrechen nicht gut zu Gesicht. Es lässt sie schwach wirken, nach innen wie nach außen. Also ein weiteres Staatsgeheimnis.«

Der bewaffnete Mann sah zu den wenigen beleuchteten Fenstern hinauf, hinter denen sich jedoch nichts regte. »Und jetzt ist Schluss. Du bist zwar schlauer geworden, aber das nimmst du mit ins Grab.«

Das mechanische Zuschnappen des Türschlosses ließ ihn und sein vorgesehenes Opfer reflexartig zum Notausgang hinübersehen. Dort stand Melanie Holländer. In der erhobenen rechten Hand hielt sie ein Miniatur-Empfangsgerät mit Aufzeichnungsfunktion, in der linken eine Pistole mit Schalldämpfer – gerichtet auf Köhler. Das unscheinbare Abhör-Equipment mitsamt Ohrstöpsel steckte sie ein.

»Ich dachte schon, du kommst gar nicht mehr«, beschwerte sich ihr Partner erleichtert.

»Wo?«, wollte der Gegenspieler hingegen wissen.

»In der Brustleistentasche Ihres Jacketts.«

Er ertastete etwas und nickte anerkennend. »Die Frau mit den Nüssen – Abhörwanze statt Einstecktuch. Chapeau. Mehr werdet Ihr von mir aber nicht erfahren. Und jetzt runter mit der Knarre! Sonst mache ich Ehrlicher zu Wurmfutter!«

Stattdessen schob sie sich eine Handvoll Nüsse in den Mund. »Nur zu, was interessiert mich das? Mach schon, danach gehörst du mir.«

»Nicht bluffen, Schätzchen, das beleidigt meine …«, begann er, wobei die Mündung seiner Waffe für einen Augenblick unbeabsichtigt an Jonathans Kopf vorbeizeigte.

Der erste Schuss traf in die Schulter des Leibwächters. Gleich darauf ein zweiter, als er sich vor Schmerz ein Stück weit zu ihr drehte. Die Pistole entglitt ihm.

»Mein Arm ist taub, verdammt!«, schimpfte der Angeschossene fassungslos.

»Operation „Reiner Tisch", pack aus.«

»Du kannst mich mal!«, fuhr er die Schützin trotzig an.

Der dritte Schuss traf ins Knie und ließ ihn fluchend zu Boden gehen.

Jonathan reagierte bestürzt: »Hör auf, das reicht doch wohl!«

Melanie erreichte den Mann am Boden, drückte ihm die Mündung des Schalldämpfers an die Schläfe.

Die Hitze des Metalls verbrannte seine Haut, was ihn aufschreien ließ.

»Was sagst du dazu, Köhler? Reicht es schon oder reicht es noch nicht?«

Krieg am Wendepunkt

Chefredakteur Lars Renzig fühlte sich gleichermaßen genötigt, verpflichtet und von Neugier getrieben, als er der Aufforderung seines ehemaligen Verlagsmitarbeiters nachkam: ein Treffen mitten in der Woche auf einem Reiterhof in Lübars, dem ältesten Dorf Berlins an der nördlichen Stadtgrenze. Im Grunde empfand er es als gefährliche Zumutung, mit seiner Frau und den beiden Kindern aufzukreuzen. Andererseits war es eine perfekte Tarnung, denn seine ältere Tochter ritt hier regelmäßig. Letztlich konnte man es drehen und wenden wie man wollte, er stand tief in der Schuld des alten Freundes. Und heute sollte nun mal Zahltag sein. Wegen dieser Schuld hatte Renzig den Staatsanwalt schon nicht über die unerfreuliche Kontaktaufnahme Jonathans auf dem Verlagsparkplatz in Kenntnis gesetzt, geschweige denn über das aktuelle Treffen. Es musste einen wichtigen Grund geben, weshalb sich Joe der Justiz bisher noch nicht offenbart hatte. Es war nicht an ihm, dem vorzugreifen. Nichtsdestotrotz hoffte der Verlagsmann, selber gleich mehr zu erfahren.

Den beiden LKA-Beamten, die ihn so unerwartet privat aufgesucht hatten, musste er dankbar sein. Anscheinend war ihnen wirklich an Joes Wohlergehen gelegen. Und für ihn, den reumütigen Chefredakteur, hatten sie sich ebenfalls eingesetzt und das fruchtbare Gespräch mit dem Staatsanwalt ermöglicht. Die Gegenleistung war ihm nicht schwergefallen: Aus einem unerwähnt gebliebenen Grund hatten Gerd Tanner und Paul Ehrenberg ihn dringend darum gebeten, ihre Namen aus dem Spiel zu lassen. Ihm schien es beinahe so, als wären sie nicht offiziell mit Ermittlungen zu Carmens Tod und den Kreuzberger Serienmorden betraut gewesen. Aber das hatte ihn nicht zu interessieren. Hauptsache sein Deal mit dem Staatsanwalt hatte Bestand.

Gerade gab Renzig der Tochter in Reitermontur einen Kuss und half ihr beim Aufsitzen, als er etwas sah, das ihm unter den gegebenen Umständen wie eine Sinnestäuschung vorkam: Unter einem Baum stand allen Ernstes dieser Joe Ehrlicher und rauchte völlig gelassen eine Zigarette. - Am liebsten hätte er eine Nervenklinik angerufen und diesen verrückten Kerl zum eigenen Schutz einweisen lassen.

»Wartet hier, ich bin gleich zurück.«

Mit nervösem Rundumblick zwang er sich zu einem gemächlichen Gang. Die Besorgnis stand ihm ins Gesicht geschrieben und seine Stimme überschlug sich vor Aufregung bei Erreichen des Baumes: »Ist dir eigentlich klar, in was du da drinsteckst?! Berlin war ja nie ein Ort der Gewaltlosigkeit, aber die letzten Tage … Würde mich nicht wundern, wenn ich überwacht werde. Und da stehst du seelenruhig unterm Baum und paffst eine. Mann, die sind hinter dir her!«

»Und wenn schon«, zeigte Jonathan sich kämpferisch. »Zeit, Farbe zu bekennen.« Er guckte an Lars Renzig vorbei. »Eine schöne Familie. Deine Mädchen sind groß geworden. Du solltest sie wenigstens einmal richtig stolz machen und etwas riskieren. Wenn nicht jetzt, wann dann?«

Der Familienvater starrte ihn an wie einen Fremden.

»Hast du dir einen Lastzug voller Valium reingezogen? Dich scheint das alles nicht sonderlich zu berühren.«

»Macht der Gewohnheit.«

Und wirklich, der überzeugte Einzelgänger fühlte keine Aufregung mehr, keine Angst. Die war ihm irgendwo unterwegs abhandengekommen, vermutlich im letzten Hinterhof.

Aus dem Hintergrund näherten sich drei Männer auf verschiedenen Wegen, bedacht auf unauffälligen Zugriff ohne unliebsame Überraschungen. Und einmal mehr waren darunter die beiden Auftragsmörder, die Melanie Holländer in Spandau erfolglos gejagt und den Waffendealer Norman Vogt liquidiert hatten. Sie postierten sich abseits, während der dritte Mann direkt auf Jonathan und dessen Ex-Chef zuging.

Letzterem drohten die Nerven zu versagen: »Na bitte, das war's. Ich schwöre dir, Joe, davon wusste ich nichts.«

Der eintreffende Agent wandte sich direkt an Jonathan: »Geben Sie mir, was Sie ihm geben wollten.«

»Bitte, bedien dich. Aber ich habe nichts dabei, außer meine Zigaretten.«

Widerstandslos ließ er sich abtasten.

Derweil lehnte der Schütze vom S-Bahnhof Spandau lässig am offenen Tor des nächstgelegenen Pferdestalls, von wo aus er die Aktion am besten beobachten konnte.

Die betörend tiefe Stimme Melanies, die von sehr nahe aus dem Halbdunkel des Stalls zu ihm drang, ließ ihm den Schreck in die Glieder fahren: »Stillgestanden, Soldat! - Sieh an, sieh an. So trifft man sich wieder.«

Er rührte sich nicht, vermied jede Provokation.

»So ist schön, ein echter Profi. - Wie sehr hängst du an deinen Klamotten?«

In Unkenntnis dieses Nebenschauplatzes beendete der andere Agent auch an der zweiten Zielperson seine erfolglose Leibesvisitation.

»Was kommt als Nächstes, Daumenschrauben oder Waterboarding?«, goss der gejagte Journalist noch Öl ins Feuer.

Darüber geriet Lars Renzig außer sich: »Mensch, hauen Sie endlich ab! Sie sehen doch, wir haben nichts dabei!«

»Sie haben jetzt Sendepause!«, fuhr ihm der Agent barsch über den Mund. »Herr Ehrlicher, Herr Renzig, wir machen eine Spazierfahrt.«

Der laute Pfiff aus Richtung Stall sorgte für allgemeine Aufmerksamkeit.

Vor dem offenen Tor standen die beiden übrigen Agenten entwaffnet und lediglich mit Unterhose bekleidet. Die eigene Automatik lässig vor sich haltend, war Melanie Herrin der Situation.

Diverse Reiter, Besucher und Mitarbeiter des Gestüts blieben unsicher stehen. Ängstliches Staunen und zaghafte Erheiterung hielten sich die Waage.

»Wer ist die denn?«, beendete der Verlagsmann die allgemeine Sprachlosigkeit.

»Ach, hatte ich das nicht gesagt, ich bin nicht alleine gekommen. Und meine Partnerin ist keine, mit der man sich anlegen sollte.«

Der letzte noch bekleidete Agent verstand den Wink und begriff vor allem die Ausweglosigkeit seiner Lage.

Resignierend bot er Jonathan sein Schulterhalfter dar, der ihn kommentarlos entwaffnete.

Das ungleiche Duo Holländer/Ehrlicher saß bereits auf einem gesattelten Pferd, als sich der Journalist hinter der Ex-Auslandsagentin zu dem geläuterten Chefredakteur hinunterbeugte. »Links die Dorfstraße runter, das letzte Haus gegenüber bei Lindner. Da ist ein großer Umschlag für dich hinterlegt. Sag einfach deinen Namen.«

Melanie setzte das Pferd in Bewegung. »Gut festhalten jetzt, das wird ein sportlicher Ritt.«

Auf einem Feldweg entfernten sie sich schnell vom Hof. Die drei Widersacher, in Unterhosen und durch Handschellen vereint, konnten nur hilflos hinterherstarren.

Der befehlshabende Agent verfiel in Selbstironie: »Tja, wie hätten wir darauf kommen sollen: „der Schatten" als versteckte Verstärkung und inmitten von Pferden eine Flucht auf dem Pferd.«

Den Spaziergang am Bellevue-Ufer nahe dem Schloss Bellevue unternahm Jonathan gemeinsam mit einem Staatsanwalt. Es war jener aufstrebende Mann, der im Prozess gegen Paul-Theodor Fechter mehr oder weniger kampflos die Segel gestrichen hatte. Auf ihn setzte er seine größte Hoffnung, wenn sie der machtvollen Konspiration erfolgreich entgegentreten und Operation „Reiner Tisch" noch vereiteln wollten. Genau genommen hoffte der kämpferische Journalist darauf, dass der zweifelsohne intelligente Jurist die eigene Schmach in einen glanzvollen Sieg verwandeln wollte, wenn sich ihm eine vielversprechende Chance dazu bot.

Aber genau das war der Punkt, bei dem sich eine alles entscheidende Frage aufdrängte: Folgte der Mann neben ihm nun ethischen Prinzipien, die ihm eine Karriere durch andauernde harte Arbeit auferlegten, oder gab auch er dem Werben süßer Zungen nach, die einen schnellen und bequemen Aufstieg gegen Gefälligkeiten versprachen? Die fehlende Antwort darauf machte das aktuelle Treffen zu einem riskanten Unterfangen, keine Frage. Melanies Partner vertraute notgedrungen seinem geschulten Instinkt.

Eine Zeit lang genossen die beiden Spaziergänger ihr Eis wortlos, so als müsste der aufgenommene Zucker erst das Feld für ein produktives Gespräch bereiten. Doch die Zeit drängte, und so schickte Jonathan ein stilles Stoßgebet zum Himmel.

Tatsächlich beendete der Staatsanwalt kurz darauf sein Schweigen: »Sie wissen schon, dass das alles sehr nach Kino klingt, oder? Und dass mich das meine Karriere kosten kann, ist Ihnen hoffentlich auch bewusst.«

»Nur, wenn wir falsch liegen, Herr Staatsanwalt.«

Der Beweispflichtige holte ein Aufzeichnungsgerät hervor und spielte es ab.

Es handelte sich um einen Mitschnitt aus der Pianobar des Golfclubs, auf dem zunächst er, Jonathan Ehrlicher, zu hören war:

„Mal sehen, ob ich die Perlen aneinander gereiht bekomme: Sie und Fechter Senior spielen seit Jahren gemeinsam Golf. Und wie das eben so geht, man kennt und vertraut sich mit der Zeit. Er lässt Ihnen diskret minderjährige Gespielinnen zuführen und bezahlt die Ferkelei, Sie als angesehene Graue Eminenz am Berliner Landgericht revanchieren sich mit der Beeinflussung der beiden anderen

Richter und vermutlich auch der Schöffen. Und siehe da, der gemeingefährliche Fechter Junior wird freigesprochen."

Er stoppte den Mitschnitt und betrachtete den nachdenklich gewordenen Staatsanwalt.

»Können Sie sich schon vorstellen, wer mein Gesprächspartner war?«

Anstelle einer Antwort folgte eine erregte Aufforderung: »Machen Sie weiter.«

Diesmal handelte es sich um die Stimme des Berufsrichters Schönlein, was der Mitschnitt eindeutig offenbarte:

„Und wie weit kommen Sie wohl mit diesem Wissen? Sie legen sich da mit Kräften an, deren Macht Sie nicht im Entferntesten verstehen, junger Mann. Sie wären besser bei Fusel und Weltschmerz geblieben."

»Nicht gerade sehr subtil für einen ehrenwerten Richter, würde ich sagen.«

Der öffentliche Ankläger blickte wie weggetreten zu den schnell vorüberziehenden Wolken hinauf.

»Ist Ihnen schon einmal aufgefallen, wie Wolkengebilde innerhalb von Sekunden ihr Aussehen verändern? In einem Moment ein Hundekopf, im nächsten dann eine Schildkröte oder ein Flugzeug. Mit meinem Sohn sitze ich manchmal ewig lang da, und wir erzählen uns, was wir sehen. Und das Seltsame ist, er erkennt immer etwas anderes als ich und umgekehrt.«

Wehmut lag in seinen Augen, als er den Gesprächspartner wieder ansah. »Eigentlich eine passende Parabel auf das

Leben. Nichts ist wie es scheint, alles hängt vom Blickwinkel des Betrachters ab. Und ehe man sich versieht, verschwimmen sogar Gut und Böse. - Woher wollen Sie wissen, dass ich nicht auch drin hänge?«

»Die Art, wie Sie mir gerade von der Parabel und Ihrem Sohn erzählt haben. Außerdem habe ich Sie während der Gerichtsverhandlung beobachtet. Was immer dieser Schönlein Ihnen im Richterzimmer auch gesagt hat, es ging Ihnen gewaltig gegen den Strich.«

Aufmunternd ergriff er den Arm des Juristen: »Von Mensch zu Mensch: Egal, was Sie getan oder nicht getan haben oder noch tun wollten, niemand außer Ihnen und vielleicht Schönlein weiß davon. Die mediale Bombe wird in jedem Fall platzen. Aber noch können Sie Ihre Rolle selbst bestimmen. Noch stehen Sie mit am Schaltpult.«

»Es ist gut, dass Sie den Weg zu mir gefunden haben, Herr Ehrlicher«, fand der mögliche Verbündete zu einem sachlichen Ton zurück. »Auch andere haben das. Der Chefredakteur eines namhaften Verlags hat sich mir zum Beispiel anvertraut. Er sprach von Erpressung und Nötigung im Fall Fechter.«

Der um Aufklärung und Gerechtigkeit bemühte Jonathan nahm den mutigen Schritt seines ehemaligen Chefs mit einem erfreuten Lächeln zur Kenntnis.

»Dann wären da noch zwei Kriminalermittler, die womöglich Licht in das Verschwinden von Beweismaterial bringen können – übrigens Unterlagen Ihrer verstorbenen Kollegin Carmen Gerland. Sobald ich den Fall offiziell wieder aufrolle, sind beide zur Aussage bereit.«

Diese Zeugen kamen für den Gewohnheitszyniker absolut

unerwartet. Dass Widerstand und Courage derart an Fahrt aufnahmen, ließ ihn um passende Worte ringen: »Nach allem, was ich in den letzten Wochen sehen und erleben musste, verdienen diese Beamten eine Beförderung.«

»Die verdienen Sie auch.«

Der so Geehrte zog einen dicken Umschlag aus seinem mitgeführten Rucksack.

»Was ist das?«

»Was Sie schon längst hätten bekommen sollen. Mit besten Grüßen von Carmen Gerland.«

Ungläubig starrte der Empfänger auf den Umschlag. »Ist es das, was ich nicht zu hoffen wage?«

»Sozusagen aus Carmens Nachlass. Ein Vermächtnis Ihrer Schlüsselzeugin, Herr Staatsanwalt.«

Der zeigte sich überwältigt, kämpfte gegen feuchte Augen an. »Vielen Dank. - Wissen Sie, als mir die Verantwortung für den Fall Fechter übertragen wurde, war ich verwundert. Ich habe mich gefragt: Warum du, du hast doch zu wenig Erfahrung für diesen heiklen, hochpolitischen Fall? Aber dann habe ich mir eingeredet, die Gründe seien mein Fleiß und meine besonderen Fähigkeiten als Jurist. Jetzt weiß ich es besser. Man setzte auf genau diese fehlende Erfahrung und auf meinen Karrierehunger.«

»Rücken Sie es gerade. Zeigen Sie denen, aus welchem Holz Sie geschnitzt sind. Aber bevor Sie das tun, wäre da noch etwas anderes zu erledigen. Etwas, das sofort passieren muss.«

»Was könnte noch wichtiger sein?«, fragte der Staatsanwalt und hielt demonstrativ den Umschlag hoch.

»Die Liquidierung des Bundeskanzlers zu verhindern.«

Schach

Wiederholt zuckte der in Dunkelheit auf einem Sofa zurückgelassene Kanzlerleibwächter Ralf Köhler zusammen, bevor schwerbewaffnete SEK-Beamte ins Hausboot eindrangen. Mit Spezialmunition hatten diese vorab Scharniere und Schloss der betagten Bootstür sturmreif geschossen, die dem Professor über viele Jahre treue Dienste geleistet hatte. Grelles Licht flutete den Innenraum, und der Gefangene stöhnte vor Schmerzen auf, während er sich verzweifelt wegzudrehen versuchte.

Mit sicheren Handgriffen konnten die Beamten sich davon überzeugen, dass der Mitverschwörer zwar angeschossen war, jedoch nicht in Lebensgefahr schwebte. Die Schussverletzungen erwiesen sich als gut versorgt. Hand- und Fußschellen wurden entfernt, und zwei der martialisch anmutenden Uniformierten stützten Köhler beim Verlassen seines schwankenden Gefängnisses.

Die Fahrbereitschaft des Kanzleramtes war zu später Nachtzeit verwaist, mit Ausnahme der Rumpfmannschaft unter anderem an der Sicherheitsschleuse. Zur Überraschung der beiden Diensthabenden wünschte eine Zivilbeamtin Zugang zu den Fahrzeugen. Ein Dienstausweis in Verbindung mit einer ans Revers gesteckten Sicherheitskarte legitimierte sie.

»Ich muss die Kanzlerlimousine für die Fahrt morgen früh, 9 Uhr, überprüfen«, kam sie ohne Umschweife auf den Punkt.

Der Mann am Bildschirm rief Daten auf und verzichtete seinerseits auf begleitende Höflichkeitsformeln. »Ungewöhnliche Uhrzeit für den Check.«

»Ist mir bewusst. Fehler unsererseits. Und morgen früh wird es zu knapp.«

Bestätigend tippte er auf die angezeigten Informationen. »Geht klar.« Dann nickte er dem Kollegen zu, der ihr eine Unterschriftenliste vorlegte, während er selbst zum Telefon griff. »Kommst du mal vor, Sicherheitscheck des Kanzlerfahrzeugs.«

Kurz darauf traf ein leichtfüßiger Lockenkopf in einem frischen Mechaniker-Overall ein. Unterwegs musterte ihn die wortkarge Frau argwöhnisch von der Seite.

»So sauber? Gibt es um die Zeit nichts zu tun?«

Der ausgeruht wirkende Mann lächelte freundlich. »Meine Schicht hat gerade erst angefangen. - Was ist denn mit der Kanzler-Kalesche? Eine Bombendrohung?«

»Nur Routine.«

»Aha.« Er legte die Hand auf ein Autodach. »Voilà, da sind wir. Zuerst den Motorraum?«

Sie blieb kühl distanziert. »Innenraum.«

»Sehr wohl«, behielt der Begleiter seine gute Laune bei und entriegelte die Türen.

Während sie auf der Fahrerseite einstieg, wartete er an die Karosserie gelehnt und beobachtete. Nach wenigen Minuten stieg sie auf der Beifahrerseite wieder aus und setzte sich nach hinten. Darauf folgte die Inspektion des Kofferraums.

Schließlich hieß es: »Jetzt der Motorraum.«

Der Lockenkopf setzte sich vorne ins Auto und entriegelte die Haube.

Kaum standen beide vor dem frei zugänglichen Motorblock, begann die Beamtin zu husten.

»Können Sie mir mal Ihr Tuch geben? Ein Glas Wasser wäre auch nett, ziemlich trockene Luft hier unten.«

Ohne weiter darauf einzugehen, überreichte der Angesprochene ihr sein Arbeitsutensil und entfernte sich. Die hoch konzentrierte Anzugträgerin behielt die installierten Überwachungskameras im Blick, passte ihre eigene Position geschickt an. Nun öffnete sie das Jackett und nahm kurzzeitig den überbreiten, gleichwohl modisch ansprechenden Spezialgürtel ab. Verschiedenen Geheimfächern auf der Innenseite entnahm sie ein Spezialwerkzeug und flache Bauteile, mit denen sie sich am Motor zu schaffen machte.

»Von Ihnen kann ich ja direkt noch was lernen«, drang die unverändert gutgelaunte Stimme des vermeintlichen Mechanikers ans Ohr des weiblichen Profis.

Sie machte einen erschrockenen Satz rückwärts und erblickte neben ihm einen weiteren Mann und eine Frau in zivil. Von denen hielt der Adam die Ertappte mit einer Dienstwaffe in Schach, während die Geschlechtsgenossin ihr Handschellen anlegte.

»Interessantes Spielzeug haben Sie da mitgebracht. Wo genau sollte der Wagen denn stehenbleiben?«, fragte der sich zügig nähernde Staatsanwalt.

Die Mitverschwörerin sah ihn pikiert an. »Was soll das?! Das habe ich eben erst entdeckt. Was anderes kann mir keiner nachweisen.«

Sein Gesichtsausdruck widersprach dem. »Es gibt hier gut sichtbare Kameras, wie Sie ja wissen. Seit einigen Stunden sind aber auch Kameras installiert, die man nicht so gut sehen kann.«

Daraufhin sah sie sich angestrengt um, was den Juristen wiederum schmunzeln ließ.

»Ohne jeden Zweifel überführt, darauf können Sie sich verlassen.«

Es war ein mobiler Obststand oder genauer ein erweiterter Erdbeerstand, wie sie um die Jahreszeit überall in der Stadt zu finden waren. Dieser befand sich am Straßenrand stadtauswärts, im Südwesten Richtung Autobahn.

Und hätte ein ganz normaler Erdbeerliebhaber in einem ebenso normalen einzelnen Auto angehalten, wäre keiner der morgendlichen Passanten aufmerksam geworden.

Doch eskortiert von Polizeimotorrädern waren es drei schwarze Luxuslimousinen mit getönten Scheiben: die des Bundeskanzlers zwischen den Fahrzeugen des Personenschutzes.

Ein aus der Kanzlerlimousine steigender Mann wie aus dem Modejournal steuerte gezielt den Erdbeerstand an. Unterdessen öffneten zwei Anzugträger aus dem ersten Begleitfahrzeug die Motorhaube des abzuschirmenden Wagens und prüften verschiedene Motorkomponenten.

»Schöner Morgen heute. Zwei Schalen Erdbeeren, bitte«, wandte sich der frühe Kunde mit natürlichem Charme an den Verkäufer.

Als dieser bereits zur zweiten Schale griff, zeigte sich sein Gegenüber wenig begeistert: »Nein, nicht die. Die gefallen mir nicht.« Er wies auf zwei andere Schalen. »Die da sind schöner.«

»Vertrauen Sie meiner Erfahrung, mein Herr«, entgegnete der Mann mit Schürze und Schirmmütze in Rot. »Ich suche immer nur das Beste raus.«

Sorgfältig packte er die ursprüngliche Obstauswahl ein und lenkte das Gespräch auf die Kanzlerlimousine: »Motorschaden? Wer sitzt denn da drin?«

Als der Verkäufer auf zwei neutrale Kleinbusse aus beiden Fahrtrichtungen aufmerksam wurde, die so weit ersichtlich voll besetzt waren, änderte sich sein Verhalten schlagartig.

»Waffen!«, schrie er seine beiden vermeintlichen Helfer an, die gerade am nahen Kastenwagen standen und Ware sortierten.

In beeindruckender Geschwindigkeit wurden Maschinenpistolen aus dem Laderaum hervorgezaubert. Auch der frühe Kunde erwies sich als bewaffneter Täuscher. Aufgrund der akuten Lebensgefahr für Beteiligte wie Unbeteiligte streckte er einen der beiden Attentäter am Kastenwagen ohne Vorwarnung mit zwei Schüssen nieder. Dessen Komplize riss den Schützen seinerseits mit einer Salve von den Füßen, bevor er selbst mehreren Schüssen aus Richtung der Kanzlerlimousine erlag. Des Weiteren sprangen SEK-Beamte aus allen drei Limousinen, die den einzig verbliebenen Attentäter am Verkaufsstand ins Visier nahmen.

Eine Kanonade stimmgewaltiger Befehle prasselte auf ihn ein. Instinktiv hatte der Mitverschwörer seine Pistole nicht angerührt und bereits die Hände gehoben. Nun ging er vor dem Stand auf die Knie und verschränkte seine Hände hinter dem Kopf. Zeitgleich trafen die Kleinbusse mit dem übrigen SEK-Kommando auf der Szene ein. Sofort wurde damit begonnen, das Areal zu sichern sowie Passanten und Schaulustige grob zurückzudrängen.

Aus einem silberfarbenen Mittelklassewagen, der dem Fahrzeugtross gefolgt war und in einigem Abstand dahinter gewartet hatte, stieg jetzt der zuständige Staatsanwalt. Kurz blieb er neben dem verbluteten Beamten stehen, der die ersten Schüsse abgegeben hatte. Die gegnerische Maschinenpistolensalve hatte unter anderem eine Arterie am Hals zerfetzt. Umso entschlossener passierte der Anklagevertreter den von SEK-Beamten aufgerichteten Attentäter in Handschellen. Am Verkaufsstand zückte er einen Kugelschreiber, um damit die Plastiktüte mit den zwei Schalen Erdbeeren an sich zu nehmen.

Zurück beim falschen Verkäufer, der noch immer die rote Schürze trug, hielt der Staatsanwalt das Beweisstück ein weiteres Mal hoch.

»Ich bin schon sehr gespannt, womit diese Erdbeeren präpariert sind.« Beiläufig reichte er die Tüte an einen Mitarbeiter weiter. »Schon genial, der Plan. Man täuscht im richtigen Moment Motorprobleme vor, damit dem Kanzler die heißgeliebten Erdbeeren kredenzt werden können. Man weiß ja, dass er denen einfach nicht widerstehen kann. Ein Gift führt dann zum Herztod. Tragisch, aber nicht verdächtig, denn die Herzkrankheit des Kanzlers ist ein Fakt, wenn auch wohl gehütet. Einem gesunden Herzen schadet das Gift – soweit ich informiert bin – nicht. Wäre ja möglich, dass noch andere von der roten Köstlichkeit naschen. Und weitere Tote wären zu verdächtig. Also unschuldiger können Erdbeeren gar nicht sein. Doch wirklich, ein fast perfektes Verbrechen.«

Der Jurist wartete eine mögliche Reaktion ab, die sich jedoch nicht einstellte. Stattdessen starrte der Angesprochene verstockt zur Seite.

»Sie haben etwas zu sagen? Nein? Gut, ist mir auch recht. Ich habe genug andere Quellen.«

Auf ein Kopfnicken hin wurde der Mitverschwörer abgeführt.

Schachmatt

Regelrecht verloren stand der Parteivorsitzende und Kanzlerkandidat Karsten Fechter an diesem späten Abend im Wintergarten seiner Villa. Tief in Gedanken hielt er die Hände im seidenen Hausmantel vergraben. Das Gesicht wirkte eingefallen und fahl. Lediglich ein Meer aus Grünpflanzen und Orchideen leistete ihm Gesellschaft, ohne jedoch zur erhofften Erleichterung beitragen zu können. Nein, es half nichts. Weder Aussitzen noch weitere Exekutionen konnten noch zum Ziel führen. Im Gegenteil, von nun an würde sich jede Aktion in diese Stoßrichtung zwangsläufig gegen ihn auswirken. Jetzt hieß es die Reihen zu schließen und alle verbliebene Autorität auszuspielen. Der Mob würde ihn sonst unweigerlich hinrichten wie einst Ludwig XVI. zu Zeiten der Französischen Revolution. Um seinen Kopf musste er zwar nicht auf dieselbe Art bangen, aber in dem gleichermaßen globalisierten wie sensationslüsternen Zeitalter von heute war die Alternative nicht minder erschreckend. Persönlichkeiten vom Schlage eines Maximilien de Robespierre würden schnell zur Stelle sein und voller Tatendrang in Aktion treten, davon war Fechter in diesen Minuten mehr denn je überzeugt. Er traf auch die Feststellung, dass er sich in seinem komfortabel eingerichteten Leben nie um diesen Punkt geschert hatte. Stets waren die Medien ihm nützlich gewesen. Er und seine Mitstreiter hatten die Einflussmöglichkeiten der Vierten Gewalt im Land gerne und ausgiebig genutzt – bis vor ein paar Tagen.

Egal, passé. Es musste sich schnellstens eine Hintertür öffnen. Er würde also tun, was den Herrschenden seit Menschengedenken Erfolg versprach, wenn ihr Stern unterzugehen drohte: sein Mäntelchen nach dem Wind hängen und sich zum edlen Ritter der gerechten Sache aufschwingen. Hochoffiziell würden ab sofort vorbehaltlose Aufklärung sowie Bestrafung der Verschwörer sein Geschäft sein.

Von dem Versuch des Kanzlermordes würde er sich bestürzt distanzieren und selbstredend Unwissenheit heucheln. Selbstverständlich musste ein abschließendes Untersuchungsergebnis auch zutage fördern, dass er selbst ebenfalls im Fadenkreuz der Umstürzler gestanden hatte.

Dieses Konzept lebhaft vor Augen setzte sich Kanzlerkandidat Fechter in einen Gartensessel und nahm das Mobiltelefon zur Hand.

Der gewünschte Gesprächspartner Lutz Rennhart saß noch immer in Hemd und Krawatte auf dem Gästesofa seines Arbeitszimmers und studierte Unterlagen. Er war geneigt, das Klingeln auf dem Schreibtisch zu missachten. Als der Anrufer jedoch nicht klein beigab, nahm der hohe Beamte des Verfassungsschutzes seufzend die Lesebrille ab und stand widerwillig auf. Es war eine der kräftezehrenden Facetten seines Berufes und der damit einhergehenden Position, dass Freizeit für ihn faktisch nicht existierte. Stets galt es, irgendwo einen Brand zu löschen, Scherben zu beseitigen oder Katastrophen vorauszusehen und im Keim zu ersticken. Und einem Hofnarren gleich galt es außerdem, unbequeme Wahrheiten in leicht bekömmliche Worte zu kleiden, damit die Obrigkeit keine Magenverstimmung erlitt.

Lustlos ließ sich Rennhart in seinen Schreibtischsessel sinken. Die angezeigte Rufnummer trug genauso wenig zu gehobener Stimmung bei.

»Ich habe frühzeitig auf die Gefahren hingewiesen und Zurückhaltung angemahnt«, eröffnete er das Telefongespräch unkonventionell direkt und mit der sachlichen Distanz des Bürokraten.

»Verschone mich mit deinem Unschuldsgetue«, erwiderte Fechter brüsk. »Wie ich schon einmal sagte, kann ich dein Schlüssel zum Paradies sein oder dein Sargnagel. Also, ich beabsichtige eine Pressekonferenz einzuberufen. Und du wirst dafür sorgen, dass die Aushängeschilder der relevanten Behörden vor Ort sind, an meiner Seite.«

»Nein«, gab Rennhart mechanisch zurück.

Der FWD-Chef starrte das Smartphone an und schluckte. »Wie bitte, ich habe mich wohl verhört!«

»Keiner von uns ist mehr bereit, deinen Weg weiter mitzugehen. Eine simple Risiko-Nutzen-Analyse – du bedeutest Untergang. Und bevor du das Thema sowieso bemühst, bei diesen Zukunftsaussichten verzichte ich gerne auf den Präsidentenposten in meiner Behörde. Du wirst ihn mir ohnehin nicht mehr verschaffen können.«

»Das ist Verrat an unserer Sache!«, geiferte der Kopf der Verschwörung, sich dabei hektisch durch die Stoppelfrisur streichend.

»Bemühe dich nicht, du stehst allein da.«

»Und Ihr steht als die Verschwörer da. Ich mache mich zum Opfer und obersten Inquisitor. Wie gefällt dir das?«

»Wer ist jetzt das schwache Glied in der Kette?«, stellte der bisherige Mitstreiter mit kalter Gewissheit fest und beendete das Gespräch.

In der Geschichte der Bundesrepublik Deutschland hatte es eine vergleichbare Pressekonferenz dieser Sprengkraft noch nicht gegeben.

Auf der Agenda stand der überaus konkrete Vorwurf der Verschwörung mit einem Staatsstreich als erklärtem Ziel. Entsprechend hoch war das Medieninteresse. Bis vor kurzem hatte wohl kaum jemand etwas Derartiges für möglich und durchführbar gehalten. Die bislang aufgedeckten Fakten hatten die anfängliche Zurückhaltung jedoch zu einer regelrechten Pressehysterie anschwellen lassen.

Der Saal war überfüllt, die Geräuschkulisse entsprechend. Vorne saßen neben dem Protagonisten Karsten Fechter noch die Pressesprecherin seiner Partei sowie der Generalsekretär Hans-Uwe Kolle.

»Ich bitte um Ruhe, damit die Kolleginnen und Kollegen von der Presse ihre Fragen stellen können«, übernahm die Pressesprecherin die Moderation.

Einer Medienvertreterin wurde das Mikrofon zugestanden. »Herr Fechter, bei allem, was uns insbesondere in den letzten Tagen an Hintergrundinformationen erreicht hat, dürfte eine Kanzlerkandidatur für Sie nicht mehr in Frage kommen. Die Staatsanwaltschaft hat bereits eine erneute Prüfung im Fall der Kreuzberger Sniper-Morde angekündigt und will sich in diesem Zusammenhang auch sehr intensiv dem Vorwurf des Mordkomplotts gegen den amtierenden Bundeskanzler widmen. Welche Konsequenzen ziehen Sie persönlich daraus? Immerhin schaut die ganze Welt auf unser Land.«

Mit demonstrativer Gelassenheit stellte der FWD-Chef sein Tischmikrofon ein. »Lassen Sie mich eines vorweg klarstellen: Hier sitzt nicht Al Capone vor Ihnen. Die Tatsache, dass ich einige Jahre stellvertretender Präsident des BND war und aktuell Vorsitzender und Kanzlerkandidat meiner Partei bin, versetzt mich nicht in die Lage, Behörden oder Gerichte für persönliche Zwecke zu missbrauchen. Und genau das wird sich auch herausstellen. Was ich allerdings tun kann und tun werde ist, die umfassende Aufklärung voranzutreiben.«

Angesichts des öffentlichen Drucks wirkte sein unbeirrtes Selbstvertrauen geradezu befremdlich auf die akkreditierten Journalisten.

Im Saal sorgte es sogleich für Spekulationen, die von krankhaftem Realitätsverlust bis hin zur Unantastbarkeit Fechters aufgrund des Wirkens ominöser grauer Eminenzen reichten.

Zu allem Überfluss wartete er mit einer floskelhaften Feststellung auf, wobei er sich selbstgefällig lächelnd den Tischnachbarn zuwandte: »Wir leben schließlich in einer Vorzeigedemokratie, nicht in einer Bananenrepublik.«

Unwirsch erhob sich Knut Pelziger, der Fechter ja bereits einmal exklusiv interviewt hatte und jetzt das Rederecht beanspruchte: »Was ist mit den Todesfällen und Festnahmen im Dunstkreis verschiedener deutscher Behörden? Wieso beziehen BKA, LKA und unsere Nachrichtendienste dazu keine Stellung? Warum sind die nicht hier vertreten, um sich zu erklären?«

»Das Entscheidende haben Sie doch gerade selber erwähnt, Herr Pelziger: Es gab Festnahmen«, versuchte der Parteichef den Wortbeitrag zu entschärfen. »Und weitere Beamte wurden nach meinen Informationen vorläufig vom Dienst suspendiert, Ermittlungsverfahren laufen. Sie sehen also, das System funktioniert.«

Sofort hakte der beliebte Interview-Profi nach: »Dass das System …«

Die Pressesprecherin unterbrach resolut: »Keine Nachfragen, bitte.«

Doch der junge Journalist zeigte sich widerspenstig: »Das wird eine Feststellung, verehrte Dame.« Aus ihm sprach die Enttäuschung darüber, dass ein aus seiner Sicht fähiger Politiker mit einer durchaus ernstzunehmenden Parteiprogrammatik es anscheinend für notwendig erachtet hatte, in demokratiefeindlicher Art und Weise Strippen zu ziehen.

»Dass das System – wie Sie sagen – funktioniert, haben wir neben zwei couragierten Journalisten doch auch zwei Beamten des LKA Berlin zu verdanken, die aus eben diesem System ausgeschert sind.«

Ein Raunen und vereinzelter Applaus im Saal irritierten sowohl Pressesprecherin als auch Generalsekretär.

Karsten Fechter wollte nicht näher auf diesen bedeutsamen Hinweis eingehen: »Ich werde einen Untersuchungsausschuss ins Leben rufen, der genauestens Rechenschaft einfordern wird.«

Die FWD-Mitstreiterin versuchte einer hochkochenden Stimmung entgegenzuwirken, indem sie auf das Handzeichen eines erfahrungsgemäß wohlwollenden Medienvertreters reagierte: »Bitte, nächste Frage.«

Der Auserkorene wurde jedoch vom souveränen Chefredakteur Lars Renzig übergangen, der statt seiner das Wort ergriff – sehr zum Missfallen des Parteivorsitzenden: »Wollen Sie abstreiten, dass Beamte des BKA, des Verfassungsschutzes oder BND versucht haben, die Verbindung Ihres Sohnes zu einem Sportschützenverein beziehungsweise zu einem Waffendealer zu verschleiern? Und aus dem eigentlichen Mord an Markus Holländer hat man auch keinen Selbstmord fingiert, aus diesem gänzlich unpolitischen Mann keinen faschistoiden, fremdenfeindlichen Todesschützen gestrickt?«

»Das habe ich nicht gesagt. Ich sagte, ich habe nicht die Macht, Derartiges zu initiieren.«

Noch gelang es Fechter, seine wachsende Anspannung zu beherrschen. Doch die Aussichten auf einen sich aufschaukelnden Disput der beiden führte zu gespenstischer Ruhe im Saal.

»Selbstverständlich haben Sie auch nicht die Journalistin Carmen Gerland liquidieren lassen. Und dass die Beseitigung Ihres einzigen ernsthaften Konkurrenten um die Kanzlerschaft zynisch als Operation „Reiner Tisch" betitelt war, ging sicher ebenfalls völlig an Ihnen vorbei. Wie die drei Affen, was: nichts sehen, nichts hören, nichts sagen. Lernt man das in der „Politikerschule"?«

»Jetzt reicht es aber, Herr Renzig!«, echauffierte sich Generalsekretär Kolle. »Sie unterstellen dem Kanzlerkandidaten hier ganz unverhohlen, an einem Mordkomplott beteiligt gewesen zu sein, ja, diesem vorgestanden zu haben! Das wird ernste juristische Konsequenzen nach sich ziehen, dessen können Sie sich gewiss sein!«

»Ich entziehe Ihnen das Wort«, stimmte die Pressesprecherin ein. »Vergessen Sie nicht, wer vor Ihnen sitzt.«

»Keine Sorge, ich bin mir dessen voll bewusst.«

»Ist schon gut«, wirkte der Hauptakteur mäßigend auf beide Parteifreunde ein, »Herr Renzig hält das sicher für seine journalistische Pflicht. - Ob als Kanzler oder nicht, alle offenen Fragen werden geklärt werden. Eines kann ich Ihnen allen aber schon heute versichern: Ich bin an keiner Verschwörung beteiligt. Mein dringender Verdacht geht sogar in die Richtung, dass neben dem Herrn Bundeskanzler auch ich beseitigt werden sollte.«

Die letzte Äußerung wurde von den Medienvertretern als Sensation aufgenommen, was ein verbales Chaos im Saal auslöste. Nun war die Presseverantwortliche kaum noch imstande, sich Gehör zu verschaffen: »Die nächste Wortmeldung … – Ruhe, bitte!«

Wild entschlossen schoss Lars Renzig eine weitere Breitseite gegen das politische Schwergewicht ab, getragen von den übrigen Journalisten: »Und in einem Untersuchungsausschuss unter Ihrer Regie wird man voraussichtlich zu exakt diesem Ergebnis kommen. Liege ich da richtig, kann sich die Presse jetzt schon darauf einstellen?«

Von der wiederholten Provokation extrem herausgefordert, zog die Pressesprecherin einen letzten Trumpf: »Sie hatten Ihre Frage. Also halten Sie sich zurück oder wir beenden die Pressekonferenz an dieser Stelle.«

»Entsprechen meine Fragen nicht Ihren Erwartungen? Hätte ich die Inhalte vorher vielleicht sorgfältiger abstimmen müssen? Klingt mir aber verdächtig nach einer Bananenrepublik.«

Das allgemeine Gelächter und der frenetische Applaus beflügelten Renzig zusätzlich. Aber vor allem wollte er auf die Art Abbitte bei seinem Freund Joe Ehrlicher leisten und Carmen Gerland ehren.

»Herr Fechter, wenn Sie im Rahmen eines Untersuchungsausschusses umfangreiche Befragungen durchführen werden – sofern Sie persönlich überhaupt noch die Chance dazu erhalten –, dann fragen Sie auch gleich nach „Braunspecht“. Der Deckname sollte den Herren vertraut sein.«

Vom Adressaten schlug ihm jetzt offene Feindseligkeit entgegen: »Mir ist sehr wohl bekannt, dass Sie und ihr Blatt die Medienhetze gegen mich anführen, Herr Renzig. Aber wer einen Kreuzzug führen will, sollte zuerst das eigene Haus sauber halten. Sonst gerät er womöglich selbst ins Kreuzfeuer.«

Ein Saaldiener trieb die Spannung auf die Spitze, als er dem FWD-Vorsitzenden ein Glas Wasser brachte und die Dramaturgie damit empfindlich störte. In einer nervösen Übersprungshandlung trank Fechter alles in einem Zug aus.

Umso gelöster wirkte sein Gegenpart: »Ich weiß natürlich, worauf Sie hinauswollen. Und wissen Sie was, meine Verfehlungen habe ich bereits mit der Staatsanwaltschaft erörtert. Keine Geheimnisse mehr. Dafür wird Ihre Liste immer länger.«

Die Tür zum Saal wurde geöffnet. Der Staatsanwalt trat ein, um sich abseits in die letzte Reihe zu setzen. Auf dem Fuße folgte ein weiterer Mann, der sich hektisch nach vorne orientierte. Er war augenscheinlich auf der Suche nach jemandem und fand diese Person in der Medienvertreterin, die bereits durch die erste offizielle Frage in Erscheinung getreten war. Aufgeregt redete er hinter vorgehaltener Hand auf sie ein, argwöhnisch beobachtet vom Parteichef, der seiner Pressesprecherin schließlich etwas zuflüsterte.

Endlich hob die erneut ins Zentrum des Interesses geratene Journalistin fordernd die Hand. »Eine Zusatzfrage.«

»Keine Zusatzfragen mehr«, erfolgte die Antwort wie erwartet.

Die Übergangene ergriff trotzdem das Wort, stand sogar auf: »Gerade hat die Staatsanwaltschaft Berufsrichter Schönlein vorläufig festnehmen lassen. Er war ja bekanntlich einer der drei Richter im Prozess gegen Ihren Sohn, Herr Parteivorsitzender. Wollen Sie sich dazu vielleicht äußern? Der federführende Staatsanwalt befindet sich im Saal.«

Unter den Anwesenden befanden sich auch die beiden LKA-Beamten Gerd Tanner und Paul Ehrenberg, die sich in ihrem existenzbedrohenden Alleingang nun vollends bestätigt sahen. Ein Gefühl tiefer Genugtuung, mit dem sie ihre bisherige Laufbahn krönen konnten. Gleichwohl waren trotz voller Rückendeckung der Staatsanwaltschaft gewichtige Stimmen laut geworden, die eine Strafversetzung und keine weitere Ernennung in den nächsthöheren Dienstgrad gefordert hatten. Begründung: Insubordination. Der befürchtete Mediendruck hatte dem jedoch einen Riegel vorgeschoben.

Den Schockmoment schüttelte Karsten Fechter überraschend schnell ab. Mit kämpferischem Blick Richtung Staatsanwalt verlieh er dem Nachdruck: »Mein Sohn wurde rechtskräftig freigesprochen. Ich weiß nicht, was es mit der Festnahme eines der erfahrensten und renommiertesten

Richter dieser Stadt auf sich hat und will das zu diesem Zeitpunkt auch nicht weiter bewerten. Ich befürchte aber, der Herr Staatsanwalt wird auch dieses Mal keine gute Figur machen.«

Schnell wandte sich die Journalistin dem offiziellen Ankläger zu: »Herr Staatsanwalt, wollen Sie eine Erklärung abgeben? Können Sie uns mehr zu den Gründen der Festnahme sagen?«

Der Betreffende winkte ab. Zu diesem Zeitpunkt und an diesem Ort durfte er gar keine Erklärung abgeben. Außerdem wollte er es auch nicht. Sollte dieser Fechter ruhig noch ein wenig im eigenen Saft schmoren, bis er mit dem ganzen Rattenschwanz an Zeugen und Beweismitteln eingeseift werden würde. Der Mann war erledigt, fix und fertig. Keine Immunität oder herbeigeredete Rufschädigung zu Lasten der ganzen Nation konnte daran noch etwas ändern. Aber zunächst freute sich der wiedererstarkte Staatsanwalt auf den Richter. Dem durch und durch verdorbenen Dreckskerl würde er die faltige Haut voller Genuss abziehen. Den vorgesetzten Oberstaatsanwalt wusste er in dem Punkt neuerdings uneingeschränkt an seiner Seite.

Die Pressekonferenz geriet augenblicklich in einen tumultartigen Zustand, als neue drängende Fragen aus dem gesamten Saal nach vorne gebrüllt wurden. Journalisten verließen ihre Sitzplätze, um vor der ersten Reihe untereinander und mit Fotografen um jeden Zentimeter Raum zu wetteifern.

Das Sicherheitspersonal stand vor einem Dilemma. Wen konnte, musste, durfte man aus dem Saal entfernen?

Niemand schien im Unrecht, jeder nahm nur die Rechte und Pflichten seiner Profession wahr. Ein Einschreiten konnte also schnell den faden Beigeschmack von unterdrückter Pressefreiheit mit sich bringen. So gesehen war das unruhige Auf und Ab der ordnenden Damen und Herren in den dunklen Anzügen nur zu verständlich.

Nichts schien dem Einhalt gebieten zu können. Dann geschah es: Karsten Fechter verkrampfte und rang nach Luft. Er fasste sich ans Herz, erhob sich halb. Mit der anderen Hand krallte er sich am Tisch fest. Sein Wanken wurde immer unkontrollierter und endete vornüber gekippt auf dem Tisch. Umgeben von entsetzter Stille eilten Parteifreunde und Sicherheitspersonal dem vom Tisch gleitenden Spitzenpolitiker zu Hilfe. Erste lebensrettende Maßnahmen wurden unternommen.

Nach nicht einmal zwei Minuten brach sich die Sensationsgier wieder unerbittlich Bahn und wischte jegliches Gefühl für Anstand und Moral beiseite. Geschäftig wurde durcheinander gerufen, lauthals telefoniert oder hektisch der Saal verlassen.

Fassungslos ob der Zustände, erkannte Chefredakteur Lars Renzig inmitten des allgemeinen Durcheinanders Melanie Holländer wieder, die ungerührt an der Wand neben dem Ausgang lehnte. Sie spürte sein Starren, zwinkerte ihm daraufhin zu und verließ in aller Seelenruhe den Saal.

Nicht ohne gesunde Paranoia

Die Dienstwohnung Lutz Rennharts war in Dunkelheit getaucht. Durch die Fenster im Arbeitszimmer fielen das helle Mondlicht von oben sowie die künstliche Beleuchtung der Straßenlaternen und gelegentlicher Fahrzeuge von der Straße unten herein. Sanfte Stille wurde jäh vom Öffnen der Wohnungstür abgelöst, gefolgt vom kurzzeitigen Einschalten des Lichtes im Flur. Im Dunkeln durchschritt jemand das Arbeitszimmer und schaltete die Schreibtischlampe an. Es handelte sich um Rennhart, der nun einen mitgeführten Aktenkoffer auf dem Parkettboden abstellte. Noch einmal verließ er den Raum, um kurz darauf mit einem gefüllten Glas zurückzukehren. Aus einer der Schubladen fischte er eine Tablette, die in dem Wasser ein vitales Sprudeln hervorrief.

Der langjährige Verfassungsschützer hatte sich seiner Anzugjacke bereits im Flur entledigt. Jetzt ließ er sich kraftlos in den Schreibtischsessel am Fenster sinken, krempelte die Hemdsärmel hoch und löste den Krawattenknoten.

Schnell war das Glas geleert. Er schloss die Augen und verweilte dort reglos. Womöglich wäre er angesichts des Arbeitsmarathons der letzten Wochen sogar in dieser Position eingeschlafen.

»Konsequente Endlösungen scheinen Ihr Steckenpferd zu sein«, erfüllte die unaufgeregte Stimme Melanie Holländers den Raum.

Das ließ ihn hochschrecken und mit weit aufgerissenen Augen ins Zimmer starren.

Im Halbdunkel löste sich eine menschliche Silhouette aus dem Schatten eines Besuchersessels.

»Guten Abend, Verfassungsschützer Rennhart.«

Der hochrangige Beamte fühlte sich durch die unmittelbare und vor allem unberechenbare Gefahr in den eigenen vier Wänden chancenlos ausgeliefert. Herzrasen und feuchte Hände unterstrichen die Unterlegenheit auf der ganzen Linie. Und dennoch, er durfte sich nicht geschlagen geben, musste Stärke demonstrieren. »Folgt jetzt das Standgericht?«, entgegnete er mit fester Stimme.

»Ihnen das Lebenslicht auslöschen? Aber nicht doch. - Ein Glas Wasser, ein schneller Herztod. Während einer hitzigen Pressekonferenz kann das ja durchaus mal passieren. Kompliment für einen gelungenen Kehraus.«

Seine Angst wich, doch ein unterschwelliges Unbehagen blieb ihm erhalten. »Karsten Fechter lief aus dem Ruder. Er musste gestoppt werden, um größeren Schaden abzuwenden – aus Staatsräson. Ihnen sind die Spielregeln doch bekannt.«

»Die Staatsräson, zum Wohle des Staates, für die nationale Sicherheit – oh ja, ist bekannt«, reagierte sie cool. »Damit legitimieren Machthaber nicht erst seit gestern die größten Schweinereien.«

»Moment, natürlich!«, überkam ihn eine plötzliche Erkenntnis. »Sie wollten, dass ich Ihnen das Töten abnehme. Deshalb dieser Auftritt auf der Yacht. Ich hing die ganze Zeit an Ihren Schnüren, wie eine Marionette – alles für die Rache „des Schattens“. «

»Ich habe die Staatsräson für mich arbeiten lassen, so wie die Staatsräson meinem Bruder, Carmen Gerland und dem Professor den Tod gebracht hat. Ich nenne das Gerechtigkeit.«

Bis zur nächsten entscheidenden Frage vergingen mutlose Sekunden. »Wieso nicht ich?«

»Wozu? Wir sind doch beide keine Aktivposten eines humanistischen Weltbildes. Außerdem wachsen Leute Ihres Kalibers und für Ihre Position nach wie Unkraut. Vergeudete Mühe.«

Rennhart verzog das Gesicht zu einem gequälten Lächeln. »Und der wirkliche Grund?«

»Sie sind meine Garantie dafür, dass Jonathan Ehrlicher sicher weiterleben wird. Da Sie zweifellos einen Weg finden werden, Posten und Einfluss zu verteidigen, kann ich mich darauf verlassen.« Die mitschwingende Drohung bedurfte keiner gesonderten Erwähnung.

»Ich werde dafür Sorge tragen. Und was ist mit Ihnen?«

»Mit mir? Ich bin doch nur ein Schatten, ein Phantom, das gar nicht existiert. Und wir beide, Sie und ich, werden sicherstellen, dass es so bleibt.«

Die Ex-BND-Spezialistin lehnte sich daraufhin zurück und wurde wieder eins mit dem Schatten des Sessels.

Endlich stand Jonathan wieder auf dem vertrauten Boule-Spielfeld am Paul-Lincke-Ufer. Aber noch immer wusste er nicht, ob er demnächst verhaftet oder vielleicht sogar irgendwo verscharrt werden würde. Ihm war nicht einmal klar, wer ihm im Fall eines Falles das Licht ausblasen würde – Auftragsmörder irgendeiner mächtigen Behörde oder doch seine kurzzeitige Agentenpartnerin, die sich inzwischen in Luft aufgelöst hatte.

Der eigenwillige Journalist musste innerlich auflachen. Denn von dieser offenen Frage mal abgesehen, sah es für ihn eigentlich gar nicht so schlecht aus.

Na ja, Lars Renzig hatte ihn bekniet, in die Verlagsredaktion zurückzukehren. Und man wollte sogar ungefragt – welcher Nachrichtendienst war das doch gleich noch, egal – für verursachte Schäden in seiner Wohnung aufkommen.

Aber mal ehrlich, sollte er das Angebot eines Chefredakteurs annehmen, der nach all dem Vorgefallenen betont großspurig darauf verzichtete, die Reparaturkosten für seinen Sportwagenklassiker einzufordern? Der allen Ernstes einen abgerissenen Außenspiegel und eine eingeschlagene Seitenscheibe in die Waagschale werfen wollte? Und dann die Wohnung: Fakt war, der entstandene Sachschaden fiel kaum ins Gewicht. Fakt war aber auch, dass in letzter Zeit etliche Agenten und Attentäter von Staates Gnaden seine Privatadresse auf dem Zettel gehabt hatten. Lange Rede, kurzer Sinn:

Er würde sich wohl besser neu erfinden, mit neuem Job und neuer Wohnung. Eine zweite Karriere als Krimiautor war kein schlechter Gedanke, vielleicht mit Wohnsitz irgendwo auf dem Land.

»Hey, Joe, geht das schon wieder los? Wir warten.« Ein ungeduldiger Boule-Mitspieler rüttelte an ihm. »Nun mach schon.«

»Schon gut, schon gut. Man wird ja wohl noch die Entfernung abschätzen dürfen.«

Die übrigen Mitspieler lachten spöttisch, während ihr

Sprachrohr es auf den Punkt brachte: »Junge, du schätzt gerade alle Entfernungen im ganzen Bezirk ab.«

»Ach, quatsch nicht!«, tat Jonathan die Anspielung amüsiert ab.

Gerade, als er zum Wurf ansetzte, ereilte ihn ein Déjà-vu-Erlebnis: »Na, reicht die innere Ruhe heute aus?«, sprach eine vertraute Stimme von hinten sanft in sein Ohr.

Er erschrak nicht und ging sogar gerne darauf ein: »Wenn nicht, hilft die Routine aus.«

»Ich hätte noch den Schluss von Eichendorffs ‚Zwielicht' anzubieten.«

Du und deine Gedichte, Melanie Holländer. Dich stelle ich mir nur noch mit Messer unterm Kopfkissen und Pistole unter der Bluse vor.

Er machte seinen Wurf. Die Kugel stieß zwei gegnerische beiseite und blieb dicht bei der kleineren Zielkugel liegen, was ihm ein zufriedenes Schnalzen entlockte. Jetzt erst drehte er sich zu Melanie um, die dank ihrer lässig aufgesetzten Schiebermütze nicht ganz so unergründlich und unnahbar wirkte.

»‚Zwielicht'? Ich bitte darum.«

»‚Was heut' müde gehet unter,
hebt sich morgen neugeboren.
Manches bleibt in Nacht verloren -
hüte dich, bleib wach und munter!'«

Bereitwillig versuchte er die letzte Strophe zu deuten: »Angstfrei aber mit einem gesunden Maß an Paranoia weiterleben?«

»Das bedeutet es wohl. - Du warst nicht bei der Pressekonferenz.«

»Ach, weißt du, ich hatte in letzter Zeit mehr als genug Aufregung. Und der gute Lars Renzig hat sich seine Ehrenrettung verdient.«

Die Erklärung schien Melanie zu genügen. »Ja, er hat diesem Politiker ziemlich gut eingeheizt. - Bratwurst zum Abschied?«

Beide setzten sich in Bewegung. Diesmal erwies sich der mobile Würstchenstand als besser besucht, und der Vollblutjournalist nutzte die Wartezeit für eine spontane Frage: »Wohin wohl die Gewehre des Sniper-Mörders verschwunden sind?«

»Vermutlich der Sprengung durch Feuerwerker der Polizei zugeführt«, mutmaßte die ehemalige Agentin nach kurzer Überlegung.

»Nicht so ohne Weiteres, oder? Irgendwo müsste es ja schließlich registriert werden.«

»Hätte, könnte, würde – immer noch so gutgläubig? Denk an Carmens verschwundene Beweismittel oder die Killer im Staatsdienst. Lässt sich alles arrangieren.«

Ein Familienvater mit Baby im Tragebeutel drehte sich verunsichert zu ihnen um.

Jonathan lächelte beruhigend. »Nur ein Drehbuchtext, den wir einstudieren.«

Als das bei dem Mann keine Wirkung erzielte, ging das freundliche Lächeln in ein forderndes Starren über. Endlich mit Erfolg, und Melanie Holländer rückte stattdessen in den Fokus ihres Gesprächspartners.

So, da du mein Schicksal eh in deinen Händen hältst und keine Anstalten machst, mich in deine weiteren Pläne einzuweihen, kann ich dich genauso gut auch provozieren. Macht keinen Unterschied.

»Wäre es sehr abwegig, in dir eine gefährliche Soziopathin zu sehen?«

Die Provokation perlte an ihr ab.

»Falls ich es bin, ist es dann klug, mich das zu fragen? - Es braucht ein Monster, um ein Monster zur Strecke zu bringen. Und keines dieser Monster ist geeignet für ein normales Leben.«

Der Würstchenverkäufer sah sie fragend an.

»Zwei Bratwürste, schön durch.«

»Behältst du mich im Auge? Bist du ab jetzt Teil meines Lebens?«, wurde sie mit der nächsten persönlichen Frage konfrontiert.

Die Intensität ihrer dunklen Augen tat dem Fragenden fast schon körperlich weh.

Irgendwie fühlte er sich ihr in diesem zeitlosen Vakuum zwischen Frage und Antwort auf beunruhigende Weise ausgeliefert.

»Es wird so sein, als hätte es mich nie gegeben.«

»Du hast mich bei der ganzen Sache vor deinen Karren gespannt«, stellte Jonathan nüchtern fest.

»Wie fühlst du dich dabei?«

Er zögerte. »Ja, das ist seltsam. Gut, eigentlich.«

»Wir sind uns nichts schuldig geblieben«, blieb Melanie ihrer spröden Linie weiterhin treu.

»Ja, Ehre und Gerechtigkeit für Carmen, Markus und den Professor sind wieder hergestellt. Und wir haben etwas Großes ins Rollen gebracht«, resümierte er.

»So, haben wir das?«

Der streitbare Journalist erwies sich in dieser Frage als deutlich zuversichtlicher: »Sicher doch. Da stehen dem Land noch einige spektakuläre Gerichtsprozesse ins Haus. Wir hätten uns allemal das Bundesverdienstkreuz verdient.«

»Es wird sich nichts ändern, solange Politikerkaste und Vierte Gewalt das Volk Hand in Hand wie Vormünder im Gängelwagen halten wollen, anstatt zuzuhören und korrigierende Selbstkritik zu üben. Ex-Kanzlerkandidat Fechter und seine Partei haben ihre Finger trotz allem in real existierende tiefe Wunden unseres Landes gelegt. Wer das ignoriert und seine Hausaufgaben nicht macht, lädt damit den nächsten politischen Führer vom Kaliber eines Karsten Fechter ein.«

Okay, das ist definitiv nicht von der Hand zu weisen. Echter Schutz für das eigene Volk und gute Politik für ein prosperierendes Deutschland sehen wirklich anders aus. Wir können nur darauf vertrauen, dass aus leichtgläubigen Schafen endlich ein selbständig denkender Souverän wird, der alle falschen Propheten vom Hof jagt – gleich welcher politischen oder ideologischen Couleur.

Aber diese eine Sache musst du noch für mich tun, nur dieses eine Mal. Sonst leide ich bis ans Ende meiner Tage unter Albträumen – garantiert.

»Ich kann nicht gerade behaupten, dass ich dich vermissen werde, Melanie Holländer. Aber eine Sache an dir schon.«

Sie unterbrach das Kauen ihrer mittlerweile entgegengenommenen Bratwurst und hing abwartend an seinen Lippen.

Endlich war er doch noch am Drücker und kostete jede Sekunde aus, bevor er die ironische Bombe platzen ließ: »Dein unverwechselbar warmherziges Lächeln.«

Auf so ziemlich alles war er vorbereitet: von einer Ohrfeige bis zum Fausthieb, von einer Beleidigung bis zu emotionslosem Anstarren. Sogar einen kommentarlosen Abgang oder eine Schusswunde zog er in Betracht. Stattdessen schenkte die beinharte Frau ihm ein so strahlendes Lächeln, wie es mehr Zuneigung und Freundschaft nicht hätte ausdrücken können.

Wow, das nenne ich eine Offenbarung – nicht zu fälschen, durch und durch ehrlich.

Ohne ein Wort des Abschieds schlenderte sie davon.

Mit sich selber uneins, rief Jonathan ihr schließlich doch noch etwas hinterher: »Hey, Partner! Danke für alles!«

Unbeirrt weitergehend, hob Melanie die geballte Faust zur Siegesgeste. Inmitten der Großstadt war sie binnen kürzester Zeit verschwunden.

Der Kreis schließt sich

Es war ein regnerischer und zudem stürmischer Tag, der durchaus geeignet gewesen wäre, Carmens Grab zu einem Ort der vollendeten Trauer zu machen. So zumindest befürchtete es Jonathan Ehrlicher, der Fanny Gerland und ihre Mutter aus einiger Distanz beobachtete. Mit geneigten Köpfen und allein standen die beiden Frauen Hand in Hand unter einem Regenschirm. An Tagen wie diesem war der Friedhof fast menschenleer. Und auch Jonathan vernahm eine innere Stimme, die ihm empfahl, kehrt zu machen. Doch er tat es nicht. Eine noch zwingendere Stimme trieb ihn an, nötigte ihn, den Kreis zu schließen.

Ungeschützt war er dem strömenden Regen ausgeliefert. Er nahm es nicht zur Kenntnis. Das Papier, in welches Carmens Lieblingsblumen eingewickelt waren, löste sich aufgrund der Nässe auf. Er bemerkte auch das nicht. Obwohl noch immer nicht am Grab angekommen, drehte Fanny sich bereits zu ihm um. Sie hatte ihn unmöglich hören oder sehen können. Aber selbst dieses Mysterium wischte er beiseite. Dann standen sich beide reglos gegenüber. Erst jetzt wurden dem letzten Liebhaber und Vertrauten Carmens die Knie weich. Würde die Schwester ihn wieder mit Hasstiraden und Ohrfeigen eindecken?

Mit einem liebevoll gehauchten »Joe« schloss sie ihn in die Arme, und innig erwiderte er ihre Geste.

Als Mutter Gerland zaghaft hinzutrat, erfasste auch sie die ganze Wärme längst überfälliger Nähe. Tränen flossen –

Tränen der Freude und Erleichterung an diesem Ort der … Versöhnung.

Und irgendwo im Hintergrund trat jemand hinter einem Baum hervor. Auf einem Nebenweg entfernte sich die Gestalt ohne Eile, verborgen unter Regenmantel und Kapuze. Es schien eine Frau zu sein. Aber wer konnte das schon mit Bestimmtheit sagen – auf diese Entfernung, bei dem düsteren Wetter und überhaupt?

Ende